별난 사람 별난 이야기

사람

이야기

조선인들의 들숨과 날숨

뗄난 사람 뗄난 이야기

조선인들의 들숨과 날숨

송순기 지음

간호윤 풀어 엮음

경진출판
Kyungjin Publishing co.

기인기사 서
(최연택, 「奇人奇事 序」)

序

語에曰雖有美酒는不嘗ᄒ면不知其味ᄒ고雖有璞玉이는不琢ᄒ면不知
其爲寶ー라ᄒ니信矣哉ー라斯言이여惟人도亦然ᄒ니世雖有奇士偉人
이라도不觀其平日之所行이면不知其爲奇也ー라嗚呼라惟我朝鮮人物
之盛이自古로彬彬可觀而君子淑女와名媛才子之奇事異蹟이雜出於諸
家之記錄者ー不一其類ᄂ然이ᄂ此記錄之行于世者ー幾希矣ᄂ라故로
後人이不得以考其事而窺其實ᄒ고世或有蒐集而刊行之者ᄂ然이ᄂ牽
多訛誤遺佚踈略ᄒ야難可以得其全豹之一般ᄒ니可勝惜哉리오何幸宋
君勿齋ᄂ當時之一史家也ー라博聞强記ᄒ고篤學多知ᄂ世旣有定評而
君之執鞭於報壇也에以我東之奇人奇事로將欲紹介於天下ᄒ야於是에

一

乃博採舊聞ᄒ고又蒐集諸家之雜說ᄒ야或刪削之ᄒ며或敷衍之ᄒ며或
折衷之ᄒ야以成篇ᄒ고名之曰奇人奇事錄이라ᄒ니此書가非特爲奇事
奇譚也ー라簡中에多有彰善感義之事ᄒ야使世人으로可以敎可以法也
ー라誰可以稗說閑話로歸之也哉리오

二

辛酉十二月上澣

綠東 崔演澤 序

*「기인기사록 서」를 쓴 녹동綠東 최연택崔演澤은 1920~30년대 야담 출판물을 기획·출간한 출판경영인이자 문인이다. 『기인기사록』은 그가 설립한 문창사文昌社의 첫 책이다.

속담에 이런 말이 있다.

"비록 좋은 술이 있으나 맛보지 않으면 그 맛을 알지 못하고 비록 옥덩이가 있더라도 다듬지 않으면 그것이 보배임을 알지 못한다."

이 말이 틀림없다. 사람도 그러하다. 세상에 비록 기이한 재주를 가진 선비나 위대한 사람이라도 그가 평소에 행한 일을 보지 않는다면 그 기이함을 알지 못한다. 아! 유독 우리 조선에는 인물의 성대함이 예로부터 훌륭하여 볼 만하다. 군자·숙녀와 이름난 여인과 재주 있는 사내들의 기이한 일과 발자취가 여러 대가들의 기록에서 여러 번 나오니 그 비슷한 일들이 하나둘이 아니다. 그렇지만 이러한 기록이 세상에 돌아다니는 것은 거의 드문성싶다. 그러므로 훗날 사람들이 옛일을 견주어 살피거나 그 실상을 제대로 살피지 못한다.

세상에 어떤 이가 이러한 것들을 수집하여 간행하려는 사람이 있지만도 대부분 그릇되었고 또 없어져 소략하여 그 전체를 알기 어려우니 안타까울 뿐이다. 다행스럽게도 송물재 군은 이 시대의 역사가이다. 송 군은 널리 들어 기억을 잘하고 독실하게 학문을 닦아 지혜가 많은 것이 정평이 나 있다. 이 송 군이 신문 지상에 집필하여 이로써 우리나라의 기이한 사람과 기이한 일을 천하에 알리려고 하였다.

이에 곧 널리 전해들은 이야기를 채록하고 또 여러 대가의 이러저러한 이야기를 수집하여, 혹은 불필요한 글자나 글귀 따위를 지워버리고, 혹은 덧붙여서 자세히 설명하였으며, 혹은 양쪽의 좋은 점을 골라 뽑아 알맞게 조화시켜서 한 편을 만들고 이름을 『기인기사록』이라 하였다. 이 책은 단지 기이한 일과 기이한 이야기만이 아니다.

그중에는 남의 착한 행실을 드러내고 의로움에 감동한 일이 제법 많으니 세상 사람들로 하여금 가르치고 모범이 될 만하다. 어느 누가 대수롭지 않은 일들을 기록하였다거나 한가한 이야기로만 돌리겠는가.

1921년 12월 상순 녹동 최연택 서

조선의 별난 사람 별난 이야기

들숨소리 하나

이 책은 『기인기사록』이라는 신연활자본 야담집을 번역하고 상권을 중심으로 몇 화를 골라 저자 나름대로 매만져 놓은 글이다. 『기인기사록』은 상·하 2권으로, 일제 치하인 1921년과 22년, 물재勿齋 송순기宋淳夔, 1892~1927가 현토식懸吐式 한문으로 편찬한 '신문연재구활자본야담집新聞連載舊活字本野談集'이다.

'기인기사奇人奇事'라. 검은 먹대로라면 맨 '별난 사람, 별난 이야기'란 뜻이다. 허나 글줄을 따라잡다보면 '백문선이 헛문서' 같은 글이 아님을 안다. '별난 사람, 별난 이야기'로되, 삶의 꼼수와 기술을 터득한 축들이 여봐란 듯이 세상을 휘젓는 꾀부림 이야기가 아니요, 잇속을 얻어 부를 몸에 두르고, 권세를 얻어 머리꼭지에 금관자를 붙이고 '물렀거라' 외치는 권마성 소리만도 아니다. 조금만 살피면 깔깔대며 주고받는 그저 우리네 이웃 사람들의 엇구수한 삶의 소리이다.

이것이 바로 야담野談이다.

그래, 야담은 이 세상을 힘겹게 살아가는 우리들에게 보탬이 되려는 심결에서 나왔다. 이 책 속에는 재주놀음 하는 이, 풍 치는 이, 바른 맘결을 가진 이들이 나와 저러한 세상을 조롱하기도, 혼내기도, 생글 웃어넘기기도 한다.

때로는 적당히 허구도 섞어작 곁들였지만, 그렇다고 온통 '스님 얼레빗질'하는 흰소리만은 아니다. 여기엔 세상을 꼬느는 꼬장함도, 저기엔 고운 마음결로 평생을 눈물로 산 이

들의 삶도, 땀땀이 수놓아져 있기 때문이다. 때론 예리한 붓끝으로 사정없이 세상을 버리고 불의를 산골散骨하여, 문자의 표본실에 안치해둘 만한 논객의 글발보다도 나은 영채 도는 이야기도 만난다.

들숨소리 둘

이 야담을 초승달에 비유해본다. 야담은 우리네 부대끼는 삶의 실개천에서 건져 올린 초승달이다. 초승달은 음력 초사흗날 저녁에 서쪽 하늘에 낮게 뜨는 눈썹 모양의 달이다. '초승달은 잰 며느리가 본다' 한다. 어쩌다 산머리에 낫 같은 초승달이 걸린들 아무나 보는 게 아니다. 건강하게 하루 삶을 보내고 고개를 들 줄 알아야만 우련한 저 초승달을 본다. 초승달이 앞서야 반짝이는 저녁별도 총총 나온다. 그래 별은 누구나 보지만, 초승달은 누구나 보는 게 아니다.

그림으로 치면 엷은 담묵淡墨기법의 수묵화이다. 그래 가만히 산머리를 치어다보고, 화지를 스치듯 지나간 엷은 붓 자국을 훑을 줄 아는 마음이 먼저 선손을 걸어야만 한다. 이렇듯 야담 속에 들어 있는 저 이들의 붓질은 보는 이의 마음이 있어야만 통성명을 하고 따라잡는다.

모쪼록 이 책을 보시는 분들, 여명 우려든 아침 햇살이 창호 살을 투과하며 빚어내는 그 해맑고도 평안한 청안淸安함이 넉넉한 들숨소리 한 꼭지 만나시기를 바란다.

차례

조선의 별난 사람 별난 이야기: 들숨소리 __ 6

①

밝은 눈으로 천리를 보는 부인의 지혜, 일세에 성공한 대장부의 영광

창의사(倡義使: 의병을 일으킨 사람에게 주던 임시 버슬) 김천일金千鎰, 1537~1593[1]의 처는 어느 집안의 여인인지 모른다. 시집온 날부터 아무런 일도 하지 않고는 날마다 낮잠만 잤다. 그러니 시아버지가 타일렀다.

"네가 아름다운 부인네란 것은 안다. 그렇지만 부인의 도리에 조금은 빠지는구나. 마땅히 조심하고 두려워하여 근심하고 경계하는 마음을 가져야 앞날의 허물을 고칠게다. 무릇 부인이라 함은 모두 각각 그 책임이 있다. 네가 이미 시집온 이상에는 집안을 다스리고 재산을 불리는 게 본분 아니냐. 그런데 너는 시집온 뒤 이러한 일들은 조금도 손을 쓰지 않고 오직 날마다 낮잠만 잘 뿐이니 이 어찌 부인의 도리라 하겠느냐!"

시아버지 말을 잠자코 듣고 있던 부인이 대답하였다.

---

1 조선 선조 때의 의병장(1537~1593)으로 자는 사중士重, 호는 건재健齋이다. 임진왜란 때 나주에서 의병을 일으켜 경기·경상·전라·충청 4도에서 활약한 임진 삼장사의 한 사람으로 진주성이 함락되자 남강에 투신하였다. 나머지 임진 삼장사는 임진왜란 때 김천일과 함께 남강에 투신하여 순국한 최경회崔慶會, 1532~1593와 고종후高從厚, 1554~1593이다. 저서에 『건재집』이 있다.

"아버님께서 가르침을 주시는 것은 이치가 있습니다. 그러나 비록 재산을 불리려한들 맨손으로야 어떻게 무슨 일인들 해나가겠습니까."

시아버지가 이를 딱하게 여겨 즉시 삼십 석의 조租: 쌀와 네댓 명의 노비와 여러 마리 소를 주며 말하였다.

"이만하면 재산을 불릴 만한 밑천으로 충당할 만할 게다."

이러니 그 부인이 "이만하면 족합니다" 하며 노비를 불러 말했다.

"이후로부터 너희들은 나에게 속하였으니 마땅히 내 말을 들어야 한다. 이삼십 석의 조를 여러 소에 나누어 싣고는 무주茂朱: 전라북도 북부에 있는 읍땅 아무 곳으로 들어가거라. 그리고 깊은 계곡을 택하여 나무를 베고 집을 얽고 이 조로 농사지을 동안 먹을 양식을 삼고 화전을 부지런히 경작하거라. 매년 가을이 되면 수확한 곡물의 수량을 잘 따져서 나에게 와 고하고, 그렇게 조금도 빠짐없이 실제 수량대로 벼를 찧어 쌀로 만들어 저장하여 두거라. 매년 이렇게 하기를 게을리 말라."

노비들은 명을 받들고 무주로 향하였다.

부인은 여러 날 뒤에 천일에게 말하였다.

"남자의 수중에 돈과 곡식이 없으면 모든 일을 이루지 못하옵니다. 대장부로서 어찌 이에 생각이 미치지 않는지요."

천일이 말하였다.

"내가 입고 먹는 것을 모두 부모님께 의지하여 왔소. 돈이나 곡식을 어느 곳에서 변통하겠소."

부인이 말하였다.

"제가 들으니 인근에 이 생원 아무개가 있는데, 아주 많은 재물을 쌓아놓았다더군요. 저자가 내기를 즐긴다 하니 군자君子: 아내가 자기 남편을 높여 이르던 말께서 저자와 천 석의 노적가리를 놓고 한 번 내기함이 어떠신지요."

천일이 말하였다.

"저 사람은 장기바둑을 잘 둔다고 세상이 다 그 이름을 알잖소. 나는 수법이 심히 졸렬하고. 그러니 저자를 어떻게 이긴다 말이오?"

부인이 말하였다.

"이것은 실로 쉬운 일이에요. 제가 묘수를 하나하나 가르쳐 드릴게요."

천일도 또한 기걸찬 사람이었다. 한나절을 출입하지 않고 부인에게 대국의 진법을 하나하나 배우니 조리가 분명하고 바둑을 깨닫게 되었다. 이렇게 되자 부인이 천일에게 권하였다.

"이제 이미 수법을 깨달으셨으니 가히 바둑을 두실 만합니다. 군자께서는 모름지기 삼판양승으로 내기를 하십시오. 처음에는 거짓으로 져주고 두 번째, 세 번째 대국에서는 승부를 결정지으세요. 그렇게 저 사람의 노적가리를 얻은 후에 저 사람이 다시 겨루기를 청하거든 이때에는 신묘한 법을 운용하여 다시는 저 이가 대적치 못하게 하세요."

천일이 부인의 말대로 다음날 이 생원 집으로 갔다. 주인에게 내기바둑 두기를 청하니 그 사람이 웃었다.

"내가 그대와 한 동리에 살았으나 내기바둑을 둔다는 말은 듣지 못했소. 내 적수가 못 되니 대국할 필요가 없소이다."

하지만 천일은 여러 차례 대국하기를 간곡히 청하였다. 주인이 부득이하여 대국을 하며 말하였다.

"내 평생 동안 쓸데없는 내기를 하지 않았소. 이제 그대가 대국하려면 장차 어떤 물건으로 노름빚을 대려오."

천일이 "그대 집의 천 석 노적가리로 내기합시다" 하자, 그 사람이 "그대는 뭣으로써 내기하려오" 하고 물었다. 천일이 "나도 천 석을 내기하겠소" 하니, "그대가 부모님을 모시는 사람으로 천 석을 어떻게 마련하려오?" 하고 물었다.

천일이 대답하였다.

"이는 승부를 결정지은 후에 이야기할 바요. 내가 진 이상에야 천 석을 족히 염려할 바 아니오."

이에 삼판양승으로 결정짓자고 하였다. 천일이 처음에는 일 국을 거짓으로 지니 주인이 웃으며 말했다.

"과연 그대는 내 적수가 아니오. 내 애초에 말하지 않았소."

천일이 "아직도 두 번의 대국이 남았으니 나머지 결과를 봅시다" 하고 다시 대국을 하니 주인이 심히 괴이쩍고 의심스러웠다.

최후의 두 국은 마침내 천일의 승리로 돌아갔다. 주인은 매우 놀랍고 이상히 여기며 즉시 천 석을 내어주며 "세간에 이와 같은 이치가 어찌 있으리오" 하고는 다시 내기 바둑을 청하였다.

천일이 허락하고 이번에는 신묘한 수를 써서 다시는 내기바둑을 두지 못하게 하였다.

천일이 천 석의 조를 얻어 가지고 집에 돌아와 부인에게 말하였다.

"이제 천 석의 조를 얻었으니 이것으로 장차 무엇을 하려 하오."

부인이 말하였다.

"군자께서 평일에 친근하게 지내는 오래된 벗과 친척 가운데에 혼인과 상을 당하여 궁한 자와 또 가깝고 멀고를 묻지 말고 집안이 가난하여 능히 어떤 직업을 가지고 생활을 꾸려나가지 못하는 자에게 일일이 구휼을 베푸세요. 이와 같이 자선사업에 마음과 몸을 다하시고 또 원근의 귀하고 천한 사람 가운데 만일 기걸한 사람이 있거든 사람됨을 묻지 말고 이 사람과 교류하고 날마다 맞아 오세요. 그러면 술과 밥의 비용은 첩이 힘써 갖추어 모자라는 일이 없게 하겠습니다."

천일이 이 말을 따라 그대로 행하니 원근에 칭송하는 소리가 자자하였다. 많은 사람들의 칭찬은 마치 송덕비를 세울 정도였다.

하루는 부인이 시아버지에게 청하였다.

"제가 장차 농사를 지으려 하오니 울타리 밖에 있는 닷새갈이 밭을 내려주세요."

시아버지가 이를 허락하였다.

부인은 사람을 시켜 밭을 갈았으나 곡식을 뿌리지 않고는 전부 박을 심었다. 가을 추수기에 이르러 박이 익자 이를 거두어 칠을 하여서 저장해두었다. 매년 이와 같이 하니 몇 년 후에는 다섯 칸 창고에 그득하였다. 또 별도로 공장이를 고용하여 큰 쇠로 이 박과 같은 모양으로 여러 개의 쇠박을 만들어 이를 보관하였다. 집안사람들은 그 까닭을 알지 못하였다. 혹 묻는 자가 있으면 부인은 웃으면서 훗날에 알 날이 있으리라 할 뿐 더 이상 말하지 않았다.

그 뒤에 임진왜란이 일어나니 부인이 천일에게 말하였다.

"첩이 평소에 군자께 궁한 자를 구휼하고 가난한 자를 구제하며 기걸한 인사와 교류를 맺으라 함은 이때를 당하여 그 힘을 쏟고자 함이었지요. 이제 군자께서는 힘차게 의병을 일으키어 왕실에 관련된 일에 마음과 힘을 다하여 애쓰세요. 이것은 위로는 국가에 충성함이요, 중으로는 부모를 드러냄이요, 아래로는 향기로운 이름을 당세와 후세에 드리울 것입니다. 군자의 입신양명이 이 한 번 거사에 있습니다. 시부모님께서 피난할 곳은 이미 마련해 두었으니 걱정 마세요. 첩이 이미 무주 지방 아무 산 속에다 논밭을 간 지 오래되었으니 거기에 집도 있고 곡식도 있습니다. 털끝만큼이라도 군자에게 근심을 끼치지 않을 테니 염려 마세요. 첩은 이곳에 있으면서 군량을 힘써 마련함에 힘을 다하여 끊어지는 근심이 없도록 할 것입니다. 그러니 군자께서는 짧은 시간이라도 머뭇거리지 말고 어서 거사를 일으키세요."

이러하니 천일이 흔연히 부인의 말에 따라 드디어 의병을 일으켰다. 원근 각처의 사람들로 평소에 은혜를 입은 자들이 모두 찾아오니, 며칠이 안 되어 정예로운 병사 사오천 명이 되었다.

이에 군졸로 하여금 각각 그 칠한 박을 차고 싸움을 하게 하고는, 진지로 돌아올 때에 고의로 쇠박을 길에 버려두었다. 적군이 이를 주어 들어보니 그 무게가 수십 근이라 크게 놀라 말하였다.

"이 군졸들이 이 쇠박을 찼건마는 그 행동이 나는 것 같으니 그 용력이 절륜함을 알겠다."

그리고 왜군들에게 단단히 경계였다.

"쇠박 찬 군대를 만나거든 적을 가볍게 보지 말라. 미리 그 칼날을 피하라."

이런 까닭으로 천일의 병사들이 향하는 곳마다 왜군들이 모두 그 명성을 듣고 우러러 보고는 분주히 달아나며 감히 대항하지 못하였다.

천일이 왜적과 수십 회를 교전하여 수많은 기이한 공을 세웠다. 이것은 모두 그 부인의 선견지명과 보통 사람보다 뛰어난 술법과 계략에 의거함이다.

『기인기사록』 김천일 화話 시작 부분이다. 『기인기사록』은 1921~1922 년 '매일신보'에 연재한 야담을 책으로 간행한 것이다. 저자 송순기宋淳夔, 1892~1927는 일제치하 총독부 기관지 '매일신보' 기자로 출발하여 편집인 겸 발행인까지 되었다. 송순기의 자는 중일重一, 호는 물재勿齋로 36세로 요절한 지식인이다. 이에 더 관심 있는 독자들은 필자의 『기인기사』(푸른역사, 2008), 『기인기사록』하(보고사, 2014), 『송순기 문학 연구』(보고사, 2016)를 참조.

별별이야기 간 선생 왈

이 야담의 주인공은 조선 선조 때 의병장 김천일[2]의 부인이다. 부인의 이야기는 『계서야담』, 『청구야담』 등 여러 야담집에 보인다. 장지연의 『일사유사』에는 양梁씨 부인으로 나와 있다.

김천일은 언양 김씨로 전라도 나주목에서 태어나 1593년 6월 29일 2차 진주성 전투에서 아들 김상건金象乾과 함께 순사하였다.

김천일에 대한 평가는 엇갈린다. 이항복은 그를 기렸

의병장 김천일 초상화(한국학중앙연구원소장)

고 유성룡은 진주성을 함락케 한 '무능한'으로 보았다. 유의할 점은 김천일과 이항복은 서인이었고 유성룡은 동인의 영수였다는 사실이다.

김천일의 부인은 기록에 의하면 위원군수渭原郡守 김효량金孝亮의 딸 김해김씨金海金氏이다. 그러나 이 야화에서 부인에게 집안을 흔쾌히 경영하게 한 아버지는 이미 김천일이 태어난 던 해 세상을 떠났다(김천일의 아버지는 부인이 김천일을 낳은 다음 날 죽자, 그 해 7월에 세상을 떴다). 따라서 김천일은 외가에서 생활하였고 김천일의 부인은 시아버지를 보지도 못하였다. 그러니 이러한 글을 읽을 때에는 글줄과 글줄 사이를 주시하며 진실을 찾아야 한다.

임진왜란 후 우리 조선인의 삶은 총체적으로 변하였다. 심지어 '고[鼻]'가 코'로, '갈[刀]'이 칼'로 변하는 거센소리와 된소리 현상까지 일어났다. 언어현상까지 저렇게 변화시키는 것이 전쟁이다.

이 전쟁의 참혹함은 남성보다 여성에게 더 비극적이었다. 여성들에게는 적군도 적이지만 아군도 적인 경우가 허다하였다. 임진왜란을 초래한 것은 김천일의 부인과 같은 여성들의 부덕이 모자라 빚어진 게 아니었다. 두말할 나위 없이 그것은 남성들, 그것도 권세를 잡고 있던 몇 남성들의 문제였다.

임진왜란 후 우리의 소설사에서 여성 전쟁영웅들(《박씨전》, 〈홍계월전〉… 등)이 등장하는 것도 이러한 전쟁의 비극과 전쟁을 초래한 부조리한 남성 중심사회와 남존여비라는 가두리 양식장에서 사육되는 여성들에 대한 보상심리였다. 이 야사도 이와 동일한 보상심리를 담은 이야기다.

각설하자. 오늘도 여당 야당으로 나뉘어 격전을 치르는 저 여의도는, 조선 임진년 저 시절, 동인 서인이 패싸움을 하던 저 경복궁의 사정전思政殿: 왕이 평상시에 거처하면서 정사를 보던 건물. '사정'이란 생각하고 정치하라는 뜻으로 정도전이 지었다과 다를 바 없다는 믿을 수 없는 사실이다. 임진왜란을 초래한 저 몇 사람들의 후예들은 여전히 장소만 바꾸어 이 나라를 쥐락펴락한다. 모쪼록 진정한 김천일 부인의 후예들이 여의도에 많이 입성했으면 한다. 그래, 밝은 눈으로 천리를 보는 정치를 하여 우리 대한인을 성공한 사람들로 만들어주면 좋겠다. 그러려면 정도전의 말처럼 정치인들마다 국가와 민족을 생각하고 생각하는 '사정思政'의 뜻이 선행되어야 한다.

2

주인을 위해 원수를 갚은 계집 종, 남을 대신하여 원수를 죽인 의로운 남아

동계桐溪 정온鄭蘊, 1569~1641**1**이 나이 어렸을 때이다. 고을에 이름난 여러 선비들과 과거를 보러갈 때였다. 도중에 한 소교素轎: 장례에서 상제가 타기 위하여 희게 꾸민 평교자를 탄 여인과 혹 앞서거니 뒤서거니 갔다. 소교 뒤에는 한 어린 계집종이 뒤를 따라가는데 검은머리를 늘어뜨렸다. 그 용모가 매우 아름답고 행동거지가 단아하여 어떤 사람이 보든지 눈길을 멈추지 않을 수 없었다. 여러 사람이 말 위에서 모두 눈길을 주면서 가니 어린 계집종도 자주 뒤를 돌아 보는데, 유독 동계 정온에게만 추파를 보냈다.

이렇게 동행한 지 한나절이 되자 여러 사람이 정온을 희롱하였다.

"우리들이 문장학식에는 당연히 동계에게 자리를 양보하나 용모에 있어서는 우리들보다 특출한 점이 없거늘. 저 여자는 무슨 이유로 유독 동계에게만 마음을 주고 추파를 보내지? 세상일이란 이렇듯 알기 어려운 것이로다."

---

1 자는 휘원輝遠, 호는 동계桐溪·고고자鼓鼓子. 부제학을 지냈다. 병자호란 때 척화斥和를 주장하였으며, 이듬해 화의가 성립되자 벼슬을 버리고 은거하였다. 저서에 『덕변록德辨錄』, 『동계집』 따위가 있다.

그러며 서로 실없이 희롱하며 웃어댔다.

얼마 후에 그 소교는 동계 일행과 헤어져 한 촌락을 향하여 가버렸다. 그러자 동계가 말을 세우고 동행하던 선비들에게 말했다.

"여기서 이십여 리를 가면 주막이 있으니 자네들은 그곳에서 머물며 나를 기다리게들. 나는 아는 이 집에서 하룻밤 지내고 동이 트면 곧 자네들이 머무는 곳으로 뒤따라가겠네."

여러 사람들이 말하였다.

"사람들이 동계에게 거는 기대가 실로 가볍지 않다네. 지금 과거 길에 말고삐를 나란히 하였으니 중도에서 서로 이별치 못하거늘, 길에서 자그마한 한 요녀를 만나 부질없는 정욕에 끌려 도리에 어긋나는 마음을 일으켜 우리들을 주막집에 머무르게 하다니. 이러한 망령된 행동을 하니, 고인의 소위 '사람은 진실로 알기가 쉽지 않고 다른 사람을 알기도 역시 쉬운 일이 아니다'라고 한 말이 실로 자네를 두고 하는 말일세."

동계는 웃으면서 대답하지 않고는 말을 채찍하여 그 소교가 향한 마을로 들어갔다. 소교가 도착한 집에 이르니 집채는 크고 아름다우나 바깥쪽에 달린 사랑채는 부서진 지 이미 오래되었다. 동계가 말에서 내려 사랑의 난간 위에 앉아 그들의 동정이 어떠한 지를 보았다. 잠시 후에 그 어린 계집종이 안에서 나오는데 웃는 얼굴이 품에 안을 만하였다.

어린 계집종이 동계에게 말하였다.

"서방님께서 이곳에 오실 줄 제가 이미 점쳤지요. 이미 이곳에 오신 이상에야 이렇게 찬 난간에 앉아계시지 말고 잠깐 제 방으로 가시지요."

동계가 계집종을 따라서 들어가 보니 방 안이 극히 정결하였다. 저녁상을 내왔는데 풍성하게 잘 차렸다. 동계가 식사를 마치니 어린 계집종이 말하였다.

"제가 안에 들어가 청소를 하고 다시 나오겠습니다."

어린 계집종이 안에 들어간 지 여러 시간 뒤에 나와서 무릎을 맞대고 촛불 아래 앉으니 동계가 웃으면서 물었다.

"네가 어찌 내가 올 줄 알고 이와 같이 하느냐?"

어린 계집종이 말하였다.

"제 나이 이제 막 열일곱이고 용모가 과히 추루하지는 않아요. 오늘 길에서 서방님에게 여러 차례 추파를 보냈지요. 그렇게 하였기에 서방님같이 굳센 마음을 지닌 사내라도 마음을 움직이지 않고는 못 배기셨을 겁니다. 제가 이와 같이 한 것은 가슴속에 가득 찬 원통한 마음이 있어 서방님의 손을 빌려 그 원통함을 풀고자 함이에요. 원컨대 저에게 은혜를 내려주세요."

그러고는 눈물을 흘리니 안색이 처연하였다. 동계가 그 연유를 물으니 어린 계집종이 대답하였다.

"저의 상전은 여러 대 독자인데 한 음란한 부인네를 얻었기에 돌아가셨답니다. 가까운 일가붙이도 없어서 원통함을 풀어 복수할 방법도 없고, 다만 저 한 사람뿐이에요. 마음 속 깊이 원통하고 분한 마음이 가슴속에 맺혔으나 스스로를 돌아보건대 일개 여자의 몸으로 실로 어떻게 하기 어렵습니다. 그래 천하의 뛰어난 인물에게 제 몸을 허락하고 그 손을 빌려 이 원통함을 풀고자 하였습니다. 오늘은 그 음란한 부인네가 친가에서 돌아옴에 제가 부득이 뒤를 따른 것이랍니다. 길에서 서방님 일행을 만났을 때, 여러 사람 중에 오직 서방님이 가장 영웅호걸의 기상이 있어 평생의 원하던 바를 이룰 수 있겠기에 이와 같이 하였지요. 오늘밤에 저 부인이 또 간통할 사내를 끌어들여 안방에서 음란한 짓을 낭자하게 할 것입니다. 이것은 실로 천년에 한 번 있는 기회입니다. 원컨대 서방님께서 이 기회를 타서 일을 꾀해주신다면 백년의 한을 풀어볼까 합니다."

동계가 어린 계집종의 원통한 마음과 그 절의가 가상함을 칭찬하고 감탄하며 쓸쓸하니 얼굴빛을 바꾸고는 말했다.

"너의 뜻과 절개가 실로 기이하고도 장하구나. 그러나 내가 일개 서생으로 아무런 무기도 없으니 어찌 이 큰 일을 행하겠는가?"

어린 계집종이 말했다.

"제가 평소에 원수를 갚으려고 뜻을 다지고는 좋은 활을 구하여 감춰둔 지 이미 오래지요. 비록 활 쏘는 법이 묘하지 못할지라도 활을 당겨 화살 쏘실 줄은 아실 테니, 만일 화살을 쏘기만 한다면 맞추실 거예요. 제가 비록 흉악하고 사나운 사내일지라도 어찌 죽지 않을 까닭이 있겠는지요."

그러고는 활과 화살을 꺼내와 동계에게 주었다. 동계가 이에 활시위를 매서는 어린 계집종과 함께 안채로 기회를 타 들어가 창틈으로 엿보았다. 촛불이 밝아 환한 가운데 한 커다란 사내가 옷을 벗고 가슴을 드러내고 음부와 함께 서로 안고는 농지거리를 하는데 못하는 이야기가 없었다. 그 사내가 누워 있는 곳은 아주 방문에 가까웠다.

동계가 이에 활을 잡아당겨 창틈으로 힘을 다하여 화살을 쏘니 정확히 그 사내의 가슴을 관통하였다. 다시 화살을 재어 그 음부를 쏘려 하니 어린 계집종이 손을 휘저어 만류하고 급히 밖으로 동계를 끌어내며 말했다.

"저 음부를 비록 죽여도 아깝지 않으나 제가 어릴 때부터 섬겨온 지가 이미 오래되었답니다. 노비와 주인의 명분이 있으니 어찌 제 손으로 저 음부를 죽이겠는지요. 그러니 저 음부를 내치고 가는 것만 못합니다."

그러고는 동계를 재촉하여 행장을 수습하고 삼경에 문을 나섰다. 동계가 어린 계집종을 말에 태우고 이십 리를 가, 함께 길을 가던 과객들이 묵는 숙소를 찾아갔다.

이때에 하늘빛은 아직 밝지 않았다. 어렵게 주막집을 찾아 들어가니 동행들이 심히 괴이한 눈으로 쳐다보았다. 더욱이 동계가 그 여자와 함께 온 것을 보고 그 중에 한 사람이 얼굴빛을 바로잡으며 꾸짖었다.

"우리들은 평일에 그대와 몸을 닦고 삼간 선비로서 학문으로 청백개결한 자네를 추대하였네. 그런데 일개 여자에게 마음이 빠져 이미 우리들과 말머리를 함께하지 않았고, 또 한밤중에 여자를 데리고 온 것은 실로 군자의 처신이 아닐세. 평소에 우리들이 생각하여 우러르든 것과는 전연 상반된 행동이니 선비 군자로서 행동함이 어찌 이와 같은가?"

동계가 웃으면서 말하였다.

"나도 글을 읽은 사람일세. 어찌 여인을 탐하여 사대부의 행동을 알지 못하고 이와 같은 일을 만들었겠는가. 거기에는 기이한 곡절이 있다네."

그러고는 어린 계집종의 내력과 행한 일의 전말을 자세히 이야기하였다. 그러자 일행이 모두 놀랍고 기이하게 여겨 와자지껄 그 어린 계집종의 의로운 마음과 충성스런 마음을 칭찬하지 않는 자가 없었다.

　다음날 아침에 동계는 다시 일행과 함께 그녀를 데리고 서울로 와 한 지역의 집을 빌려 머물게 하였다. 동계는 즉시 과거에 응시하여 회시에 합격하고 벼슬길에 오른 이후에 어린 계집종으로 부실副室을 삼아 함께 살았다. 그 여인이 또한 그윽하고 한가하며 정조가 바르고 성격이 조용하여 부덕을 모두 갖추어 동계가 사랑함이 늙도록 줄어들지 않으니 고을에서 그 현숙함을 칭찬하여 말하지 않는 자가 없었다.

별별이야기 간 선생 왈

이 야담의 여주인공은 동계 정온(鄭蘊, 1569~1641)의 부실이 되었다고 한다. 하지만 이 이야기가 사실인지는 확신하기 어렵다. 동계는 나이 42살인 1610(광해군 2)년에야 겨우 진사로 문과에 급제하였다. 나이 42살에 과거를 보러 가다 간통하는 사내를 활로 쏘아 죽였다는 것이 영 미덥지 않다.

그러나 동계가 정의롭고 강개한 사람인 것만은 확실하다. 광해군이 영창대군을 죽이자 동계는 상소를 올려 이의 부당성을 꾸짖었다. 광해군은 노했고 동계를 죽이려 하였다. 이때 성균관 유생 이백여 명이 경복궁 안마당에 거적을 깔고 동계를 죽여선 안 된다고 하여 제주도 대정현으로 유배를 가 10년을 지낸다.

이후, 인조반정으로 풀려난 동계는 1636년 병자호란을 맞는다. 이때 동계는 예조참판대사간으로 청나라와 화의를 주장하는 최명길과 대척에 섰다. 동계는 "자고로 군자는 의리에 살고 의리에 죽는다"며 김상헌(金尚憲)과 함께 척화(斥和)를 주장하였다. 그러나 끝내 인조가 삼전도에서 항복하자 칼로 자신의 배를 찔러 자결을 시도하였고 겨우 목숨만은 건진다.

이후, 동계는 고향인 거창군 위천면 강천리로 내려가며 "이제 나는 망국의 신하이니 아무 곳[某里]에 산다고 해라" 해서 동네 이름이 '모리[某里]'가 되었다고 한다. 그는 1641년 73세를 일기로 죽었다. 그 해, 광해군도 유배지 제주에서 죽었다.

흥미로운 것은 이와는 달리 『기문총화』 544화에는 공처가 정온 이야기가 나온다. 어떤 사람이 "이이첨 같은 악독한 간신도 두려워 않는데 오히려 부인이 두려우신지요?"라 물으니 "이이첨 같

제주도 대정읍 안성리에 있는 동계 정온 선생 유허비

이 비(碑)는 1842년 추사 김정희가 대정현으로 유배를 와 세웠다. 미수 허목은 동계 정온의 행장에 이렇게 썼다.

"의가 아니면 어울리지 않고 도가 아니면 나아가지 않았으며, 의를 보고는 망설이지 않았으며 큰 환란을 당하여도 두려워하지 않았다. 절개를 지켜 의를 취하고 죽음을 보람으로 여겼으며 몸을 깨끗하게 하여 산 속에서 은거함에는 모든 세상이 다 그르다 해도 원한도 분노도 없었다. 아아, 옛날의 성인이나 현인과 비교해 보아도 손색이 없으며, 해와 달과도 그 빛을 다툴만 하다."

은 도적의 무리야 죽이면 죽지만, 이 사람은 온종일 못 살게 구니 참으로 두렵다네" 하더란다. 이런 정온이 저 계집종을 부실로 삼았다는 이야기이니, 그야말로 '여드레 삶은 호박에 도래송곳 안 들어갈 말'로 흥미로울 뿐이다.

차설하고, 남녀 간 애정으로 인한 비극은 저렇듯 죽음까지도 부른다. 가만 생각해 보니, '혹 음부가 죽인 남편을 어린 계집종이 연모한 것은 아니었을까?' 하는 야릇한 생각이 든다. 남녀 관계야 본래 드렁칡처럼 얽히는 법, 그리고 보니 죽임을 당한 음란한 부인의 남편이 또한 어떤 인물인지 궁금하다. 어린 계집종에게는 자신의 몸을 팔아서까지 원수를 갚을 만한 주인사내였지만, 음부에게는 죽일 남편이었기에 말이다. 나 역시도 누구에겐가 괜찮은 선생일지 모르지만 누구에게는 형편없는 선생일지도 모른다.

조선 영조대 화가 현재玄齋 심사정沈師正의
《책건우려策蹇牛驢: 소와 나귀를 타고 가는 두 사람》
(출처: 한국데이터베이스산업진흥원)

행장 차림은 비슷한데 탄 소와 나귀만이 다르다. 소
탄 사람은 채찍을 들었고, 나귀 탄 사람은 고삐를 잡
았다. 조선 속, 여행객들의 차림은 저러했으리라.

3

기이한 만남은 천생의 인연이 분명하고 사나운 아내는 생에게 독기를 감히 못하다

안동 권 진사(權進士) 아무개는 집안이 꽤 풍요로웠다. 성품은 엄숙하고 굳세며 바르고 점잖아 집안 다스리는데 법도가 있었다. 일찍이 권생이란 자식을 두어 며느리를 맞아들였는데 그 성질이 극히 사납고 질투심이 강하여 억누르기가 어려웠다. 오직 시아버지만이 엄숙함으로 감히 기를 펴지 못하게 하였다.

권 진사는 가정의 대소사를 꾸려감에 만일 큰 일이 있으면 반드시 자리를 대청마루에 펴놓고 앉아서는 엄정히 위의를 펼치고 몹시 엄하게 다루었다. 설령 목숨이 끊어짐에 이르지는 않을지라도 유혈이 땅에 낭자한 것을 본 후에야 그치고야 마는 지나친 버릇이었다. 이로 인하여 만일 대청에 자리를 펴는 것을 보기만 하면 일가 사람들이 모두 몸을 부들부들 떨며 두려워하며 반드시 송장 치울 준비를 해야 했다.

그 아들 권생의 처가는 이웃 고을이었다. 하루는 권생이 장인을 뵙기 위하여 처가에 갔다가 다음날 집으로 돌아올 때였다. 길에서 큰 비를 만난 권생은 주막집으로 피하여 들어갔다.

한 소년 과객이 대청에 앉아 있고 마구간에는 대여섯 마리의 준마가 있으며 남녀 종 또한 많았다. 한눈에 부인을 데리고 가는 자임을 알았다.

그 소년이 권생을 보고 수인사를 마친 뒤에 술과 안주를 권하니 그 은근한 정이 안색에 그득 넘쳤다. 권생이 속으로 혼잣말하기를 '나와 같이 초면인 자에게 이토록 친절하게 하다니. 거 참 이상한 걸' 하고는 인하여 서로 간 그 성씨와 주소를 물었다. 권생은 사실대로 말하였으나 그 소년 과객은 다만 성씨만 말할 뿐 주소는 알려주지 않으며 말했다.

"나는 부평초처럼 떠도는 자취 없는 사람입니다. 우연히 이곳을 지나다 비를 피하여 이 주막에 들어왔습니다. 그런데 뜻하지 않게 우연히 영형 슈묘: 남을 높여 이르는 말과 같은 준수한 선비를 만났으니 공경하고 사모하는 마음이 일어납니다. 이런 기회는 다시 얻기 어려우니 우리 밤새도록 기쁘게 취하고 싶습니다."

그러고는 이어 술을 내와 은근히 권하였다. 이렇게 주고받기를 여러 잔 하다가 권생이 술을 이기지 못하고 먼저 취하여 쓰러져 깊은 잠이 들었다.

이윽고 밤이 깊은 후에 권생이 비로소 술에서 깨어나 주위를 둘러보았다. 함께 술을 마시던 소년 과객은 보이지 않고 자기는 불이 커진 안방에 누웠는데 옆에는 한 소복한 아름다운 여인이 앉아 있는 게 아닌가.

권생은 깜짝 놀라 일어나 눈을 비비고는 그 여인을 보았다. 여인의 나이는 꽃다운 열여덟 열아홉 가량쯤 되었다. 몸가짐이 극히 단정하고 아름다워 한번 봄에도 예사로운 촌가의 천한 부녀자가 아닌 게, 반드시 서울 재상가의 여자임이 분명하였다.

권생이 다시 놀라워하며 그 여자에게 물었다.

"이곳은 어디며, 내가 왜 이곳에 누워 있는 게요? 또 그대는 뉘 집의 아녀자인데 이곳에 있지요?"

그러니 그 여자가 부끄러워 얼굴을 붉히며 살짝 돌아앉아서는 대답하지 않았다. 권생이 두세 번 물어도 입을 열지 않았다. 이렇게 꽤 시간이 지난 뒤에야 비로소 부드러운 음성으로 목소리를 낮추어 말하였다.

"첩은 본래 서울에서 대대로 벼슬한 집안의 여자입니다. 열넷에 시집을 갔는데, 운수가 기박하여 열다섯에 지아비를 잃었지요. 아버님께서는 일찍이 돌아가셨고 오라버니가 집안을 이끈답니다. 저는 친정으로 돌아가 절개를 지키려 하였으나, 오라버니께선 '사람은

다 남녀 간의 정이 있거늘, 청상과부로 절개만 지키는 것은 오히려 사람의 도리를 저버리는 것'이라 하였지요. 그러고는 풍습을 따르지 않고 장차 저를 상당한 가문에 다시 시집보내려 하였습니다.

일이 이렇게 돌아가자 집안 어른들의 비난이 크게 일어났지요. 이것은 가문의 명예를 더럽히고 욕되게 한다고 오라버니를 매우 꾸짖었습니다. 오라버니는 부득이 제 혼사 논의를 그만두었습니다.

그러고는 몰래 가마와 말을 갖추어 저를 태우고 문을 나섰지요. 그렇게 정처 없이 이리저리 다니다가 이곳까지 온 것입니다. 오라버니는 돌아다니다가 만일 도중에 뜻이 맞는 사내가 있으면 저를 맡겨 집안 어른들의 꾸지람을 피하고자 한 것이지요.

그러다 어제 우연히 당신을 뜻밖에 만나게 된 것입니다. 오라버니는 당신의 풍채와 태도가 비범한 것을 보고 술에 취하게 한 후에 사람을 시켜 업어다 이곳에 눕혔지요. 그리고 저에게 '내 보기에 이만한 인물이면 네 평생을 의탁해도 된다' 하고는 가버리셨답니다. 저 또한 당신의 몸가짐을 보건대 흠모하는 마음이 생겨 이렇게 된 것입니다."

그러고는 곁에 있는 한 상자를 가리키며 "이 속에 오륙백 은자가 있으니 이것으로써 당신의 의복을 마련하는 비용으로 삼으세요" 하였다.

권생이 매우 놀랍고 기이하여 밖에 나와 보니, 그 소년 과객과 여러 사람들이며 말도 모두 간 곳 없이 사라졌다. 다만 어린 계집종 두 사람만을 남겨 놓았다. 권생이 계집종에게 '주인이 어디로 갔느냐?'고 물었으나 '모른다'는 답변만 할 뿐이었다.

엉거주춤 밤하늘을 한동안 올려 보던 권생은 하릴없이 다시 방안으로 들어갔다. 권생은 일이 난감하게 된 것을 모르는 바 아니었으나 붉은 등불 밑에서 그 여자를 찬찬히 살펴보니 그 꽃다운 얼굴과 아름다운 자태에 마음을 억제키 어려웠다.

드디어는 그 여자의 손을 이끌어 뜨거운 한 밤을 지새우게 되었다.

권생이 한때 꽃다운 정에 마음이 동하여 중구 中篝: 남녀의 운우지락의 일을 치른 뒤로 백방으로 생각해 보니 이것 참 여간 큰일이 아니었다. '엄한 아버지를 모시면서 사사로이 첩을 두는 게 아들로서 패륜의 행동임은 말할 필요도 없는 것이라. 더욱이 내 아버지의 엄하심은 다른 사람과 비할 바가 아니니 반드시 큰 조치가 있을 테고. 여기에 아내의 질투가 그렇지 않아도 타의 추종을 불허하는 터 아닌가. 이를 장차 어떻게 하면 좋은가' 하고 여러 가지 생각을 하고 헤아려도 조금도 무슨 뾰족한 계책이 없었다. 도리어 기이한 인연으로 이 아름다운 여인을 만남이 커다란 두통거리였다.

권생은 동이 트자 일어났다. 계집종들로 하여금 문단속을 시키고 그 여자에게 말하였다.

"어젯밤에 일은 실로 천고의 기이한 인연이오. 그러나 집에 엄하신 부친이 계시니 내 임의로 어찌하기 어렵소. 우선 나 혼자 집에 가 그대를 데려갈 대책을 마련해 볼 테니, 잠시만 이곳에서 머무시오. 내 곧 기별하리다."

그러고는 주막집 주인에게도 잘 보살펴달라고 단단히 이른 뒤에 문을 나섰다. 권생은 곧장 가장 가까운 곳에 사는 지혜 많은 벗을 찾았다. 사실을 자초지종 말하고는 좋은 방도가 없느냐고 도움을 청하였다. 지혜로운 벗은 속으로 한참을 깊이 생각하더니 말했다.

"백번을 생각하여도 일을 처리하기가 심히 어려워. 딱히 좋은 방도는 없으나 시험적으로 한 계책을 써보세. 자네가 집으로 간 지 여러 날이 지나 내가 술자리를 베풀고 그대를 초대하겠네. 그러면 그대는 그 다음날 술자리를 마련하여 나를 청하게나. 내가 그 술자리에 참석했을 때 무슨 방법을 써보겠네. 그러니 자네는 이렇게 저렇게 하게나. 한 치의 틀림도 없도록 해야 하네."

권생이 크게 기뻐하며 곧장 집으로 돌아갔다.

여러 날 뒤에 과연 그 친구가 잔치를 여니 오라는 글을 보내왔다. 권생이 그 뜻을 아버지에게 아뢰니 아버지가 이를 허락하였다.

그 다음날에 권생이 아버지에게 아뢰었다.

"아버님! 어제 그 벗이 풍성한 잔치를 펼치고 이 아들을 맞아주었습니다. 마땅히 술자리로 답례해야 옳을 듯합니다. 오늘 술과 안주를 마련하고 마을의 여러 벗들을 청하는 게 좋을 듯합니다만."

이러하니 그 아버지가 이를 허락하였다.

권생이 이에 술자리를 마련하였다. 그 벗을 맞이한 후에, 벗이 시키는 대로 마을의 여러 소년들까지도 여럿을 초대하였다. 여러 사람이 시간에 맞추어 와서 먼저 권생의 아버지에게 일일이 절하여 뵈었다.

늙은 권 진사가 말하였다.

"그대들이 술자리를 마련하고 서로 즐거워하되 한 번도 나와 같은 늙은이를 청하지 않으니, 거 심히 애석하구나."

그러자 재주 있는 벗이 대답하였다.

"어르신께서 자리에 계시면 저희들이 행동이나 우스갯소리를 마음대로 하지 못할 것입니다. 또 어르신의 성품과 도량이 몹시 엄하여 이렇게 잠시 절하고 뵈는데도 마음이 소마소마 조심스러워 혹 잘못이나 있을까 걱정됩니다. 그런데 어찌 종일토록 어르신을 술자리에 모시고 저희들이 맘 편히 앉아 있겠는지요. 어르신께서 만일 저희들과 함께하신다면 차마 눈뜨고는 못 볼 풍경일 것입니다."

그러자 늙은 권 진사가 웃으면서 말했다.

"술자리는 원래 나이가 많고 적음도 늙음과 젊음도 구별이 없는 법이라. 오늘의 술자리는 내가 마땅히 주석主席: 술자리의 통솔자이 되리니 그대들은 모름지기 평소의 예절을 모두 벗어나 종일토록 즐거움에 취하라. 그대들이 설령 나에게 백 번 잘못할지라도 내가 조금도 개의치 않을 터이다. 그러니 옛사람의 노소동락老少同樂의 뜻을 몸 받아 털끝만큼도 괘념치 말고 즐겁고 우스운 이야기를 하여 이 늙은이의 고적한 마음을 위로하거라."

이렇게 되자 여러 소년들이 늙은 권 진사를 자리에 모시고 술동이를 기울이며 마셨다.

권생의 지혜로운 친구는 늙은 권 진사가 취흥이 도도해져 옥산퇴玉山頹: 술에 취해서 몸을 가누지 못하는 것을 일컫는 말이다. 『세설신어(世說新語)』 「용지(容止)」에 "산공(山公)이 말하기를 '혜숙야(嵇叔夜)의 사람됨은 외로운 소나무가 우뚝하게 서 있는 듯하며 술에 취하면 높고 높은 옥산(玉山)이 장차 넘어지려는 것 같다'고 했다"에서 유래하였다. '옥산'은 신선이 사는 산이다하고 홍조창紅潮漲: 홍조는 술에 취하거나 부끄러워 달아오른 얼굴빛으로 여기서는 술에 취해서 몸을 가누지 못하는 것을 일컫는 말로 옥산퇴와 대구로 만든 조어이다하기를 기다렸다.

술이 얼마쯤 취하자 권생과 약속하였던 지혜로운 친구는 늙은 권 진사 앞으로 나가 말하였다.

『설문해자』에서 '友'자는 두 손의 모양으로, 친구가 손을 뻗어 손을 잡는 것을 나타낸다. 고인들은 '동지위우同志爲友: 뜻을 같이 하는 사람이 친구'라 생각했다. 이 말은 같은 뜻을 가진 사람만이 친구라는 뜻이다.

"제가 기이한 한 고담古談: 옛 이야기이 있으니 원컨대 어르신을 위하여 우스갯소리를 하고자 합니다."

늙은 권 진사가 웃으며 말하였다.

"고담이라. 거 좋지. 어디 말해 보거라."

그 친구가 권생이 주막집에서 겪은 기이한 일을 한 편의 고담으로 만들어 흥미롭게 이야기하니 늙은 권 진사가 구구절절이 그 기이함을 칭찬하였다.

"실로 기이한 일이로다. 옛날에는 가끔씩 이런 기이한 인연이 있었지. 그런데 지금은 이러한 일이 있음을 듣지 못하겠구나."

그 친구가 말하였다.

"만일 어르신께서 이런 일을 당하셨다면 어떻게 처리하시겠는지요? 적적한 삼경, 사람도 없는 때에 절대가인이 옆에 있으면 이 여인을 가까이 하시겠습니까? 아니면 이 여인을 돌아보지 않으시겠습니까? 또 만일 이 여인을 가까이 하셨다면, 첩으로 삼겠습니까? 아니면 버리겠습니까?"

늙은 권 진사가 말하였다.

"진실로 궁형宮刑: 생식기를 거세하는 잔인한 형벌을 당한 이가 아닌 이상에 아름다운 여인을 한밤중 은밀한 방에서 만나 어찌 그저 보낼 이치가 있겠느냐. 또 이미 여인을 가까이 하여 베개와 잠자리를 함께한 이상에야 끝까지 인연을 맺지 않을 수 없으리라. 어찌 이 여인을 버려 원한을 품게 하겠는가."

그 친구가 말하였다.

"어르신께서는 원래 성품이 엄하고 준열하셔서 비록 이런 경우를 당하실지라도 반드시 마음을 움직이지 않아 절개를 훼손치 않으실 듯한데, 이런 말씀을 하시는군요."

늙은 권 진사가 머리를 가로저으며 말하였다.

"이것은 천부당만부당한 말이야. 혈기 방정한 소년이 왕왕 미인을 보면 온갖 계책으로 유인하는 일이 다반사거늘, 하물며 이 경우는 그 여자가 가슴에서 우러나오는 정으로써 나를 흠모한 것 아닌가? 제 스스로 나에게 온 이상에야 아름다운 여인을 보고 마음이 동하는 것은 당연한 일이라. 또 그 여자가 이미 사족士族: 문벌이 좋은 집안의 신분으로 이러한 일을 행한 것은 실로 그 정경이 슬프고 그 처지가 아주 궁한 것이라. 만일 그 여인을 거절한다면 반드시 여인으로 하여금 부끄러움을 머금고 원한을 쌓게 되는 터. 그렇게 되면 불행이 그 몸을 덮쳐 제 명대로 살지 못할 터이니, 이 어찌 사람에게 악을 쌓는 짓이 아닌가. 군자로서 일을 처리함에 한 곳에 치우쳐 둘을 잊으면 안 되는 것이라."

친구가 늙은 권 진사의 마음을 더욱 굳히기 위하여 다시 물었다.

"인정과 사리로 어르신의 가르침을 받았습니다만, 정녕 이외에 다른 변통은 없겠는지요?"

늙은 권 진사가 말하였다.

"어찌 다른 변통이 있으리오. 단연코 나는 박절한 사람이 되지는 아니하겠다."

늙은 권 진사 말이 이러하니, 그 소년이 그제야 웃으면서 사실을 고하였다.

"어르신, 이것은 고담이 아니라, 즉 댁의 영윤슈胤: 남의 아들에 대한 경칭의 일입니다. 아드님이 일전에 아무 주막집에서 여차여차하여 이와 같은 기이한 일이 있었습니다. 어르신께서 이미 사리의 당연한 것으로 두세 차례나 틀림없이 여인을 책임져야 한다고 말씀하셨으니, 아드님이 이제는 다행이도 잘못에 대한 책임을 면하게 되었습니다."

권 진사가 이 말을 듣자 얼굴이 붉어지며 당황하는 기색이 역력하였다.

그 자리에 그대로 앉아 한나절토록 말이 없다가 홀연히 노기를 띠고 얼굴빛을 정색하고는 음성을 엄숙히 하더니 말하였다.

"그대들은 이만 자리를 파하고 가거라. 내가 마땅히 이 일을 처리해야겠다."

여러 사람들은 모두 놀라 겁이 나서는 앞서거니 뒤서거니 일시에 흩어졌다. 지혜로운 친구도 하릴없이 물러날 수밖에 없었다.

모두 물러가자 늙은 권 진사가 큰 소리로 노비에게 명하였다.

"자리를 대청에 펴라!"

집안사람들은 모두 두려워 몸을 옹송거렸다. 장차 아들 권생을 어떤 죄로 어떻게 다스릴지 알지 못하여 모두들 부들부들 떨며 어찌할 바를 몰랐다. 늙은 권 진사가 자리에 높이 앉아, 또 큰소리로 급히 "작두를 가져오라" 하였다. 사내종이 황망히 명을 받들고 작두를 가져와 섬돌 아래에 놓으니, 늙은 권 진사가 또 종에게 소리쳤다.

"넌 곧 그놈을 데리고 와 이 작두에 엎드리게 하라!"

종이 부들부들 떨리는 손으로 권생을 데리고 와 목을 작두에 넣도록 하였다. 그러고는 늙은 권 진사가 크게 꾸짖어 말했다.

"이런 패륜한 자식이! 입에서 젖비린내도 가시지 않은 아이놈이 부모에게 고하지 않고 첩을 사사로이 둔단 말이냐! 이는 집안이 망하는 행동이라. 이 애비가 아직 죽지 않고 시퍼렇게 살아있는데도 이렇거늘, 하물며 내가 죽은 뒤에야 뻔한 일 아니냐. 이러한 패륜한 자식을 두었다가는 집안이 망할 뿐이니, 내가 생전에 머리를 잘라 뒷날 폐단을 막는 것만 못하다."

그러고는 추상같이 호령하여 사내종으로 하여금 "작두로 목을 잘라라!" 하니, 집안사람들이 어찌할 바를 몰라 모두 제 얼굴빛이 아니었다.

이때였다.

늙은 권 진사의 아내와 며느리가 대청 아래에 엎드려 애걸하기 시작했다. 늙은 권 진사의 아내가 말했다.

권 진사는 아들의 목을 소여물을 써는 '작두'로 자르라고 한다. 원본에는 '작도斫刀'로 되었다. (작두는 지역에 따라 '짝도(경상남도 창녕)·짝두(강원도, 전라남도 영광)·작뒤(함경도)'로 불린다.)

"영감, 저 아이의 죄가 설령 죽어 아깝지 않다 할지라도 어찌 눈앞에서 외아들의 머리를 자른단 말입니까."

그러고는 울며 간청하기를 그치지 않았다. 그러나 늙은 권 진사는 더욱 노하여 큰소리로 꾸짖어 물리쳤다.

"부인은 저리 썩 비키시오. 아녀자가 관여할 일이 아니오. 이것은 우리 집안이 걸린 문제요."

그 퍼런 서슬에 아내는 엎드려 곡만 할 뿐이었다. 그러자 이번엔 며느리가 머리로 땅을 찧어 유혈이 얼굴에 낭자히 흐르며 아뢰었다.

"아버님, 이 이가 설령 방자하게 멋대로 한 죄가 있을지라도 아버님의 혈속은 오직 이 이 뿐입니다. 아버님께서 어찌 차마 이와 같은 잔혹한 일을 행하여 누대봉사累代奉祀: 조상의 제사를 받듦을 말한다의 집안으로 하여금 하루아침에 대를 끊게 하는 것인지요. 청컨대 제가 그 죄를 대신하여 죽겠습니다."

늙은 권 진사가 며느리의 말을 듣고 더욱 노하여 소리쳤다.

"너도 물렀거라. 집안에 패륜아가 있으면 그 집안을 망하게 함은 물론이요, 그 욕됨은 선조에게까지 미친다. 내가 차라리 눈앞에서 집안 망칠 이 놈을 죽여 버리고 다시 명령螟蛉: 나나니(구멍벌)가 명령을 업어 기른다는 뜻으로, 양아들을 비유적으로 이르는 말이다으로 대를 이으면 된다. 이렇게 하거나 저렇게 하거나 어쨌든 집안 망하기는 일반이라. 차라리 깨끗하게 망함만 못하다."

인하여 사내종들에게 호령하여 급히 머리를 자르라 하니, 종이 입으로는 비록 "예, 예." 대답하나 차마 작두에 발을 얹지 못하였다.

이때에 며느리가 남편을 부둥켜안으며 더욱 부르짖으며 살려달라고 간청하였다.

그렇게 한 식경이 흐르자 늙은 권 진사가 좀 누그러진 음성으로 며느리에게 말했다.

"네 남편이 집안 망하게 한 일은 두 가지다. 부모를 모시는 자식으로 사사로이 첩을 둠이 그 망조가 하나요, 또 네 사나운 강샘(여인의 투기)으로 반드시 그 첩을 용납지 못할 것이 뻔하니 그렇게 되면 집안형편이 날로 어려워지니 그 망조가 둘이라. 내 눈 앞에서 이를 제거함만 못하니라."

며느리가 울면서 말하였다.

"아버님, 저도 사람의 얼굴과 사람의 마음을 갖추고 있습니다. 눈앞에서 이러한 참혹한 광경을 보고 어찌 '질투' 한 자에만 생각이 미치겠습니까? 만일 아버님께서 한 번 용서해 주신다면 제가 마땅히 새로 들어온 여자와 함께 살아가며 터럭만큼도 화락함을 잃지 않겠습니다."

늙은 권 진사가 잠시 눈을 감더니 이내 고개를 저으며 말하였다.

"아니다. 아니야. 네가 비록 오늘의 일이 급박하여 이러한 말을 하지만 반드시 얼굴로만 그러함이요, 속으로는 그러하지 않으리라."

며느리가 늙은 권 진사를 바라보며 말했다.

"그러할 까닭이 있겠는지요. 만일 그와 같이 한다면 저를 하늘이 반드시 죽이고 귀신이 반드시 죽일 것입니다."

늙은 권 진사가 짐짓 고개를 홰홰 저으며 말하였다.

"네가 내 생전에는 혹 그리할지는 모르겠다만. 그러나 너같이 투기가 강한 부인네가, 내가 죽은 후에 반드시 다시 그 질투의 악을 늘어놓을 게 뻔하다. 그때는 나도 없고 패륜한 네 남편이 능히 집안을 다스리지 못한다. 내 생전에 머리를 잘라 화근을 영원히 없애는 것만 못하다."

며느리가 다시 눈물을 떨구며 말하였다.

"아버님, 어찌 감히 그와 같은 까닭이 있겠습니까. 아버님께서 돌아가신 후에 만일 조금이라도 시앗을 시기한다면 개돼지만도 못할 것입니다."

늙은 권 진사가 다시 눈을 감고 한참을 있더니 말하였다.

"네 말이 정녕이렷다. 그렇다면 내 이번 일은 용서하리라. 그러나 네 투기를 보기만 하면 그 날로 네 남편을 반드시 처리할 것이니 그리 알아라."

그러고는 아들을 풀어주고 또한 종의 우두머리를 불러 분부하였다.

"너는 급히 가마와 말을 채비하고 인부를 인솔해 아무 주막에 가서 서방님의 소실을 맞아 오너라."

종이 명을 받들고 가서 한나절이 못 되어 그 여자를 데리고 왔다. 이에 즉시 구고지례舅姑

之禮: 예식이 끝나고 시부모가 며느리에게 덕담을 하는 예이다를 행하고, 또 정배正配: 정식으로 혼례를 치르고 맞이한 아내이다에

게 깍듯이 절을 시킨 뒤에 한 집에 살게 하였다. 일이 이렇게 되자 제 아무리 투기가 심한

며느리도 어찌지 못하였다. 며느리는 극히 온화한 마음으로 그 소실을 대하여 늙도록 화

락자담和樂且湛: 『시경(詩經)』의 "형제가 서로 화합해야 화락하고 즐겁다(兄弟旣翕 和樂且湛)"라는 구절에서 나온 말이다하여 집안

이 구순하였다고 하더라.

혜원 신윤복, 〈건곤일회첩(乾坤一會帖)〉 10(종이에담채, 23.5x27.5mm, 출처: 한국데이터베이스산업진흥원)

별별이야기 간 선생 왈

이 야담에는 두 가지의 지혜가 보인다. 아들의 일을 권 진사에게 슬며시 물어 권 진사의 행동에 제약을 준 친구의 지혜가 하나요, 시앗을 보게 되는 며느리 투기를 막아 집안을 화락하게 한 권 진사 지혜가 또 하나이다. 문제는 이 두 지혜가 모두 며느리에게는 영 지혜가 아닌 성 싶다는 데 있다. '시앗을 보면 길가의 돌부처도 돌아앉는다'고 한다. 지금도 그렇지만 사실 여인들의 투기는 무서울 정도로 냉혹하다.

'인체人彘: 사람돼지'라는 말이 있다. 사람을 돼지 모양으로 만드는 혹독한 형벌이다. 두 팔과 두 다리를 모두 절단하고, 두 눈을 칼로 후벼서 파내 장님 만들고, 구리를 녹여 귀속에 집어넣어 귀머거리 만들고, 혀를 잘라 벙어리를 만드는 극형이다. 그러고 나서 몸뚱이를 뒷간에 버려둔다. 바로 유방의 부인인 여태후가 척부인戚夫人에게 내린 벌이다. 유방이 죽은 뒤 여태후는 남편의 총애를 받은 척부인을 저렇게 뒷간에 넣어 죽였다. 시앗에 대한 무서운 증오이다.

허나, 두 사람이 정녕 인연이라면…. 그래, 인디언 주례사는 이렇단다. "사랑할 때까지만 함께 행복하니 잘 살아라."

우리 고소설 〈흥부전〉에도 이 시앗이 나온다. 〈흥부전〉에서 흥부는 박을 타서 온갖 금은보화를 다 얻는다. 그런데 시앗을 얻었다는 게 매우 흥미롭다. 그 대목은 이러하다. 박을 타 놓으니 그 속에서 연인이 나와서는 나부시 엎드려, "저는 월궁의 선녀입니다"라 한다. 흥부가 그래 왜 내 집에 왔냐고 하자, 선녀는 "강남국 제비왕이 나더러 그대 부실이 되어라 하시기로 왔나이다"라 한다. 물론 흥부처의 투기도 없지 않으나 흥부는 이 여인을 첩으로 맞아 행복하니 살게 된다. 그런데 이 첩이 놀부 아내가 보기에도 얼마나 마음이 불편했는지, 박을 타며 "다른 보화는 많이 나오되 흥부 아주버니같이 첩만은 나오지 마소서" 한다. 흥부에게는 행복이지만 흥부 처에게는 행복이 아닌가보다. 이 선녀가 이본에 따라서는 아래와 같이 양귀비로 나오기도 한다.

어여쁜 계집이 나오며 흥부에게 절을 하니, 흥부 놀라 묻는 말이,

"뉘라 하시오."

"내가 비요."

"비라 하니 무슨 비요."

"양귀비요."

"그러하면 어찌하여 왔소."

"강남 황제가 날더러 그대의 첩이 되라 하시기에 왔으니 귀히 보소서." 하니, 흥부는 좋아하되 흥부 아내 내색하여 하는 말이,

"애고 저 꼴을 뉘가 볼꼬. 내 언제부터 켜지 말자 하였지."

일본 에도시대의 화가 호소다 에이시가 그린 양귀비 초상화

④

해질녘 궁벽한 목숨을 구하려는 나그네, 천한 집 여자를 택하여 몸을 의탁하다

연산군 때 갑자사화[甲子士禍]가 크게 일어났다. 일시에 청류[淸流: 절의를 지키는 깨끗한 사람]들이 살육되어 거의 태반이 죽었다. 한 이씨 성을 자진 자가 있었는데 교리[校理: 종5품(從五品) 벼슬]로 지내다 목숨을 건지려고 달아났다. 보성[寶城: 전라남도 보성군의 군청 소재지]을 지나다가 한 곳에 이르러 목이 몹시 말랐다. 마침 시냇가에 한 처녀가 물을 긷기에 이 교리가 황급한 걸음으로 달려가서 마실 물을 구하였다. 그러자 그 처녀가 바가지에다 물을 뜬 후에 냇가의 버드나무 잎을 훑어서 물에 띄워 주었다.

그래 이 교리가 속으로 괴이하고 의아스러워 물었다.

"지나는 길손이 갈증이 심하여 물을 구하거늘 무슨 까닭으로 물에 버드나무 잎을 띄워서 주는 거냐."

그 처녀가 대답하였다.

"나그네께서 몹시 갈증나 하시는 것을 보니, 만일 찬물을 급히 마시면 반드시 뜻밖의 병이 되실까 염려되어서입니다. 그래, 나뭇잎을 물에 띄워 천천히 마시게 하려고 그랬습니다."

이 교리가 이 말을 듣고 자못 놀라며 그 명민한 지혜에 끌렸다. 이에 "뉘 집의 여식이냐?"고 물으니 개울 건너 유기장[柳器匠: 고리장이. 고리버들로 고리짝이나 키 따위를 만들어 파는 일을 직업으로 하는 사람의 딸이라고 대답하였다.

　교리가 마침내 그 여인을 따라 유기장의 집에 갔다. 그러고는 막무가내로 유기장에게 데릴사위로 삼아 달라 하였다. 유기장이 보니 옷매무새는 허름하나 양반이 분명하고 또 훤칠한 키에 다부진 체격이며 얼굴까지도 끼끗하고 미추룸하였다. 말하는 것으로 보아 장부로서 마음도 너벗하니 인금도 그만하면 됐다 싶었다. 마침 딸도 혼기가 찼고 또 눈치를 보니 좋아하는 것 같아 '유기 만드는 일을 하려느냐' 다짐을 받고는 허락하였다.

　그 날부터 이 교리는 이 유기장의 집에 일신을 의탁하게 되었다. 교리는 본래 서울 재상가의 아들이었다. 귀하게 자라며 오직 학업을 일삼았을 뿐이니, 유기 만드는 일을 잘할 리가 없었다. 날마다 일은 하지 않고 소대성_{고 소설 〈소대성전〉의 주인공으로 낮잠을 잘 잔다}처럼 낮잠으로 일과를 삼으니 유기장이 참다 참다 못하여 성내어 꾸짖었다.

　"내가 데릴사위를 얻은 본래의 뜻은 유기 만드는 일 도와주기를 바라서였는데, 이런 제길헐. 소위 데릴사위로 갓 들어온 작자가. 응, 그래, 다만 조석으로 밥만 축내고 오직 낮잠으로 소일을 하니. 이건 사위가 아니라, 일 개 반낭_{飯囊: 밥주머니라는 뜻으로, 무능하고 하는 일 없이 밥이나 축내는 사람을 조롱하는 말}이로군."

　그러고는 딸에게 다짐장을 놓았다.

　"너, 네 서방인지 남방인지에게 오늘부터는 아침저녁 밥을 반만 주어라. 알았니."

　"예."

　딸은 아버지의 명을 어길 수 없어 대답은 했으나 이를 심히 민망히 여겼다. 늘 부모의 눈을 피하여 몰래 음식을 이 교리에게 주었다.

　그러며 딸은 이 교리에게 말했다.

　"당신의 상을 보니 보통 사람이 아니에요. 지금은 한 때에 액을 만나 곤궁한 처지로 방황을 하나 훗날에는 반드시 복록이 무궁할 거예요. 힘드시더라도 어려운 괴로움을 견디시고 후일 좋은 날이 오기를 기다리세요."

　이러하니 부부 사이에 정이 아주 돈독할 수밖에 없었다.

　이렇게 지낸 지 몇 년 후에 중종_{中宗}으로 임금이 바뀌었다. 이에 연산군 조정에서 죄를 얼어 폐한 선비들 모두를 사면하고 맡았던 관직을 되돌려주라는 큰 조서를 천하에 반포하였다. 조정에서는 교리의 본가와 오랜 벗에게 사람을 보내어 이 교리의 소재를 탐문하였다. 이 교리를 찾는다는 이야기가 널리 마을과 마을 사이로 퍼져 마침내 이 교리도 자기를 찾는다는 이야기를 듣게 되었다. 이 교리는 심히 기뻐하여 장차 출각出脚: 벼슬자리에서 물러났다가 다시 벼슬길에 나아가는 것을 말한다할 방도를 생각하였다. 그러나 당장 서울에 입고 갈 옷도 노자도 없었다.

마침 초하루라 장인이 장차 유기를 관부에 납품하려 채비를 차렸다. 교리가 이에 그 유기장에게 말하였다.

"여보, 장인. 이번에는 내가 관부에 납품하러 가겠네."

그러자 유기장이 꾸짖어 말하였다.

"뭐라고. 원 말 같은 소릴 해야지. 그래, 자네같이 날마다 잠만 자고 동과 서도 알지 못하는 자가, 뭐 유기를 관부에 납품한다고. 또 내가 납품해도 관가에 들어가면 늘 유기를 보고서는 물리는 일이 많거늘. 자네 같은 어리석은 사람이 어찌 이 물건들을 무사하게 납품하겠는가."

이렇게 받아들이지 않으니 그 딸이 말하였다.

"옛 사람들이 말하기를 '사람은 참으로 다른 사람이 알아주는 것도 쉽지 않고 다른 사람을 알기도 역시 쉬운 일이 아니다人固未易知 知人亦未易也: 이 말은 「사기(史記)」 「범수채택열전(范雎蔡澤列傳)」에 나오는 말로 후영(侯嬴)이 신릉군에게 한 말이다'라고 하였어요. 제 지아비가 비록 불민하다 할지라도 일을 행하는 것을 본 연후에 가타부타하심이 좋을 듯합니다. 어찌 미리 그 불가함을 책망하시는지요. 한번 시험해 보시지요. 예, 아버지."

유기장이 듣고 보니 그도 그럴듯하여 허락하였다.

이 교리가 직접 유기를 지고 관가에 도착하였다. 관문을 성큼성큼 들어가 곧장 마당 한가운데 서서는 큰 소리로 본관사또를 불렀다.

"사또! 아무 곳에 사는 유기장수가 유기를 납품하러 왔노라."

본관사또는 곧 이 교리와 평소 절친한 사람이었다. 사또가 유기장이 소리치는 것을 들고는 혼쭐을 내려다 가만히 얼굴을 살펴보니 아, 이 교리가 아닌가. 크게 놀라 버선발로 뛰어 내려와 손을 잡고 탄식하였다.

"아, 이 사람아. 그대가 도망한 후 종적을 몰라 애태웠는데. 어느 곳에 감추었다가 오늘에야 어찌 이러한 행색으로 온 것인가? 지금 조정에서 그대를 찾은 지 이미 오래되었으니 속히 상경하게."

그러고는 술과 음식을 내와 잘 대접하고 또 의관을 가져와 옷을 바꿔 입게 하였다. 이 교리가 저간의 사정을 말했다.

"죄를 진 사람이 유기장의 집을 도둑질하였네. 그래, 오늘까지 죽지 않고 모질게 살아 목숨을 이어왔지. 어찌 태양을 다시 볼 줄 알았겠는가."

본관이 수레와 말을 준비하여 상경하기를 재촉하니 이 교리가 말했다.

"유기장이 삼 년이나 나를 거두어주었네. 이 정의를 돌아보지 않으면 안 되고 또 그 딸과 부부로 지냈네. 내가 마땅히 유기장에게 작별 인사를 하고 수일 후에 출발하려 하네. 자네는 내일 내가 사는 곳을 방문해주게."

그러고는 다시 올 때의 옷으로 갈아입고 유기장의 집으로 돌아와 말했다.

"내가 이번에 유기를 무사히 납품하였소."

유기장이 멋쩍게 말하였다.

"허, 참. 거 기이한 일이네. 옛글에 말하기를 '올빼미도 천 년을 늙으면 능히 꿩을 잡는다鴟老千年 能搏一雉'하더니 과연 헛말이 아니로군. 어찌됐거나, 오늘 저녁은 마땅히 큰 사발에 밥을 주거라."

그 다음날, 날이 밝았다.

이 교리가 일찍 일어나 문간에 물을 뿌리고 빗자루로 마당을 쓰니 유기장이 말하였다.

"우리 사위가 어제는 무사히 유기를 납품하고 오더니. 아, 오늘 아침에는 또 문간을 청소해. 낮잠만 일삼던 때에 비교하면 거의 대인군자가 되었네 그려."

마당 쓸기를 마친 이 교리가 짚방석을 뜰에 폈다.

유기장이 의아하여 그 까닭을 물으니 이 교리가 말하였다.

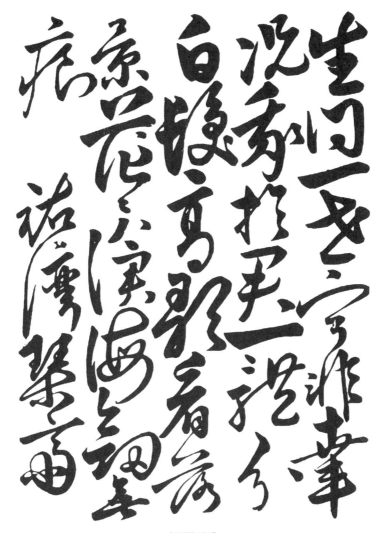

〈이장곤 필적〉

이 글에서 이 교리는 이장곤李長坤, 1474~1519이다. 이장곤의 본관은 벽진碧珍, 자는 희강希剛, 호는 학고鶴皐·금헌琴軒·금재琴齋·우만寓灣으로 신지愼之의 증손이다. 1504년 교리로서 갑자사화에 연루되어 이듬 해 거제도에 유배되었다. 이때 연산군이 무예와 용맹이 있는 그가 변을 일으킬까 두려워해 서울에 잡아 올려 처형하려 하자 이를 눈치 채고 함흥으로 달아나 양수척楊水尺의 무리에 발을 붙이고 숨어 살았다. 이 이야기는 이때 일이다. 다만 함흥이 이 이야기에선 보성으로 바뀌었다.

이장곤은 후일 중종반정으로 자유의 몸이 된 뒤, 동부승지, 평안도병마절도사, 대사헌, 이조판서를 역임하였다. 기묘사화에는 조광조趙光祖를 비롯한 신진 사류들의 처형을 반대하다가 삭탈관직을 당하였다. 그 뒤 경기도 여강驪江: 지금의 여주과 경상도 창녕에서 은거하였다. 사후 창녕의 연암서원燕巖書院에 제향되었다. 저서로는 『금헌집』이 있으며 시호는 정도貞度이다.

"오늘 본관사또가 장차 행차하기에 그를 맞이하려는 거요."

이렇게 말하니 유기장이 냉소하며 말하였다.

"자네가 꿈속에 말을 하는구나. 본관사또가 어찌 우리같이 천한 상천^{常賤: 상민과 천민}의 집에 행차할 까닭이 있겠는가. 이는 천부당만부당한 사리에 전혀 맞지 않는 황탄한 이야기 아닌가? 지금 생각하니 어제 유기를 무사히 납품했다는 말이 필연 노상에 버리고 돌아와 과장된 헛말을 한 것은 아닌가."

유기장이 말을 채 마치기도 전에 문 밖에서 "물렀거라!" 하는 벽제^{辟除: 지위 높은 사람이 지나갈 때} 구종별배(驅從別陪)가 잡인의 통행을 통제하는 소리 소리가 들리더니 관부의 공방아전이 채색 방석을 가지고 급히 들어와 방안에 펴며 말하였다.

갑자사화甲子士禍에 대하여: 1504(연산군 10)년 연산군의 어머니 윤씨尹氏의 복위문제에 얽혀서 일어난 사화이다. 연산군은 비명에 죽은 생모의 넋을 위로하기 위해 폐비 윤씨를 복위시켜 왕비로 추숭하고 성종묘成宗廟에 배사配祀하려 하였는데, 응교 권달수權達手·이행李荇 등이 반대하자 권달수는 참형하고 이행은 귀양을 보냈다. 이 과정에서 연산군은 정·엄 두 숙의를 궁중에서 죽이고 그들의 소생을 귀양 보냈다가 사사하였다. 그의 조모 인수대비에게도 정·엄 두 숙의와 한 패라 하여 병상에서 난동을 부렸으며 인수대비는 그 화병으로 세상을 떠났다. 또한 성종이 윤씨를 폐출할 때 찬성한 윤필상尹弼商·이극균李克均·성준成俊·이세좌李世佐·권주權柱·김굉필金宏弼·이주李胄 등을 사형에 처하고, 이미 죽은 한치형韓致亨·한명회韓明澮·정창손鄭昌孫·어세겸魚世謙·심회沈澮·이파李坡·정여창鄭汝昌·남효온南孝溫 등을 부관참시剖棺斬屍하였으며, 그들의 가족과 제자들까지도 처벌하였다. 이외에도 홍귀달洪貴達·주계군朱溪君 등 수십 명이 참혹한 화를 당하였다.

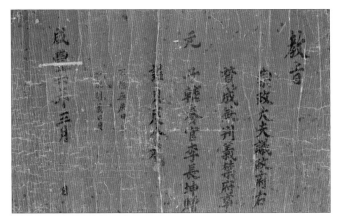

〈교지〉 경상남도 유형문화재 제309호. 이 유품은 1856(철종 7)년 이장곤에게 '정도공(鄭度公)'의 시호를 증하는 교지이다.

"본관사또의 행차가 문 밖에 이미 도착하였다."

이러하니 유기장 부부가 크게 놀라 창황히 얼굴빛이 변하여 머리를 잡고는 울타리 뒤에 숨었다. 잠깐 동안 본관사또를 인도하는 소리가 문에 이르더니, 사또가 말에서 내려 방안으로 들어와 이 교리의 손을 잡고 한훤寒喧: 날씨의 춥고 더움을 말하는 인사말을 마친 후에 말하였다.

"제수씨와 상면하고 싶네."

이 교리가 아내를 불러와서 뵙게 하니 아내가 형차포군荊釵布裙: 『열녀전(烈女傳)』에 보이는 고사로 가시나무 비녀를 꽂고 베치마를 입은 부인의 검소한 차림. 후한시대 양홍(梁鴻)의 처인 맹광(孟光)의 고사에 나온다 차림으로 와서 절하였다. 그 몸 가지는 태도가 단아하여 상천의 여자와는 크게 다르니 본관이 놀라며 치하를 하였다.

"이 교리가 어려운 처지에 빠졌는데 다행히도 제수씨의 힘을 빌려 오늘에 이르렀소. 비록 의기 사내라도 이보다 더하지 못할 테니 어찌 경탄치 않겠소."

유기장의 딸이 옷깃을 여미고 대답하였다.

"미천한 여자로 군자의 건즐巾櫛: 수건과 빗으로 부인이 되어 남편의 시중을 든다는 의미을 얻어 모신 지 삼 년에 귀한 분인 줄을 전연 알지 못하였습니다. 그래 지아비를 대접하고 일을 처리하는 절차에 무례가 많았습니다. 그러하온대 어찌 감히 본관사또의 치하 말씀을 받겠는지요."

이러하니 본관사또가 더욱 큰소리로 칭찬하였다. 그러고는 관례官隸: 관가에서 부리던 하인들에게 명하여 유기장 부부를 불렀다.

유기장 부부는 매우 두려워 어찌할 바를 몰랐다. 무릎걸음으로 납작 엎드려 뜰아래에 부복하여서는 감히 사또를 쳐다보지도 못하였다. 사또가 관례로 하여금 부축하여 일으키게 하여 마루에 올라오게 하고 술을 내려 치하하였다.

이렇게 하루 이틀이 지나자 이 교리의 이야기가 인근으로 퍼졌다. 인근 고을의 수재守宰: 각 고을을 맡아 다스리던 지방관들을 통틀어 이르는 말가 차례로 와서 뵙는 것이 문 앞에 끊임이 없고 매일 인마가 모여 떠들썩하니 구경하는 자들이 담과 같았다.

시나브로 또 며칠이 흘러 경성에 올라가는 채비가 마무리되었다. 이 교리가 사또에게 말하였다.

"이보시게. 저 여인이 비록 상천의 딸이라 하여도 내가 이미 배필로 삼아 삼 년간 함께 산 정의가 있네. 이뿐 아니라, 저 사람이 나를 위하여 정성과 예의를 다하였네. 그러하니 내가 지금에 귀하게 되었다 하여 내치지 못하네. 원컨대 저 여인이 탈 가마 하나만 빌려주시게. 내 함께 가야겠네."

"암, 그래야지. 그러해야 말고."

사또가 이를 흔쾌히 허락하고 곧 수레와 말을 준비하고 행구行具: 여행할 때 쓰는 물건과 차림를 갖추어 이 교리 부부를 경성으로 올라가게 하였다.

이 교리가 대궐에 들어가 은혜를 사례하니 중종中宗 임금께서 이곳저곳 떠돌아다닌 자초지종을 물었다. 이 교리가 이에 그 전후 사실을 아뢰니 임금이 두세 번이나 탄식하시며 말했다.

"이 여인은 가히 천한 첩으로 대하지 못하리라. 특별히 후부인으로 올리라."

이 교리는 오래지 않아 지위가 육조六曹의 으뜸 벼슬로 정2품正二品인 판서判書에 이르렀다. 유기장 딸과는 종신토록 해로하였고 지체가 높고 귀함이 비교할 데가 없으며 또 자녀가 집안에 그득하였다.

이것은 곧 판서 이장곤의 이야기라 하더라.

별별이야기 간 선생 왈

    이장곤의 이야기는 이렇게 끝났다. 이 이야기는 『대동야승』 등 여러 야담집에 보이며 그 유명한 벽초 홍명희의 『임꺽정』 권1은 이 이장곤 이야기로부터 시작한다. 유기장의 딸은 『임꺽정』에서 함흥 백정의 딸 봉단이다. 그녀는 이장곤과 함께 한양에 가 교육을 받으면서 양반 규수로 변화한다. 이 봉단의 외사촌이 임돌이고 임돌의 아들이 임꺽정이다.

    그러나 실상 이장곤이 유기장(백정)의 딸과 해로하였는지는 확인할 길이 없다. 다만 이 이야기가 여러 문헌에 보이는 것으로 미루어 유기장의 딸이든 백정의 딸인 봉단이든, 분명히 이장곤을 위기에서 구해준 '운명의 여인'인 것만은 틀림없는 사실이다.

    세상의 반은 남자, 반은 여자이다. 따라서 남자는 '운명의 여인'을, 여인은 '운명의 남성'을 만난다. 모쪼록 이장곤과 유기장의 딸과 같은 만남이었으면 하지만, 세상사 그리 만만치 않다. 그런 운명 같은 만남이었으면 하는 간절한 바람이, 때론 서풍의 하늬바람처럼 서늘하고 북풍의 된바람보다 호된 바람이 될지도 모를 일이기 때문이다. 그러나 그 또한 운명의 만남일지니, 잘 살아낼밖에.

5

겉으로는 어리석으나 안으로는 지혜로움을 누가 알리오, 본 듯이 앞일을 잘 헤아리는 유성룡의 치숙(痴叔)

서애西厓 유성룡柳成龍, 1542~1607[1]이 일찍이 안동安東에 살 때였다. 집에 한 아저씨가 있었는데 사람됨이 꾸물꾸물하니 어리석었다. 이른바 콩인지 보리인지 분별치 못하는 숙맥불변菽麥不辨이었다. 그래, 집안에서 부르기를 치숙痴叔: 어리석은 아저씨이라 하였다.

서애가 서울에 있다가 휴가를 얻어 고향집에 돌아와 여러 날을 한가하게 보내는 어느 날이었다. 치숙이 서애를 위하여 조용히 할 말이 있다고 하였다.

"자네의 집이 늘 시끌시끌하여 말할 기회가 없군. 만일 손님이 없어 조용하니 일이 부산치 않을 때가 있거든 나를 청하게나. 내가 몹시 중요하고 간절한 이야기가 있다네."

하루는 마침 손님이 없기에 서애가 곧 사람을 시켜 치숙을 청하였다. 치숙이 다 부서진 갓과 해진 옷을 입고 기쁜 낯으로 오니 서애가 몸을 굽히며 말하였다.

---

1 본관은 풍산豊山, 자는 이현而見, 호는 서애西厓. 경상북도 의성 출생. 자온子溫의 증손으로, 할아버지는 공작公綽이고, 아버지는 황해도관찰사 중영仲郢이며, 어머니는 진사 김광수金光粹의 딸이다. 이황李滉의 문인으로 김성일金誠一과 동문수학했으며 서로 친분이 두터웠다. 묘지는 안동시 풍산읍 수리 뒷산에 있다. 안동의 병산서원屛山書院 등에 제향되었다.

"아저씨께서는 무슨 가르침을 주시려 하는지요."

치숙이 웃으며 말했다.

"오늘 내가 자네와 한 판 내기바둑을 두고자 하는데…"

서애가 말하였다.

"아저씨께서 평소에 바둑 두신 일이 없거늘, 오늘 갑자기 대국을 청하시니 소질小姪: 조카가 자기를 낮추어 일컫는 칭호의 적수가 안 될까 걱정스럽습니다."

그러며 주저주저 받아들이지 않았다.

대개 서애의 기법棋法: 바둑을 두는 수법은 당세에 국수局手라고 칭할 만치 수법이 높았던 터였다.

치숙이 말했다.

"조카와 아저씨가 바둑을 대국함에 어찌 높고 낮음을 따지겠는가. 승부야 어떻든지 한 번 대국함이 좋을 듯하니 자네는 사양치 마시게."

서애는 하도 치숙이 강권하기에 마지못해 억지로 대국을 하였다. 서애는 치숙 보고 먼 저 두라고 하였다.

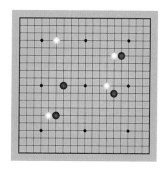

치숙이 두말없이 첫 바둑돌을 놓았다. 아, 그런데 이것 이 웬 일인가. 단 한 수를 놓았을 뿐인데 풍운의 조화와 수많은 군사와 말이 치닫는 기세였다. 반 국을 두지 못하 여 서애의 판국 형세는 형편없이 흐트러져 앞뒤를 서로 돌아보지 못하게 되었다.

서애는 동패서상東敗西喪: 동쪽에서 패하고 서쪽에서 죽는다는 뜻으로 가 는 곳마다 실패하거나 하는 일마다 망하는 것을 말함하여 감히 돌을 던지지 않을 수 없었다. 서애는 크게 놀 랐다. 그동안 치숙은 그 뛰어난 재주를 지닌 보통 사람이 아니면서도 일부러 자기의 재간 을 도회韜晦: 자기의 재간을 감추어 남들의 이목을 속이는 것을 말한다. '도'의 원뜻은 '활을 넣어 두는 주머니로 들어간다'이고 '회'는 '암 흑 또는 은밀히 감추다'의 뜻한 것을 그제야 알았다. 서애는 치숙 앞에 두려워 엎드러서는 말하였다.

"아저씨! 어찌 이토록 저희를 속이셨는지요. 유부유자猶父猶子: 아버지 같고 자식 같다는 뜻으로, 삼촌과 조 카 사이를 일컫는 말의 친함이 있거늘. 반생을 함께 살면서 이와 같이 속이셨으니 제 마음이 실로 부끄러움을 이기지 못하겠습니다. 지금부터 소질이 원컨대 기꺼이 가르침을 받고자 합니다. 모든 일의 잘잘못을 깨닫게 지도해주시기를 바랍니다."

그러자 치숙이 옷매무새를 가다듬고 말하였다.

"내가 어찌 자네를 속일 까닭이 있겠는가. 내기 바둑은 곧 우연한 일이라. 자네는 일찍이 나라를 걱정하고 백성을 다스리는 재주로 세상에 나가 임금을 섬김에 지위가 높고 총애가 두텁잖나. 나와 같은 우매하고 무지한 자가 어찌 가르칠 일이 있겠는가."

서애는 더욱 황공무지惶恐無地: 당황스럽고 두려워 몸 둘 바를 모름하였다. 그동안 치숙을 알아보지 못한 것에 마음도 편치 않고 바둑의 기세에 기운을 잃어 감히 바라보지를 못하였다. 치숙이 서애에게 "앞으로 가까이 오게" 하고 말하였다.

"내가 비록 용렬하고 어리석어 선견지명은 없으나 자네에게 한 가지 부탁할 일이 있네. 며칠 후에 반드시 한 중이 찾아와 절한 후에 하룻밤 자고 가기를 청할 것일세. 이를 결코 허락하지 말게나. 비록 천만 번 애걸하더라도 끝내 이를 거절하고 마을 뒤에 부처님을 뫼시는 암자에 머물라 하시게. 이 말을 꼭 기억하여 어기지 말게나."

서애가 "가르침을 받들겠습니다" 하고 정말 그러한지 치숙의 말을 증험하려 하였다. 과연 며칠 후에 한 중이 찾아와 통자通刺: 명함을 내밀고 면회를 청함하고는 서애 뵙기를 청하였다. 서애가 사람을 시켜 들어오게 하였다. 그 중은 키가 크고 몸이 장대하였는데 나이는 서른 일고 여덟 가량 되어 보였다.

서애가, "그래. 어디 사시는 뉘시오" 하고 물으니 중이 대답하였다.

"저는 강릉江陵 오대산五臺山에 아무갭니다. 영남嶺南 산천을 유람하기 위하여 명산고찰을 두루 답사하고는 이제 장차 돌아가는 길에 이곳에 이르렀습니다. 제가 듣기에 대감의 맑으신 덕과 훌륭하신 인망은 당세의 으뜸이라 하였습니다. 그래서 식형識荊: 평소 흠모하던 사람을 처음 만나 보는 것. 당나라 시인 이백이 '여한형주서(與韓荊州書)」에서 "살아생전에 높은 벼슬을 하는 것보다 한형주 같은 문장가와 사귀고 싶다"라 한 데서 온 말. '식한(識韓)'이라고도 한다의 원을 이루고자 감히 당돌함을 무릅쓰고 뵈오니 내치시지 않기를 바랍니다. 오늘은 날이 이미 늦었으니 원컨대 귀댁 한 귀퉁이라도 자리를 빌려 묵고 가기를 원합니다."

『징비록(懲毖錄)』 (대한민국 국보132호)

『징비록』은 이 유성룡이 임진왜란에 대해 기술한 책이다. 유성룡은 국가가 위기에 처한 임진왜란 기간에 영의정으로 온 몸을 던져 나라를 구하였다. 세계 해전사의 걸출한 영웅 이순신은 이 유성룡이 발굴한 인재다.

유성룡의 본관은 풍산豐山, 자는 이현而見, 호는 서애西厓. 경상북도 의성 출생. 임진왜란 전 일본에 통신사로 다녀온 김성일金誠一과 이황의 문하에서 동문수학했으며 서로 친분이 두터웠다. 임진왜란 전 김성일은 동인으로 일본에 부사로 다녀와 도요토미를 평가 절하하여 침략이 없다 했고, 반면 서인인 정사 황윤길은 침략이 있으리라 하였다. 유성룡은 동인의 분파인 남인이었다.

임진왜란으로부터 430년 뒤, 이 땅에서는 이태원 참사가 일어났다. 영의정(국무총리)이란 분의 무능한 모습만 보인다. 백성의 한사람으로 모쪼록 유성룡 정도의 영의정(국무총리)감을 구했으면 하는 바람이다. 허나, 이 땅의 정치이족수政治二足獸들로서는 난망難望한 일인 듯도 싶다.

서애는 속으로 놀라워하며 '과연 치숙의 말이 헛말은 아니구나' 하고 생각하였다.

서애는 그 중이 하룻밤 머물러가기를 간절히 청하였지만 치숙의 가르침대로 하였다. 중을 대하여 조심스럽고 중후한 태도로 말했다.

"대사의 천 리 고생한 발걸음이 이 누추한 집을 찾아주셨음은 실로 감사드립니다. 그러나 마침 집 안에 불행한 일이 있어 잠자리를 마련하기 어렵습니다. 결코 처음 뵙는 분이라 거절하는 게 아니오, 다만 사정상 어찌하기 어려워 그러한 것이니 오해 마시기 바랍니다. 이 마을 뒤에 한 부처님을 모신 암자가 있으니 이곳에 가서서 하룻밤을 묵고 내일 아침에 내려오시면 내가 마땅히 나가 맞이하겠습니다."

그러한데도 그 중은 여러 가지 이유로 간청하였으나 서애는 끝내 굳게 거절하였다.

중이 이에 부득이하여 동자를 따라 마을 뒤, 한 조그만 암자로 갔다.

서애가 중을 보낸 뒤에 마음속으로 치숙의 지혜로움이 귀신같음에 다시 놀라 감탄하며 "우리 아저씨께서는 이인이 아닌가?" 하고 혼잣말을 하였다. 서애는 이 일이 장차 어떠한 결과는 불러올지 알지 못하여 심히 번뇌함을 감당치 못하였다. 서애는 이날 밤에 한숨도 잠을 이루지 못하고 앉아서 아침을 맞으며 치숙의 동정만 기다렸다.

한편 중은 암자 문에 이르렀다.

치숙은 미리 계집종을 사당술랑: 몸을 파는 여인 모양으로 분단장을 시켜 놓고 자기는 거사居士: 출가하지 않고 집에서 불도를 수행하는 남자의 모습으로 꾸며, 망건을 쓰고 베잠방이 차림으로 문간에 나가 합장하고 맞아 절하며 말했다.

"어느 곳에서 오시는 존사尊師이신데 이와 같이 누추한 곳에 이르셨는지요."

그러고는 중을 인도하여 마루에 오르니, 중도 또한 합장하고 예를 표한 후에 '산천을 유람하던 발걸음이 우연히 이곳을 지나다가 해는 지고 갈 길은 멀어 하룻밤을 머물기를 원한다'는 뜻을 말하였다.

치숙이 이를 허락하고 상좌에 이끌어 앉히고 사당을 시켜 저녁밥을 내오기 전에 우선 술상을 잘 차려서 극진히 대접하였다. 중은 그 술맛이 달고 향기로우며 맑고 차서 칭찬하며 연하여 여러 잔을 마셨다. 저녁밥을 내오니 산효야속山肴野蔌: 산에서 나는 나물과 들에서 나는 나물을 조리한 음식이 매우 정갈하였다.

마침내 중이 매우 취하였고 또 배가 불러 침상에 정신이 아뜩하여 쓰러졌다.

그렇게 중이 얼마나 혼곤히 잠에 빠졌을까. 자정이 되었을 무렵 중은 홀연히 가슴이 답답하여 눈을 떴다. 그랬더니 거사(즉, 치숙)가 배 위에 올라타고 앉아 손에 날카로운 칼을 들고 눈을 부릅뜨고는 크게 꾸짖었다.

"이런 천한 왜국 중놈이! 어찌 감히 나를 속이려 드느냐. 네가 바다를 건너온 날을 내가 이미 알고 간교한 계획도 내가 또한 간파하였거늘, 네가 감히 나를 속이려 드느냐? 네가 만일 나에게 그 사실을 털어놓으면 혹 용서할 도리가 있지만, 그렇지 않으면 네 목줄기는 당장 이 칼 아래 끊어지리라."

중이 애걸복걸하였다.

"소승이 죽을 때가 이미 박두하였나 봅니다. 사정이 이러한데, 어찌 감히 터럭만큼이라도 속이겠습니까. 소승은 과연 일본인입니다. 지금 관백關白: 일본에서 왕을 내세워 실질적인 정권을 잡았던 막부의 우두머리 풍신수길豊臣秀吉은 장차 크게 군사를 일으켜 귀국을 침략하려 계획을 세웠습니다. 그런데 귀국 조정대신 가운데 유성룡 대감과 상국相國 이항복李恒福, 1556~1618 대감을 꺼려 소승을 시켜 먼저 건너가서 이 두 재상을 제거하라는 명령을 받았습니다. 저는 열흘 전에 경성에 왔는데, 마침 이 상국은 호남 지방에 여행하여 집에 없고 또 존가尊家: 상대방을 높이어 그의 집을 이르는 말의 유성룡 대감은 안동 고향집에 내려가셨다 하기에 즉시 길을 떠나 이곳에 온 것입니다. 소승이 상국 댁에서 오늘 하룻밤 묵기를 청한 것은 밤에 장차 상국의 목숨을 끊고자 하였는데, 천만 뜻밖에도 천사天師: 훌륭한 도사의 귀신같은 눈 아래 정체가 이렇게 드러 났습니다. 엎드려 바라옵건대, 한 가닥 남은 목숨을 보전해 주시옵소서."

치숙이 말하였다.

"우리 조선이 너희 왜국에게 침략 받을 것은, 이것은 어쩔 수 없는 하늘의 운수이다. 나 는 이 일을 십 년 전부터 예상하였다. 하지만 운수는 사람 힘으로 어찌하기 어려운 것이라. 그렇다 하여도 이 안동 땅만은 내가 있는 이상에 너희 왜국 군사가 단 한 명도 들어오지 못한다. 만일 이곳에 들어서는 날에는 큰 화를 면치 못하리라. 네까짓 녀석의 누의螻蟻: 땅강아 지와 개미라는 뜻으로, 작은 힘을 비유적으로 이르는 말 같은 목숨을 끊으면 무슨 이익이 있겠느냐. 이제 네 목 숨을 살려줄 터이니, 너는 귀국하거든 너희 나라 집사執事: 그 집 일을 맡아보는 사람. 여기서는 풍신수길에 게 이 말을 꼭 전하여 이 안동 땅은 범치 말도록 전하라."

중이 백배 사례하고 포두서찬抱頭鼠竄: 머리를 감싸 안고 쥐구멍으로 숨는다는 뜻하여 돌아갔다.

다음 해 임진壬辰의 난리가 일어났다. 왜군이 건너와 우리 조선 땅 각 고을을 침략하였지 만, 군중에 조서를 내려 감히 안동 땅만은 침범하지 못하게 하였다. 안동 지역은 이 치숙의 지혜에 힘입어 임진왜란 동안 병화가 비켜갔다고 하더라.

별별이야기 간 선생 왈

　'지혜 이야기다.' '지혜'라는 두 글자만 만나면 서너 호흡은 쉰 다음 말을 겨우 잇는다. '서리 맞은 호박잎'같이 맥을 못춰선다. 세상을 살아가며 이 치숙처럼 '지혜로운 사람'을 만나면 짜장 주눅이 든다. 더욱이 요즈음엔 한낱 '재주'를 '지혜'와 동일하다고 우기는 재주가 웃자란 재주아치들이 넘쳐난다.

　'지혜'는 모르겠거니와 저 '재주'를 들이댄다면 세상일에 손방이요, 청맹과니요, 글방물림인 나로서는 언감생심이다. 이렁성저렁성 그저 글이나 쓰고 학생들이나 가르치는 안방샌님인 나이기에 방안풍수짓은 말아야겠다. 그래, '재주'니 '지혜'에 대한 이야기를 이만 략_略 하니 영민_{穎敏}한 독자들께서 각자 '재주'니 '지혜'를 생각해 보시기를… 혜량_{惠諒}하옵시기를.

유성룡이 『징비록』을 집필한 장소로 알려진
경북 안동시 풍천면 하회_{河回}마을의 옥연정사_{玉淵精舍}

유성룡은 임진왜란이 끝나자 이곳에서 말년을 보내며 『징비록』을 집필하였다. 이 작품에 등장하는 치숙은 야담집 이외에는 문헌에 보이지 않는다. 또한 임진왜란 중 안동 지방에서도 의병이 일어났다. 그러니 이 글에서처럼 안동 지방 전체에 왜군이 침략치 않은 것은 아니었다.

6

사악한 귀신을 쫓아버린 송 상서,
충성을 잡고 절개를 세운 사람

송 상서(尙書: 고려 상서성의 정 3품 관직으로 조선시대의 판서에 해당) 광보(光輔)[1]의 호는 죽계(竹溪)니 고려 공양왕 때 사람이다. 5세에 계집종이 등에 업고 뒤뜰을 거닐 때였다. 마침 담을 이웃한 집의 밤나무 한 가지가 담장을 넘어왔다. 계집종이 밤송이 몇 개를 잡아서는 껍질을 벗겨 공에게 주니 공이 받아서 담 밖으로 던지며 말했다.

"물건은 각각 그 주인이 있으니 남의 물건을 가지만 안 돼!"

계집종이 매우 놀랍고 기이하게 여기며 이후로는 보통 아이가 아님을 알았다. 10세 때에 일찍이 〈백이전(伯夷傳: 사마천이 지은 『사기(史記)』 속에 있는 〈백이(伯夷)전〉이다〉을 읽다가 책을 덮고 길게 탄

1 본관은 진천(鎭川), 찬화공신(贊化功臣) 상산백(常山伯) 송인의 7세손이며, 할아버지는 직제학(直提學)을 지낸 송지백(宋之伯)이고, 아버지는 평리(評理)를 지낸 송소(宋昭)이다. 형제로는 전서(典書) 벼슬을 지낸 송광우(宋光祐), 낭장(郎將)이었던 송광도(宋光度)가 있다. 송광보가 안성군(安城君)에 봉해지고, 그 후손들은 안성공파로 분파하였다. 고려가 망하고 조선이 건국되자, 3일간 두문불출하고 개경을 향해 통곡하고는 벼슬을 버리고 고향인 지금의 진천군 덕산면으로 내려와 은거하며 고려의 멸망을 비탄하면서 가야금을 타거나 독서로 조용하게 살았다. 그 후 태조 이성계가 부르나 송광보는 "만약 강제로 따를 것을 명령하면 이 몸을 황해에 던져 고기밥이 되리라"고 거절하였다고 한다. 충청북도 진천군 덕산면 두촌리에 그의 묘소가 있다.

식하였다.

"옛날에 맹자께서 말씀하시기를 '사람들은 누구나 요임금이나 순임금처럼 될 수 있다'라고 하였으니 내 어찌 백이숙제伯夷叔齊: 백이와 숙제 모두 중국 은(殷)나라 말기의 현인이다가 되지 못하리오."

글방 선생이 이 말을 듣고는 크게 기이하게 여기며 말했다.

"이 아이의 골격과 말이 비상하니 훗날 국가를 위하여 큰 절개를 세울 자는 반드시 이 아이로다."

18세에 글공부를 잠시 접어두고 산수를 구경하기 위하여 호남 지방을 이곳저곳으로 두루 돌아다닐 때였다. 하루는 한 곳에 다다르니 날은 저물고 몸은 피곤하여 한 부잣집에서 쉬어가기를 청하였다.

저녁을 먹은 뒤에 밤경치를 감상하기 위하여 홀로 짧은 막대를 의지 삼아 그 집의 뒷동산에 올랐다. 원근의 풍경을 바라보다가 문득 자기가 머무는 부잣집의 안채를 바라보니 용마루 위에 요사한 기운과 살기가 넘쳐 하늘로 오를 형세였다. 광보는 마음속으로 매우 괴이하여 그 집으로 돌아와 자기가 본 것을 말하였다.

주인은 믿지 않으면서 안채에 들어갔다 와서는 공에게 말하였다.

"내 눈에는 요상한 기운이든지 상스런 기운이든지 보이지 않는데 그대는 무엇을 근거로 요기와 살기를 보았다는 것인가?"

공이 말하였다.

"이 기운이 지극히 요사스럽고 악하여 보통사람의 눈에는 보이지 않습니다. 이는 반드시 이 집안에 요사스런 물건이 있음이 분명합니다. 이를 제거하지 않으면 올해 안으로 이 집안에 큰 화가 있을 것입니다. 제가 이를 보고 안 이상에야 그 사실을 말해주지 않으면 안 되겠기에 일러주는 겁니다."

주인이 말하였다.

"내가 이 집을 새로 지은 후에 사람은 병이 없고 집에는 변고가 없을 뿐만 아니라 해마다 재화가 늘어나 오늘과 같이 부유하게 되었네. 만일 내 집안에 요사스런 물건이 있다면 결코 이와 같은 복록을 누리지 못하니 그대 말이 틀린 듯하네."

공이 말하였다.

"옛 사람들의 말에, '오늘이 있다고 내일의 없음을 잊지 말며 오늘이 편안하다고 내일의 위태로움을 잊지 말라' 하였소. 이른바 온 집안의 안락태평과 재물을 늘려 풍요로움은 오늘로써 보면 이미 과거의 복이오. 내일부터는 즐거움이 변하여 근심이 되며 복이 굴러 화가 될 것이오. 내 말을 믿지 않는 이상에는 나도 어쩔 수가 없거니와 만일 내 말이 이치에 맞다 여기면 내가 이 요사한 기운을 없애도록 한번 시험함이 어떠한지요?"

주인이 이 말을 듣고는 그때서야 놀랍고 겁이 나서는 액을 물리칠 계책을 구하니 광보가 물었다.

"이 집안의 사람 수가 몇이나 되지요?"

주인이 대답하였다.

"아내와 첩, 아내 소생인 올 해 열다섯 된 맏아들, 그리고 계집종과 하인 몇 명이 있을 뿐이네."

공이 물었다.

"그대의 부실副室: 남의 첩을 높여 부르는 말은 어느 해, 어느 달에 어느 지방 어느 곳에서 맞아들였는지요?"

주인이 대답하였다.

"올 봄에 내가 약초를 캐기 위하여 아무 산에 들어갔다가 하루는 날이 저물었지. 산중이라 마을은 없고 산기슭 아래에 조그만 초가집이 있기에 이곳에 가 하루 묵어가기를 청했다네. 한 묘령의 아름다운 여인이 나와 흔연히 맞아주기에 기쁨을 이기지 못하여 따라 들어갔고, 그 집에는 남자도 없고 다만 그 여자 한 사람뿐이기에 홀로 거처하는 이유를 물었더니, 산에 치성을 드리러 왔다 하더군. 아, 그러더니 밤에 잠자리를 하자고 청하지 않겠나. 그래 운우雲雨의 정을 나눈 뒤에 다시 백년가약을 맺고 그 여자를 데리고 와 지금 함께 살고 있네만."

공이 이 말을 들더니 이윽고 주인에게 말하였다.

"나를 내실로 안내하여 주시오. 나에게 요사스런 기운을 누를 방술이 있소."

주인이 공을 인도하여 내실로 들어가니 그 첩이 공이 들어오는 것을 보고 갑자기 크게 놀라며 바닥에 거꾸러졌다. 주인이 놀라 급히 일으키려 하며 자세히 보니 사람이 아니요, 한 마리의 구미호였다. 이에 크게 놀라 물으니 공이 말하였다.

"내가 아까 말한 요사스런 물건은 바로 이 구미호랍니다. 원래 여우라는 악한 동물은 천 년을 지나면 인간으로 변하여 사람에게 화를 주지요. 주인장은 불행히도 이 여우에게 혹한 것이오. 내가 이를 제지하지 아니하였다면 금 년 안에 이 집에서 사람이 죽어나가는 액을 면치 못할 것이었습니다. 내 일찍이 성인의 도를 배웠기에 이러한 사악한 것이 감히 바름을 범하지 못하게 한 것이지요."

> 전설의 고향에 자주 등장하는 여우 이야기이다. 동물이 사람으로 변하는 일이 있겠는가마는 동물과 사람이 함께 사는 세상이다 보니 자연스럽게 이런 이야기가 만들어진 듯싶다.
> 속담에 '여우를 피해서 호랑이를 만났다'는 말이 있다. 갈수록 더욱더 힘든 일을 당함을 비유적으로 이르는 말이니, 차라리 세상살이에 여우를 만난 게 나을지도 모를 일이다. 또 여우는 꾀가 많은 동물이기에 '여우는 두 번 치이지 않는다'는 속담도 있다. 여우같은 삶도 그리 나쁜 것만은 아닌 듯하다.

이에 주인 이하 모든 사람들이 '신인神人이다!'라 부르며 백배 사례하였다.

그 뒤에 공이 또 영남 지방을 돌아다닐 때였다.

하루는 한 곳에 이르니 골짜기가 크고 깊었으나 구역은 평탄하여 약 수십 호의 촌락을 이룰만 하였다. 사람의 모습은 보이질 않고 논밭은 황폐하여 보기에 매우 참담하고 쓸쓸하였다. 공이 이리저리 걸으며 멀리 바라보고 황폐한 폐허를 손가락으로 가리키며 이상하다는 듯 고개를 갸우뚱하고는 동구 밖으로 나왔다.

산기슭 아래에 이르자 몇 간 되지 않는 한 채의 매우 작은 초가가 보였다. 공은 마을이 황폐해진 사실을 묻기 위하여 청려靑藜: 명아주의 줄기로 만든 지팡이로 껍질 벗긴 대나무로 만든 문짝을 두드렸다. 안에서 60은 조금 넘긴 듯한 한 늙은이가 지팡이를 짚고 몸을 구부리고 나왔다.

공이 문간에 서서는 노인에게 물었다.

"나는 강산을 유람하는 나그네입니다. 사방을 돌아다니다가 오늘 우연히 이곳에 이르렀습니다. 그런데 이 땅이 비록 산골짜기라 하여도 지형은 평탄하고 토지는 광활하여 가히 큰 촌락을 형성할 만합니다만, 그런데 오직 집은 폐허가 되고 땅은 황량하며 사람의 그림자조차 드무니 이 무슨 까닭인지요?"

노인이 한숨을 쉬고 크게 탄식하며 말하였다.

"이 땅이 전에는 과연 가옥이 즐비하고 촌락이 아주 번화하였지. 그러더니 거금去今*편주: 시간을 나타내는 말 앞에 쓰여, 지금으로부터 거슬러 올라가서 어느 때까지의 시간을 나타내는 말* 십년 이래로 저 산골짜기 속에 한 허물어진 절이 있는데 망량魍魎*편주: 동물이나 사람의 모습을 한 귀신의 하나*이 출몰하여 사악하고 불길하게 날뛰더니 한밤중에 인가를 불태워 버렸지 않았겠소. 또 집안까지 침입하여 가구집기를 부수고 그 작폐가 심하니 이 마을에 살던 사람들이 살아갈 도리가 없었지. 그래, 차례로 집을 부수고 문을 닫아걸고는 이곳으로 옮겨 산 거라네. 이제 와서는 한 집도 없고 자연 폐허만이 있는 풀만 수북한 촌이 되었지. 지금 내가 사는 이곳은 큰길가에서 비켜 있고 저 폐허가 된 절과도 조금 떨어졌기에 흉악한 놈의 피해가 덜하여 홀로 이곳에서 살아가는 거라네."

공이 듣기를 마치고는 노인에게 말하였다.

"사악함이 감히 바름을 범치 못하지요. 나는 저 귀신을 두려워하지 않습니다. 오늘밤에 내가 마땅히 저 허물어진 절 안에 들어가 귀신의 동정을 엿보아 살피고 어찌해 볼 방도가 있으면 내 한 몸을 던질지라도 이 사악한 귀신을 쓸어버리고 사람들의 근심을 없애겠습니다."

노인이 소매를 잡으며 만류하였다.

"그대가 비록 연소한 혈기로 용기 있다 할지라도 악귀의 앞에 영웅이란 없는 것일세. 전일 수십 호의 큰 촌락이 오늘에 없어진 동네가 된 것만 보아도 알잖은가. 그대는 어찌 몸을 가볍게 놀려 천금 같은 몸을 해치려드나."

공이 웃으며 말하였다.

"사람이 죽고 사는 목숨은 하늘에 달려 있습니다. 사악한 귀신이 감히 좌우할 바가 아니지요. 이것은 족히 두려워할 게 아닙니다. 또 사람의 용력으로 사악함을 다스리려는 게 아니요, 오직 심령(心靈: 정신의 근원이 되는 의식의 본바탕. 곧, 마음속의 영혼. 육체를 떠나서 존재한다는 마음의 주체)으로써 이를 제거하려는 것이니 노인께서는 과히 심려치 마십시오."

공이 이렇게 말하고 표연히 짧은 채찍을 가지고 그 무너진 절을 찾아갔다. 이르러보니, 즉 방옥(房屋: 겨울에 외풍을 막기 위하여 방 안에 장지를 들여 조그맣게 막은 아랫방)엔 흙이 무너졌고 집은 황락하여 다만 가을 풀만이 무성하게 자라 있고 찬바람 소리만이 쓸쓸할 뿐 아니라, 비린내가 코를 찌르고 사람의 해골과 같은 것이 쌓여 서로서로를 베고 나뒹굴었다. 공은 냄새가 너무나 고약하였으나 조금도 두려워 위축 들지 않고 우뚝 서서는 귀신의 움직임을 기다렸다.

이경(二更: 밤 아홉 시부터 열한 시까지의 사이)이 지났다.

과연 산골짜기 안에서 천병만마(千兵萬馬)가 몰아치는 듯한 소리가 들리더니, 푸르른 화광이 빛나고 섬광이 번쩍하면서 절 문간을 향하여 달려들어 왔다.

공은 더욱 정신을 바짝 차리고 의연히 움직이지 않고 앞만 주시하였다. 수십의 귀신 무리가 모두 머리를 흔들어대고 손뼉을 치며 혹은 노래도 부르고 혹은 웃으면서 각기 큰 막대기를 가지고 마당 가운데로 몰려들었다.

그 중 한 귀신이 먼저 이르러 공을 보더니 곧 황망한 걸음으로 뒤로 물러나며 여러 귀신들에게 말하였다.

"저 대청의 위에 사람이 있다."

여러 귀신들이 펄쩍펄쩍 뛰면서 서로 말하였다.

"오늘밤엔 요행히도 놀잇감이 갖추어졌구나."

그 가운데 한 커다란 귀신이 검을 들고 들어오다가 공을 보고 갑자기 벌벌 떨며 뒷걸음질을 치며 여러 귀신들에게 말했다.

"그냥 세상 사람으로만 알았는데, 천만뜻밖에도 송 상서가 왔다! 이 사람은 귀신을 부리는 재주가 있어. 오늘밤은 득의추(得意秋: '득의지추(得意之秋)'로 가을의 추수하는 권한을 가진다는 의미로 '뜻을 이룬다'는 말)가 아니니 물러가는 게 좋겠다."

그리고 장차 걸음을 되돌리려할 때였다.

공이 하늘을 우러러 마음으로 기원하고 한번 휘돌아보고 문득 큰소리로 외쳤다.

"너희들 사악한 귀신이 감히 어느 곳으로 도망치려느냐?"

여러 귀신이 크게 놀라 일시에 공 앞에 엎드리며 '죄를 사해 달라'고 애걸하거늘 공이 노하여 말했다.

"너희들의 죄가 적잖다! 너희들은 천명이 내릴 때까지 이곳에서 명을 기다려라."

여러 귀신이 감히 한 마디도 못하고 밤이 새도록 고개를 숙이고 엎드려 있었다. 날이 밝으니 점차 귀신의 형체가 사라지고 절의 벽에 걸려 있던 옛 화상畵像을 그린 종잇조각들이 바람을 타고 땅에 떨어졌다. 공이 이를 수습하여 일일이 불태운 뒤에 그 절에도 불을 놓아 태워 재를 만든 후에 돌아갔다.

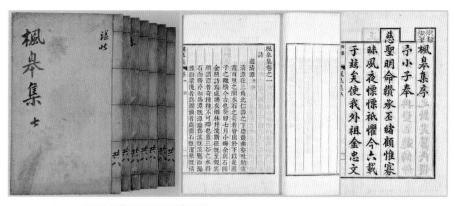

조선 후기의 문신 김조순의 『풍고집楓臯集』. 1868(고종 5)년 그의 문중에서 간행하였다.

귀신의 형상과 인간 송광보의 대결이다. 왜 인간 송광보가 이겼는지는 구체적으로 모르지만, 김조순의 『풍고집楓臯集』에는 이에 대해 생각해 볼 말이 있다.

"무릇 고심하면 반드시 생각이 깊어진다. 깊이 생각하면 반드시 이치가 해박해지고, 이치가 해박하면 반드시 말이 새로워진다. 말이 새로워지고도 (노력을) 그치지 않는다면 공교해지고, 공교해지고도 (노력을) 그치지 않는다면 귀신도 두려워 벌벌 떨게 되고 조화가 옮겨온다.夫吟苦則思必深 思深則理必該 理該則語必新 新而不已則工 工而不已 則可以慴鬼神 而移造化矣."(『풍고집楓臯集』권16 '잡저' 〈서김명원경독 원미정고후書金明遠畊讀園未定稿後〉)

고심→깊은 생각→이치 해박→새로운 말(노력)→공교해진 말(노력)→'귀신도 두려워할 만하게 되고 조화가 옮겨온다'라는 과정이다. 물론 이글은 글쓰기에 대한 것이나 세상이치라고 다를 바 없다.

송광보가 귀신을 물리친 힘은 아마도 세상에 대한 고심, 즉 '이 삶을 어찌 살아야 하나?', '학문을 어떻게 해야 하나?'… 등의 무수한 '고심'이 '생각'과 '이치'로 옮겨져 '귀신도 두럽게' 만든 게 아닌가 한다.

2022년 7월, 세계인은 2년 동안 '코로나'라는 병원체를 귀신이라도 본 양 떠들어댄다. 그렇다면 '코로나'를 쫓아버리는 방법은 간단하다. '어떻게 쫓아버릴까?' 고심하면 된다. 많은 이들이 '고심'하고 있고 또 여기저기에서 '완치됐다'는 새로운 말도 들린다. 곧 '코로나'라는 병원체 귀신도 두려워 벌벌 떨며 사라질 날이 올 것이다.

이후로는 귀신으로 인한 근심이 그쳤고 사람들이 점차 이주하여 지난날의 촌락이 다시 생겼다 하더라.

그 뒤에 공이 서울에 돌아가 과거에 응시할 때였다.

그날 밤에 한 꿈을 꾸었다. 자신이 벼[禾]를 베어 말[斗]로 헤아리는 것이 보였다. 다음날 아침 일어나 공이 스스로 꿈을 해몽해 보니 '벼 화禾' 변에 '말 두斗'는 즉 '과거 과科' 자였다. 공은 '내가 과거에 합격할 것은 의심할 바 없구나' 하고 생각하였다.

과연 이날 과거에 급제하여 즉시 한림학사翰林學士: 고려시대에 학사원·한림원에 속한 정4품 벼슬. 임금의 조서를 짓는 일을 맡아보았다를 제수하였다.

이때는 공민왕恭愍王: 고려 31대 임금. 충숙왕(忠肅王)의 둘째 아들로 30대 충정왕(忠定王)의 폐위로 왕위에 올랐다. 원나라 위왕(魏王)의 딸 노국대장공주(魯國大長公主)와 혼인하였다의 만년이었다. 왕이 친히 어전으로 불러서 어주御酒를 내리시며 말하였다.

"경의 선조 진천백鎭川伯: 진천 송씨의 시조 송인(宋仁)으로 고려 때 평장사로 상산(常山: 鎭川)백(伯)에 봉해졌으므로 후손들이 진천을 본관으로 하였다은 우리 인종仁宗, 1109~1146: 고려 제17대 왕(재위 1122~1146). 어린 나이로 왕위에 올라 이자겸의 난, 묘청의 난 등을 겪었다을 보좌하여 태평성대를 이루었지. 경은 모름지기 짐을 도와 이 위축되어 기세를 펼치지 못하는 나라의 기운을 만회하라."

이리하시고 총애가 날로 더하였다. 오래지 않아 예부상서禮部尚書: 예부(禮部)의 으뜸 벼슬를 발탁하여 제수하고 나라의 여러 일을 물었다. 공도 왕이 재주를 알아주고 대접해주는 은혜에 감동하여 충성을 다하여 보좌하였다. 공의 성품이 또한 강직하여 옳고 그름을 말하니 알지 못하는 일이 없었으며 알고서는 말하지 않는 것이 없었다.

왕이 항상 경탄하였으며 포은圃隱 정몽주鄭夢周, 1337~1392: 고려 말의 충신. 야은(冶隱) 길재(吉再), 목은(牧隱) 이색(李穡)과 더불어 삼은(三隱)의 한 사람도 늘 공의 재주를 칭찬하여 "왕을 보좌하는 재주가 있다"하며 또한 가까이 공경하기를 그치지 않았다고 한다.

그 뒤에 조선 태조太祖의 위세와 권력이 날로 성함을 보고 하루는 왕에게 은밀히 아뢰었다.

"이李 시중侍中: 시중은 문하시중(門下侍中)으로 고려 중서문하성의 최고 관리로 품계는 종1품이다. 여기서 이 시중은 태조 이성계이다이 장차 국가에 이롭지 않으니 청컨대 그 권세를 깎아 후일 뜻밖의 변을 막으소서."

이렇게 여러 번 이를 힘써 말하였다. 그러나 왕은 입으로는 "그래, 그래" 하였으나 끝내 그 말을 따르지 못하였다. 일찍이 공이 한 이 말이 많은 관리들 사이에 알려지자 정도전鄭道傳, 1337~1398: 호는 삼봉(三峯)으로 조선의 건국에 이바지한 공이 크다. 후일 이방원에 의해 죽임 당하였다이 이를 핵주劾奏: 관리의 죄를 탄핵하여 임금이나 상관에게 아룀하여 국가의 원훈元勳: 나라에 큰 공이 있어 임금이 사랑하고 믿어 가까이 하는 신하을 망령되이 무고하였다고 왕께 청하여 중전重典: 엄격한 제도나 법률에 처하고자 하였다. 왕이 그 사람 됨을 본디 알기에 특별히 용서하여 공의 벼슬을 낮추어 안성군수安城郡守라는 외직으로 나가게 하였다.

공이 명을 듣고 즉시 길을 떠나 이 고을에 부임한 후로 늘 나랏일이 날로 나빠짐을 통탄하며 잠깐이라도 즐기지 않았다. 그러나 목민牧民으로서 백성을 다스리는 임무가 또 중하고 컸기에 이는 게을리하지 않았다. 공은 백성 다스리기를 너그럽게 하며 사람 사랑하기를 덕德으로써 하고 예의를 숭상케 하며 농사일과 누에치는 일을 권장하였다.

이와 같이 한 지 몇 해에 고을이 크게 다스려져 곳곳에 아후래모我侯來暮: '우리 원님이여 해질녘 태평가를 부릅니다'라는 선정(善政)을 찬미하는 노래의 노래를 부르며 소부두모召父杜母: 중국 전한(前漢) 때 남양태수(南陽太守)를 지낸 소신신(召信臣)과 후한(後漢) 때 남양태수를 지낸 두시(杜詩)가 각각 선정을 베풀어 백성들이 부모처럼 받들며 '소부(召父)'와 '두모(杜母)'라고 칭송하였다의 덕을 칭송하였다고 한다.

이때가 공양왕 말년이었다. 나라의 운명이 위태로워지고 왕의 지위도 이미 끊어졌다. 공양왕이 왕의 자리를 양위하고 태조께서 이를 받아 임금의 자리에 등극하였다.

공이 고을에서 이 소식을 듣고 송경松京: 고려시대의 도읍지인 개성을 바라보고 사흘을 통곡하였다. 그리고는 관리의 인印을 풀고 관冠을 벗어 놓아 벼슬을 사퇴한 후에 진천鎭川 선영의 아래에 집을 얽고 이곳에서 은거하였다. 거문고와 글로 스스로를 위로하며 오직 남들이 알까 염려하였다.

태조는 원래 공의 재덕을 흠모하여 평일에도 항상 높이 받들어 우러렀기에 공이 한번 안성에 낙향한 후로 늘 유념해 두었으나 다시 천거하여 발탁하기에는 겨를이 없었다.

마침내 왕 위에 오른 후에 사방으로 물색하여 공이 진천에 은거함을 들으시고 현훈사마玄纁駟馬: '현훈'은 검붉은 색, 또는 검붉은 비단으로 장사지낼 때 산신(山神)에게 바치거나 산신제를 마치고는 이 비단을 거두어다가 광중(壙中)에 묻는다. 또 사람을 초빙할 때 예물로도 쓰인다. '사마'는 한 채의 수레를 메고 끄는 네 필의 말로 결국 예의를 갖추어 인재를 초빙한다는 말이다로 초빙하여 벼슬길에 나오기를 촉구하였으나 공은 응하지 않았다. 그 후에 또 삼징칠벽三徵七辟: 세상을 피하여 숨어서 사는 선비를 임금이 부르던 말이다. 진(晉)나라 왕부(王裒)는 자기 부친이 비명에 세상을 떠난 것을 애통하게 여겨 은거한 채 학생을 가르치면서 조정에서 세 차례 소명을 내렸고[三徵] 주군(州郡)에서 일곱 차례 불렀으나[七辟] 모두 나아가지 않았다고 한다. 「진서(晉書)」 권88 「왕부열전(王裒列傳)」에 보인다을 하였으나 끝내 임금의 명령을 받들지 않고 사자使者에게 말하였다.

"나는 부귀에 욕망이 없고 산수에 즐거움이 있으니 이로써 일생을 마칠 따름이오. 돌아가 주상께 아뢰시오. 만일 나를 억지로 명령을 따르게 한다면 차라리 이 몸을 황해黃海에 던져 물고기의 뱃속에 장사지낼지언정 결코 몸을 굽혀 종남終南의 길종남산(終南山)은 장안(長安)의 남쪽에 있는 산 이름으로 우리나라에서 서울의 남산 별칭이다. 장안(長安)의 북쪽에 있는 강 이름이 위수(渭水)이기에 우리나라에서 서울의 한강의 별칭으로 흔히 써 왔다. 여기서는 결코 벼슬길에 나가지 않겠다는 말이다을 밟지 않겠노라고."

사자가 돌아가 이 말을 복명復命: 명령 받은 일을 집행하고 나서 그 결과를 보고하는 일하니 임금이 억지로 굴복시킬 수 없다는 것을 알고 탄식하기를 그치지 않았다.

공이 만년에 이르러 가세가 자연 가난해져 계옥桂玉의 탄식식량 구하기가 계수나무(桂樹--) 구하듯이 어렵고, 땔감을 구하기가 옥을 구하기만큼이나 어렵다는 뜻으로 매우 가난함을 말함을 면치 못하였다. 하루는 공이 여러 비복婢僕 등을 불러 말하였다.

"너희들이 상전 때문에 굶주림을 면치 못하니 내 마음이 실로 슬프구나. 내가 이제 너희들을 속량贖良: 종을 풀어 주어서 양민(良民)이 되게 함하니 행여 상전을 마음 쓰지 말고 각기 근면히 일을 하여 생활을 안전케 하여라."

노복들이 머리를 두드리고 슬피 울며 말했다.

"신하가 그 임금을 위하는 것과 종이 그 주인을 위하는 것은 그 뜻은 하나입니다. 대감은 옛 임금을 위하여 그 절개를 훼손치 않으셨거늘 소인 등이 어찌 상전이 가난하다고 그 마음을 바꾸겠습니까. 종신토록 이 집에 머무르며 감히 다른 뜻을 두지 못할 것입니다."

오호라! 공의 밝고 밝은 큰 뜻은 위로는 하늘에 부끄럽지 않고 아래로 이제夷齊: 충신의 상징인 백이와 숙제에게 부끄럽지 않으니 그 굳은 뜻과 당당한 절개는 실로 해와 달과 함께 그 밝음을 다투고 산의 묏부리와 그 높이를 다툰다. 그 노비에 있어서도 또한 각기 의를 지켜 옛 주인을 저버리지 않았다. 이 어찌 공의 평소 큰 의리와 매운 절개가 사람을 감화시켜 천한 아랫사람에게까지 이름이 아니리오.

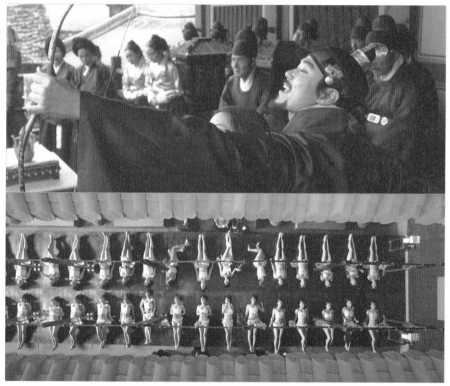

영화 〈간신〉

별별이야기 간 선생 왈

송인의 이야기는 '충성'과 '절개'라는 두 글자로 끝났다. 꽤 오래 전, 이 글을 번역하며 〈악의 연대기〉, 〈차이나타운〉, 〈간신〉이라는 영화를 보았다. '충성'과 '절개'와 상대적인 세계를 펼친다.

"어느 누가 미치지 않고서 이 난세를 살 수 있겠습니까?"

경회루에서 함께 처용무를 추던 중 연산군(김강우)은 임숭재(주지훈)에게 "너도 내가 미쳤다고 생각하느냐?"고 묻자 간신 임숭재는 이렇게 답하였다.

'난세亂世!' 그렇다. 내가 본 〈악의 연대기〉, 〈차이나타운〉, 〈간신〉은 분명 이 시대가 난세임을 보여준다. 영화 속의 그들은 하나같이 악머구리처럼 살아간다. 행복, 희망, 도덕, 정의를 저당 잡힌 이들의 삶이다. 하기야 한때 언어성립조차 안 되는 『미쳐야 미친다不狂不及』 책이 낙양지가를 높이고 공전의 히트를 친 적도 있는 이 대한민국이다 보니. ……

따지고 보면 난세 아닌 세상은 없다. '충성'과 '절개'라는 날선 말도 난세이기에 나왔다. 세상은 늘 '가진 자'가 가진다. 범인凡人인 일반 백성으로서 '가진 자'가 된다는 것은 언감생심이다. 그렇다고 미칠 수도 없고. ……. 2022년 12월, 한 해가 저무는 이 대한민국, 이 난세! 여러분은 어떻게들 살아내시는지요?

7

부귀도 그 마음을 빼앗지 못하고
아름다운 여인과 재주 있는 사내가 만났네

일지매一枝梅는 평양平壤의 명기이다.

문장에 능하며 가무를 잘하고 겸하여 용모가 매우 아름다워 평양 일경에 제일로 이름을 드날린 지 이미 오래되었다. 감사監司 너덧 명을 거치면서도 수청 들기를 응하지 않고 항상 몸을 깨끗하게 스스로를 지켜 그 뜻을 뺏는 자가 없었다.

〈천연정 주변의 전경〉(서울역사박물관 소장)
왼쪽의 정자가 서지(西池, 천연동 13번지) 옆에 건립된 천연정으로 문인들이 놀던 장소였다. 1880년과 1882년 사이 최초의 일본 공사관으로 사용되었다. 오른쪽에 있는 건물은 향상회관(向上會館)이다. 조선초등부의 지원을 받아 설립된 불교 단체기 사였다.

그 뒤 신新 감사가 내려갈 때 조전組餞: 노제(路祭)를 지내고 전송하는 것하는 객이 천연정天然亭: 현재 서울 특별시 서대문구에 천연동에 있는 동명여자중학교 자리에 있던 정자이다. 무악재를 오가는 관원들을 맞이하고 전송하는 연회장이었다에 모였다. 우연히 말끝에 일지매라는 이름이 나왔다. 어떤 이는 가무음률을 말하고 어떤 이는 문장과 용모를 칭찬하는 소리가 온 좌중을 떠들썩하게 하였다.

마침 백호白湖 임제林悌, 1549~1587[1]가 곁에 있다가 여러 재신宰臣: 재상들에게 말하였다.

"저 일지매는 당세의 이름 난 기생으로 감사의 수청을 응하지 않는다 하니 그 몸을 자처함이 심히 높은지라. 그러나 내가 가면 반드시 나를 따를 것이니 이때에는 여러 공들이 장차 어떻게 하시려오."

여러 재신들이 모두 말하였다.

"공이 만일 일지매를 데려오면 우리들이 공과 일지매가 함께 살림 차릴 비용을 일체 부담하리라."

이후에 신 감사가 도임한 후에 수청을 분부하나 과연 일지매는 모두 거절하며 목숨을 걸고 응하지 않았다.

이에 임백호가 평양에 내려갔다. 때는 칠월 중순이었다. 평양에 들어가 화려한 의복을 벗고 해진 도포와 찢어진 갓을 쓰고 여러 날 실컷 노닐다가 하루는 석양 무렵을 타서 약간의 해물을 짊어지고 집집마다 문전을 오가며 사라고 외쳤다.

어둠이 들 무렵 임백호가 일지매의 문간에 이르니 한 계집종이 나와서 어물의 값이 얼마냐고 물었다. 설왕설래 말을 주고받으니 이때 하늘빛은 이미 저물었는지라, 백호가 하루 머물 것을 청하였으나 처음에는 집에 들이지 아니하였다. 여러 가지 사정으로 애걸하여 겨우 문간 한 귀퉁이를 빌려 해진 자리를 깔고 한 구석 돌을 베고 거짓으로 잠든 체했다.

---

1 자후는 자순子順, 호號는 백호白湖·겸재謙齋·벽산碧山. 많은 서정시와 풍자시를 남겼으며, 〈추성지秋城誌〉, 〈원생몽유록元生夢遊錄〉, 〈화사花史〉 등의 소설과 문집으로 『백호집白湖集』이 전한다. 일찍이 속리산에 들어가 성운成運에게 배웠으며 문장과 시에 뛰어났다. 당파 싸움을 개탄하고 명산을 찾아 시문을 즐기며 지내다가 37세에 요절하였다.

이때에 달빛은 뜰에 가득하고 시원한 바람은 발을 통해 들어왔다. 일지매가 적적하고 쓸쓸함을 이기지 못하여 한 자 남짓한 거문고를 안고 달 아래에 단정히 앉아 한 곡을 연주하였다. 또 맑은 노래를 부르거늘 백호가 허리에 차고 있던 옥퉁소를 꺼내어 그 노래에 화답하였다. 퉁소의 운과 노랫소리가 세상에 없는 지음知音: 본래 거문고 소리를 듣고 안다는 뜻으로, 자기의 속마음까지 알아주는 친구지간에 쓴다. 여기서는 백호의 퉁소소리와 일지매의 노래가 서로 조화로움을 이른다이었다.

일지매가 한편으론 놀랍고도 기뻐하며 뜰 가를 오가면서 소리가 나는 곳을 알려고 하는데, 홀연 퉁소소리가 끊어졌다. 퉁소소리의 여음은 허공으로 날아오르고 밝은 달은 대낮과 같았다. 사방을 둘러보니 적막할 뿐이었다.

이에 탄식을 하며 문득 계단에 서서 한 구의 시를 읊조렸다.

"창가에 복희씨 시절의 달이 밝기도 하네窓白羲皇月"

홀연 사람의 말소리가 들렸다.

"마루에는 태곳적 바람이 맑기도 하네軒淸太古風"

일지매가 놀라 근처에 사람이 있는 줄 알고 사방을 둘러보아 종적을 찾으려하였으나 소용이 없었다. 다만 문가에서 잠든 어물상의 코 고는 소리만 들렸다. 바야흐로 흑첨향黑甜鄕 흑첨(黑甜)은 잠자는 것을 말하는데 잠의 세계가 깜깜하고도 맛이 달다는 뜻이다에 들었거늘 일지매가 몹시 서운함을 금치 못하여 다시 읊조렸다.

"비단이불을 뉘와 함께 덮을꼬?羅衾誰與共其"

그러자 어물상이 또 이어 읊었다.

"나그네의 베갯머리 한편이 비어 있네客枕一隅空"

이러하거늘 일지매가 듣기를 마치기도 전에 한 걸음으로 문 앞에 이르러 어물상을 발로 차 일으키며 말했다.

"어느 곳에 사는 쾌남아가 이와 같이 미인의 연약한 심장을 뒤흔들어 놓는 게요."
하더니, 곧 임백호의 손을 끌고 방으로 들어가 정결하고 화려한 의복으로 갈아입혔다. 그러고는 밤이 다하도록 노래를 불러 기쁨을 다하다가 잠자리를 함께 하였다.

달콤한 밤을 즐기느라 일지매는 동방이 이미 밝은 것도 깨닫지 못하고 조회에도 빠져 버렸다. 해가 높이 떠 관가의 사령이 성화와 같이 문 밖에 이르러 두 사람을 함께 붙잡아 갔다.

감사가 보니 곧 임백호였다. 이에 창황히 내려가 친히 결박을 풀고 당상에 나란히 앉은 후에 일지매와 결연한 사실을 듣고 서로 크게 웃었다.

감사가 일지매에게 말했다.

"나의 인물 풍채가 너의 새신랑만 못하지 않거늘 당초에 내 수청은 응하지 않았음은 무슨 까닭이냐?"

일지매가 대답하였다.

"사또는 부귀라는 세력으로 첩에게 수청을 들라하였을 뿐이지요. 또 첩이 사또의 문장과 음률이 어떠한지를 알지 못합니다. 첩이 부귀한 사람을 원하지 않는 이상 어찌 가벼이 사또의 명령에 복종하겠나이까."

감사가 소리 높여 칭찬하고 드디어 임백호와 함께 하루를 기쁘게 술자리를 하고는 가마와 말을 준비하여 상경케 하였다. 백호는 마침내 일지매를 부실로 삼고 한평생을 해로 하였다.

별별이야기 외사씨 왈

    속어에 '천하에 상대함이 없는 것은 없다'라는 말이 있다. 그러므로 백두산의 상대는 한라산이라 하는 것과 같이 재주 있는 사내의 상대는 아름다운 여인이요, 아름다운 여인의 상대는 재주 있는 사내이니, 즉 일지매의 상대는 임백호가 된다. 대저 명문가 규수와 슬기로운 여인은 부귀로도 그 마음을 빼앗지 못하며 위세와 무력으로도 그 뜻을 굴복시키지 못한다. 만일 그 당시에 감사 무리가 일지매가 명을 거절한다고 무리한 죄를 가하여 중형으로 묶었을지라도 일지매는 결코 그 마음을 바꾸지 아니하였을 것이다. 또 일지매로 말하면 한 도의 당당한 수령에게는 수청을 응하지 않고 임백호가 진실로 일개 어물상으로 한 걸인임에도 불구하고 이에 몸을 허락한 것은 무슨 까닭인가? 이것은 두 사람의 문장 풍류가 서로 맞아서다. 근래 보통 여자가 다만 사람의 윤택함을 보고 가볍게 백년 약속을 맺는 것에 비하니 어찌 하늘과 땅의 거리가 아니겠는가.

별별이야기 간 선생 왈

외사씨(이 글의 원문인 『기인기사록』 저자 송순기)가 "사람의 윤택"만을 혼인의 조건으로 여기는 탄식을 한 것이 1920년대이다. 이로부터 한 세기 뒤 2022년, 작금의 이 시대는 어떠한가?

'시대와 공간을 초월하여 우리의 삶을 지배하는 흉악한 세 날불한당'을 찾으라면, 이름하여 '돈'과 '명예', '권력'이다. 그런데 이제는 호시탐탐 천하통일의 대업을 꿈꾸던 '돈'님이 삼두체제를 과감히 접수하고 황제로 등극하더니 내친김에 신격화까지 넘보는 세상이 되었다. 전 세계인들은 내남없이 뜻을 모아 "일체향전간─切向錢看! 모두 돈만 보세!" 하고 자발적 복종의 맹서를 하거나 경제라는 필살기로 저 이를 모실 방법들 단련에 날이 가고 달이 간다.

어몽룡(魚夢龍, 1566~1617), 〈월매도(月梅圖: 달밤에 핀 매화)〉(국립중앙박물관 소장)

루시앵 골드만 식으로 말하면 상동성相同性, Homology이다. 즉 '작품의 발생이 사회의 집단의식이나 개인의식, 사회경제적 관계와 구조적으로 동일하다'는 뜻인 이 상동성은 바로 '돈'에 대한 쏠림현상 때문이다. 이 비열한 틈바구니를 비집고 들어온 '김치녀', '된장녀', '보슬아치'라는 요괴 같은 말들이 탄생하여 젊은이들의 순수한 정신조차 갉아먹는다.

하지만 두어 자락을 접고 본다고 하여도, 이 물신숭배fetishism를 정녕코 우리가 갈 길이라고는 그 누구도 생각지 않을 것이니, 저 바다 건너 프로이트Sigmund Freud라는 철학자는 물질을 '배설물'이라고까지 극단적으로 폄하하였다. 그래, 그는 "부자는 정서 발달 부진과 배변 훈련 부족에 기인하여 현금과 재화의 축적에만 몰두하는 항문肛門유형의 인간들"이라고 서슴지 않고 독설을 퍼부었다.

하지만, 그것은 저 이의 이야기일 뿐. 외려 오이 붇듯 달 붇듯, 학문의 전당이어야 할 대학마저도 사이비 교수들이 넘쳐나고 종교마저도 이판중과 사판중이 물질이란 상투를 잡고 싸우고 목사들조차 세습을 하는 이해 못할 세상이 되어 버렸다.

　일지매 이야기를 번역하다가, 문득 '춘설春雪 속에 핀 한 가지 매화 일지매一枝梅처럼 일개 어물상을 택할 여인이 몇이나 될까?' 하고 주억거려 본다.

8

신령스런 점쟁이 능력 귀신이 하는 바를 알고 사악한 귀신은 감히 바른 사람을 범하지 못하네

백사白沙 이항복李恒福, 1556~1618[1]은 문학, 지혜와 덕행, 명예와 절제를 겸비하여 당시에 제일인자로 받들었다. 어릴 때 아무개 재상 아들과 함께 한 동리에서 살며 사귐이 매우 친밀하였다. 날마다 어울려 놀더니 그 친구가 아무런 빌미도 없이 여러 해 고질병에 걸려 백약이 무효하여 반드시 죽을 지경에 이르렀다. 그 친구의 아버지가 다른 자녀는 없고 오직 이 독자만 있기에 밤낮으로 근심하고 탄식하여 의원을 찾고 점쟁이에게 앞으로 운세의 좋고 나쁨을 묻는 등, 온갖 방법을 강구했으나 무효였다.

하루는 친구 아버지가 사람 생사를 잘 맞춰 당시 이름난 맹인 점쟁이를 찾아내었다. 곧 말을 보내어 맞아 온 뒤에 그 아들의 길흉을 점치라하였다. 그 맹인이 점을 치다가 고개를 숙이고 작은 소리로 읊조리기를 한참 동안 하더니 말했다.

---

1 자는 자상子常, 호는 백사白沙·필운弼雲. 임진왜란 때 병조판서로 활약했으며, 뒤에 벼슬이 영의정에 이르렀다. 광해군 때에 인목 대비 폐모론에 반대하다 북청北靑으로 유배되어 죽었다. 저서에 『백사집白沙集』, 『북천일기北遷日記』, 『사례훈몽四禮訓蒙』 따위가 있다.

"이 병은 반드시 불행하여 금년 아무 달 아무 시에 마침내 사망하겠습니다. 설령 편작扁鵲: 중국 전국시대의 명의이 다시 살아난다 해도 구하지 못할 것입니다."

이러니 그 아버지가 통곡하며 슬프게 물었다.

"혹 구할 방법이 없는가? 밝은 가르침을 바라네."

점쟁이가 말했다.

"다만 한 가지 방법이 있기는 한데, … 이것은 말하지 못하겠습니다."

그 아버지가 구할 방법이 있다는 말을 듣고 더욱 애걸하니 점쟁이가 말하였다.

"만일 말하면 내가 반드시 죽을 테니, 어찌 내가 남을 위하여 대신 죽겠습니까."

그 아버지는 그럴수록 더욱 간절히 방법 구하기를 그치지 않으니 점쟁이가 안색이 변하여 말했다.

〈이항복 위성공신상 후모본李恒福 衛聖功臣像 後模本〉(작가미상, 국립중앙박물관 소장)

"주인장의 요구가 실로 무리하며 인정이 아니오. 삶을 좋아하고 죽음을 싫어하는 것은 인지상정이거늘, 주인장이 아들을 위하는데 나만 유독 내 자신을 위하지 않겠소. 이 일은 다시 꺼내지 마시오."

그 아버지가 어찌하기가 어려워 다만 통곡할 뿐이었다. 그 병자의 처가 이 말을 듣고 안에서 칼을 가지고 돌연히 뛰어 들어와 점쟁이의 머리채를 잡고 말하였다.

"나는 병자의 아내다. 지아비가 죽는다면 나도 따라 죽기로 결심하였다. 당신이 만일 점괘를 알지 못하여 말하지 않으면 그만이지만 이미 점괘를 풀어 구할 방법이 있다고 말하면서 자기가 죽는다고 말하지 않으니, 내가 듣지 못하였으면 그만이지만 이미 들어 알고서야 어찌 당신을 돌아가게 놓아두겠나. 내가 이 칼로써 당신을 찔러 죽이고 나도 또한 자살하겠다."

그러고는 칼을 그 목에 대니 점쟁이가 크게 놀라 말하였다.

"옛말에 사불급설駟不及舌: 네 마리 말이 끄는 빠른 수레도 사람의 혀에는 미치지 못한다는 뜻으로 소문은 빨리 퍼지므로 말조심 하라는 말이라더니 바로 이를 말함이로구나. 말하리니 우선 이것부터 놓아주시오."

그 부인이 손을 놓으니 점쟁이가 말하였다.

"이항복이라는 자가 있는지요?"

그 아버지가 말하였다.

"우리 이웃에 있는 아이로 우리 아이와는 벗이오만."

점쟁이가 말하였다.

"오늘부터 이 사람을 맞아 병자와 함께 거하여 잠시도 서로 떨어지지 못하게 하면 아무 날을 지나서 병이 자연 쾌유할 것입니다. 그러나 나는 이날 반드시 죽을 테니 내 처자를 잘 거두어 한 집안 식구처럼 여겨주십시오."

그리고 곧 작별 인사를 하고는 갔다. 그 아버지가 즉시 백사를 청하여 맞아서는 전후 사실을 갖추어 말하고 병자와 함께 거하기를 요청하였다. 백사가 이를 허락하고 그 날부터 곧 와서 머물러 병자와 함께 일상생활을 함에 잠시도 떨어지지 않았다.

어느 날 밤, 삼경에 음산한 바람이 방으로 불어왔다. 촛불이 흔들리더니 병자는 숨 쉬는 것이 정신이 아득해지고 죽은 듯이 인사불성이 되었다. 백사가 그 곁에 누웠다가 잠깐 보니 완연히 촛불 그림자 아래 얼굴이 흉악한 귀신이 검을 집고 서서 백사의 이름을 부르고 말하였다.

"너는 병자를 내놓아라."

백사가 말하였다.

"무슨 이유로 병자를 내놓으라고 하느냐?"

귀신이 말하였다.

"이 사람은 나와 전생에 묵은 원한이 있으니 오늘밤이 원수 갚을 기회라. 만일 이 시기를 놓치면 어느 해 어느 때에 원수를 갚을지 알지 못하니 빨리 내놓아라."

백사가 말하였다.

"이 아이의 아버지가 그 아들을 나에게 부탁하였으니 어찌 너에게 내어주겠는가."

귀신이 말하였다.

"네가 만일 내놓지 않으면 내가 너까지 함께 죽이리라."

백사가 말하였다.

"죽으면 그만이거니와 내가 죽기 전에는 결코 너에게 내주지는 않으리라."

귀신이 이에 크게 성내어 검을 잡고 백사의 가슴을 곧장 찌르려 하다가 갑자기 뒤로 물러서며 칼을 던지고는 엎드리며 말했다.

"원컨대 대감은 나의 정상을 가련히 여기시어 이 사람을 내어주소서."

이러니 백사가 의아하여 말하였다.

"네가 나는 어찌 죽이지 않느냐?"

귀신이 말하였다.

"대감은 국가의 동량이라. 이름이 죽백竹帛: 대나무쪽이나 비단 등에 쓴 글이나 책. 여기서는 역사에 이름을 올리는 것을 말함에 드리울 테니 어찌 감히 해치겠소. 병자를 내주기만 원하오."

백사가 말하였다.

"나를 죽이는 것 외에는 다른 방도가 없느니라."

그러고는 병자를 껴안으니 이미 닭이 새벽을 알렸다.

귀신이 이에 크게 곡하고 "이제 원수를 갚지 못하니 어찌 원망치 않으리오. 이것은 반드시 아무개 맹인이 가르쳐준 것이니 내가 이 사람에게 원한을 풀리라" 하고 언뜻 보이다가 바로 사라졌다.

이때 병자가 혼절하여 오래되었는데 따뜻한 물을 입에 흘러 넣으니 겨우 소생하였다.

다음날 아침에 사람을 시켜 점쟁이의 소식을 알아보려 하니, 문 앞에 벌써 점쟁이의 부고가 도착하였다. 주인집에서 슬픔을 이기지 못하여 처음부터 마칠 때까지 장례비용을 후하게 지급하고 그 처자를 거두어주었다.

별별이야기 간 선생 왈

장사꾼에게 이득이면 손님은 손해이다. 아들은 살았지만 점쟁이는 죽었다. 따지고 보면 세상사 다 이렇다. 하나의 일에는 동전의 양면과도 같은 사실이 따라붙는다. 그러고 보니 점쟁이 측에서 보면 '아는 것이 모르는 것보다도 못한 결과'를 가져왔다. 문득 언젠가 써 둔 「발이 스승」이라는 글이 생각나 찾아보니 이렇게 써놓았다.

「발이 스승」

"열 길 물 속은 알아도 한 길 사람 속은 모른다." 문자 좀 쓰자면, "사람의 얼굴은 아나 마음은 알지 못한다 知人知面 不知心", 혹은 "호랑이의 겉은 그리나 뼈는 그리기 어렵다 画虎画皮 難画骨"는 말쯤 될 것입니다. 과학을 짊어지고 사는 지금도 그렇습니다. 우리가 볼 수 있는 우주의 거리는 138억 광년입니다만, 고작 6,371km밖에 안 되는 지구 내부는 볼 수 없습니다.

이렇듯 세상은 상식에 삐그러지는 경우가 종종 있습니다. 오늘 지인과 가까운 시외를 거닐었습니다. 이런 말씀을 하시더군요.

"선생님, 발이 스승이더군요."

눈으로만 사물을 보는 줄 알았습니다. 어리석었지요. 제 아무리 밝은 눈이라도 발이 데려가지 않으면 어림없는 일인 것을. 생각해보니 발품 팔지 않고 되는 일이라고는 없습니다. 그래, 신발창 날깃날깃 해지도록 돌아다녀야만, 그때서야 눈이 알아차립니다. 더욱이 눈이야 그저 제 주인이 탐하는 것만 보여주는 것뿐이지요. 하여, 눈이 아닌 발이 스승인 까닭입니다.

가끔씩은 익히 알고 있는 사실도 다시 챙겨보아야겠습니다.

9

지조 있고 비범한 동정월, 미천한 출신의 이기축

광해光海 말엽에 평양에 한 명기名妓가 있었으니 그 이름은 동정월洞庭月이었다. 어렸을 때부터 매우 영리하고 슬기로우며 민첩하였다. 더욱이 용모가 아름다울 뿐 아니라 시문詩文과 가무歌舞를 잘하여 당세에 이름을 드날렸다. 나이 열에닐곱에 정결히 몸을 가지고 눈으로는 도리에 어긋난 것을 보지 않으며 귀로는 음탕한 소리를 듣지 않았다.

일찍이 말하였다.

"기생이 비록 천하나 맑고 깨끗한 덕만 있다면 사대부의 부녀자에게 조금도 부끄러워할 게 없다. 내 마땅히 한 지아비를 종신토록 섬기리라."

그리고 화류계 생활에 터럭만큼도 마음을 동요치 않았다. 위로 감사監司, 목사牧使와 아래로 부잣집의 자제와 기타 야유랑冶遊郎: 주색에 빠져 방탕하게 노는 젊은이이 그 자색을 기뻐하여 누구이 가깝게 하려 하였으나 듣지 않았다. 몽둥이로 때리고 목에 칼을 씌워도 흔들리지도 굽히지도 않았으며 그 마음을 바꾸지 않았으니 영읍營邑: 감영이나 병영이 있는 고을의 위아래 사람들이 한 괴물로 불렀다.

그녀의 부모는 동정월의 뜻과 절개가 있는 행실을 알았다. 그 마음을 빼앗지 못하겠기에 상당한 인물을 택하여 배필을 정하려고 하니 동정월이 늘 말했다.

"지아비는 백년의 손님입니다. 이것은 극히 신중치 않으면 안 됩니다. 아버지 어머니께서 아무리 선택을 잘하신다 하여도 사람을 알기 어렵습니다. 제 지아비를 선택하는 일은 일절 간섭을 하지마시고 소녀에게 맡겨 주세요."

부모가 그 뜻을 억지로 꺾기가 어려워 하는 대로 맡겼다. 이 말이 한번 퍼지자 풍문을 듣고 오는 자들이 모두가 잘생긴 사내와 좋은 풍채를 지닌 자며 부귀한 자제 아닌 자가 없었다. 아침저녁으로 문간에 그득하였으나 동정월은 한번 보고는 모두 한결같이 허락하지 않았다.

하루는 동정월이 대동강 문루門樓 위에 올라가 풍경을 구경하였다. 한 총각이 있는데 나이는 삼십에 가까운 자였다. 머리는 쑥대머리처럼 헝클어졌고, 때 긴 얼굴로 땔나무를 지고 문루 앞을 지나갔다.

동정월이 이를 보고 즉시 그 총각을 불러 그녀의 집으로 맞아들인 후에 백년가약 맺기를 청하였다. 총각이 황공무지하여 이에 자리를 피하며 말했다.

"소인은 한 빈한한 거지입니다. 어찌 귀하신 낭자와 짝을 맺겠는지요. 이는 우스갯소리입니다."

동정월이 손을 잡으며 말했다.

"부부로서 짝을 맺음이 중대한 일인데 총각을 대하여 우스갯소리를 하겠는지요."

총각은 오히려 황공하여 어찌할 바를 몰랐다. 동정월은 총각을 정결히 목욕케 한 후에 새로 지은 의관을 내와 입히고는 날을 잡아 마당 한가운데서 혼례를 거행하여 삼생三生. 전생. 현생. 내생에 걸쳐 만나는 인연으로 언제이고 필연으로 만나게 되어 있는 인연. 여기서는 혼인을 말함의 연분을 맺었다.

그 부모가 꾸짖었다.

"네 마음이 실로 이상하구나. 부잣집과 귀한 사람들이 모두 너의 자색을 기뻐 사모하여 발꿈치를 문간에 대고 혼인하려는 자가 헤아리기 어렵다. 위로는 본관사또의 별실別室이요, 중간으로 부잣집 자제와 혼인이요, 아래라 해도 아무개 집 신랑은 잃지 않으리라. 그런데 이를 일절 돌아보지 않고 천하에 흉악한 일개 거지아이를 취하니 이것이 어찌 된 마음속이냐?"

동정월이 대답하였다.

"이는 아버지 어머니께서 걱정 안하셔도 됩니다."

그 부모가 딸의 성정을 알기에 어찌하기가 어려워 드디어 불문에 붙였다.

수일 후에 동정월이 지아비에게 말하였다.

"우리 부부가 이곳에 오래 머무름이 옳지 않습니다. 원컨대 그대와 상경하여 산업을 시작하는 것만 못합니다."

드디어 경성으로 올라가 서문西門 밖에 한 주점을 차렸다. 주색가色酒家로 장안의 제일이 되니 성 안팎의 부자와 귀인 무리가 매일 폭주輻輳: 수레 바퀴통에 바퀴살이 모이듯 한다는 뜻으로, 한 곳으로 많이 몰려듦을 이르는 말하여 문 앞이 열뇨熱鬧: 시끌벅적함하였다.

하루는 술꾼 대여섯 사람이 와서는 술을 마실 때였다. 가전價錢: 물건의 값으로 치를 돈이 있는지 없는지를 가늠치 않고 통음하다가 어언간 술값을 많이 짊어지게 되었다. 술꾼이 '염치없다'고 하니 동정월이 말하였다.

"뒷날 갚으면 될 것을 어찌 염치없다고 하십니까."

그 술꾼은 곧 묵동墨洞: 남촌 아래의 먹절골로 한자로는 묵사동(墨寺洞) 또는 묵동(墨洞)으로 현재 동국대학교 언저리 김 정언金 正言: 사간원에 있던 정6품직과 이 좌랑李 佐郎: 육조의 정5품직의 무리였다. 동정월이 김 정언의 사람됨을 알고 조용히 말하였다.

"이 마을이 낯설어서 장차 남촌南村으로 옮기려 합니다. 바라건대 진사님께서 집을 얻어 주세요."

김 정언이 말하였다.

"아주 좋다. 우리 무리가 멀리 가 술을 마시는 것 또한 불편하였는데 아름다운 여인이 가까운 곳으로 옮겨 살면 우리들이 좋은 주인이 되겠다."

동정월이 이에 즉시 묵동으로 옮겨 김 정언과 날마다 만나게 되었다.

그러던 어느 날이었다.

동정월은 묵동으로 옮긴 후에 김 정언의 무리와 날마다 어울렸다. 하지만 서로 간에 가깝게 교제하였을 뿐, 김 정언의 무리는 동정월의 지조를 알았기에 감히 예가 아닌 말로 희

별별이야기 간 선생 왈

　동정월은 '중국 동정호에 떨어진 달처럼 예쁘다'는 뜻이다. 동정월에 대한 기록은 거의 없다. 동정월이 인연 맺는 이야기. 우리에게 넌지시 건네주는 뜻은 무엇일까? 동정월이 남편감을 고르는 눈을 주시할 필요가 있다. 그것은 우리의 두 눈에 단단히 덮여 있는 '선견과 편입견'이라는 꺼풀을 벗기라는 말이다.

　르네 마그리트 Rene Magritte, 1898~1967의 〈금지된 복제〉라는 그림이 있다. 내가 거울을 보지만, 그러나 '내'가 없다. 제대로 세상을 보려면 눈은 더 이상 얼굴의 소품이 아니어야 한다. 사물을 보고 분별하는 안목, '마음의 눈'이 그래 필요하다. '마음의 눈'으로 보아야만, "석회는 물에 축축하니 젖어야 타고石灰渥而乃, 옻칠은 축축한 속이라야 마른다漆待濕乃乾"는 정약용 선생의 눈과 마주친다.

　"왜 사람들은 보이는 것 너머에 또 보아야 할 것이 있다는 것을 알지 못하지?" 애니메이션 영화 〈슈렉〉에서 괴물 같은 외모지만, 마음은 비할 데 없이 순수한 슈렉이 밤하늘 별을 올려다보며 읊은 대사이다. 세상만사 다 그러하다. 눈에 보이지 않는 그곳에 진실이 숨어 있다. 그러니 한 번쯤은 의심하고 부인하는 것이 진실을 찾아가는 방법이다. 문제는 진실을 찾을 '용기'가 없다는 데 있다. 변화를 찾으려는, 현실을 보려는 마음의 눈이 필요하다. 물론 거지 사내를 남편감으로 받아들이는 '용기'는 더욱 필요할 터다. 알고도 실행치 않으면 의미 없는 일이니. 그래, 우물 안 개구리와 바다이야기를 못하고, 매미에게 겨울 이야기를 제 아무리 아름답게 한 대도, '쇠귀에 경 읽기'요, '말 귀에 봄바람'일 뿐이다.

　누군가 기생에게 지조가 있냐고 묻기에 한마디 덧붙인다. 진정한 사내가 없어서 그렇지 지조 있는 기생, 아니 여인은 많다.

　심노숭沈魯崇, 1762~1837의 〈계섬전桂纖傳〉을 보니 이런 구절이 보인다.

르네 마그리트의 〈금지된 복제〉

제 생각이 아닌 남 생각만으로 사니, 그 눈이 비어 있을 수밖에 없다. 텅 빈 눈으로는 사물을 볼 수 없다. 제 눈으로 사물을 보아야 한다. 보이는 것 너머를 보아야 한다. 남의 의식을 온전히 받아들인 코드화된 눈으로는 남이 보는 내 뒷모습밖에 못 본다. 독자들도 자신이 속한 성(性), 출신지, 학교, 신분 따위가 자신의 삶을 얼마나 옥죄고 있는지 살펴보라.

　　"내가 남을 버리지 남에게 버림받기를 원치 않는다我欲棄人 不欲人棄吾."
　　"내가 오십 평생을 살면서 세상물정을 제법 알게 되었지요. 세상사는 즐거움은 한두 가지가 아니지마는 부귀는 거기에 들지 않더군요. 가장 얻을 수 없는 것은 진정한 만남이지요吾閱世五十年、多諳世情. 人世之樂不一、而富貴不與焉. 最不可得者奇遇."

롱하지 못하였다. 오직 정의만 돈독할 뿐이었다.

하루는 동정월이 김 정언을 보고 말하였다.

"진사님과 이 좌랑은 머지않아 반드시 국가의 원훈元勳: 나라를 위한 으뜸 공신으로 크게 현달顯達하실 분입니다. 첩이 비록 일개 자잘한 여자로 배움이 얕고 아는 게 없지만 장차 익찬翼贊: 잘 도움을 할 일이 있을지 모릅니다. 또 첩의 지아비가 예의를 모르고 아는 게 없어 낫 놓고 기역 자도 모릅니다. 언문도 해독치 못하여 무턱대고 주채酒債: 술빚 기록만 허구한 날 해댑니다. 다행히도 진사님께서 몽학蒙學: 어린아이들의 공부으로 가르쳐 주시면 마땅히 하루에 한 병의 술을 올리겠습니다.

김 정언이 좋아하니, 동정월은 다음날 아침 지아비에게 책 한 권을 주어 보냈다. 그 전에 동정월은 그 지아비를 시켜 『통감通鑑』 제4권을 사오게 하여 그 중간에 표지를 넣고는 말하였다.

"이 책을 끼고 김 정언 댁에 가서 가르침 받기를 청하세요. 선생이 반드시 첫 장부터 가르치려 할 테니 이 말을 따르지 말고 반드시 이 표지를 붙인 곳부터 가르침을 청하세요."

그 지아비가 그 말을 따르기로 하였다. 그 지아비의 성명은 이기축李起築. 1589~1648이니 기축년己丑年에 태어나 이로 인하여 이름을 지었다.

다음날 아침에 기축이 책을 끼고 가니 김 정언이 말하였다.

"『천자문』인가? 『유합類合: 기본 한자를 수량 범위 등 종류에 따라 구별하여 새김과 독음을 붙이 만든 조선시대의 한자 입문서로 보통 천자문 을 배운 다음에 읽는다』인가?"

기축이 대답하였다.

"『통감通鑑』 제4권이옵니다."

김 정언이 말하였다.

"뭐? 『통감』! 그것도 제4권을, 허~, 그놈 참. 까막눈인 네가 이 책을 어찌 배우겠나. 너에게 적당치 않으니 모름지기 어서 가 『천자문』이나 가져오너라."

기축이 말하였다.

"이미 이 책을 가져왔으니 이 책으로 배우기를 청합니다."

김 정언이 말하였다.

"허! 그래. 하기야 이 책도 또한 글은 글이니 이로써 배운들 무슨 상관이 있겠느냐."

그리고 첫 장을 가르치려 하니 기축이 표시해둔 곳을 펴며 말하였다.

"이곳부터 배우기를 원합니다."

김 정언이 말하였다.

"이놈! 『통감』부터 배운다는 것도 그런데, 뭐? 이번엔 아예 표를 해준 곳부터 배우겠다고? 이놈아! 무릇 글을 배우는 자는 처음부터 끝에 이르는 게요, 근본으로부터 말에 도달하는 것이다. 어찌 처음과 근본을 버리고 끝과 말로부터 시작하려 하느냐?"

기축이 아내가 그렇게 하라 하였다 하여 마침내 듣지 않고 표시한 장을 고집하거늘, 김 정언이 끝내 화를 이기지 못하여 책을 땅에 던지며 말하였다.

"천하의 어리석은 놈이로구나. 다만 제 아내의 말만 듣는구나."

기축이 말하였다.

"대저 사람을 가르침에, 배우는 자가 바라는 대로 해줌이 무슨 불가한 일이 있는지요?"

김 정언이 아직도 노기를 띠다가 우연히 그 표지를 한 곳을 보게 되었다. 그 표시를 해둔 장은 한漢나라의 곽광霍光이 창읍왕昌邑王을 폐하던 일이었다. 김 정언이 이를 보고 마음속으로 깨달아 한참 동안을 가만히 있었다.

기축은 도리가 없어 책을 거두어 가니, 김 정언도 더 이상 잡지 않았다.

기축이 돌아와 동정월에게 말하였다.

"이후로는 김 정언에게 술을 내주지 말게. 아! 동냥은 주지도 않고 바가지만 박살내버렸어."

동정월이 빙그레 웃으며 말했다.

"당신의 인물이 특출하였다면 어찌 이와 같은 치욕을 받았겠어요. 이후에 첩이 마땅히 가르쳐 드릴게요."

다음날 김 정언이 와서 동정월을 보고 잘못을 사과한 후에 서로 웃었다. 술을 청하여 다시 몇 잔을 하다가 동정월이 김 정언에게 은밀히 말하였다.

"어제 제 지아비로 하여금 『통감通鑑』 제4권의 곽광이 창읍왕을 폐한 곳에 표를 붙인 뜻을 아시겠는지요."

김 정언이 얼굴색을 변하며 마음속으로 은밀히 '동정월은 신인이로다. 내 뜻을 능히 아는구나' 하며 이에 말하였다.

"그대가 내 속을 훤히 들여다보는 데야 어찌 속이겠는가. 과연 지금의 임금이 어리석어 만민의 주인이 되지 못하겠기에 장차 시기를 기다려 폐위를 꾀하려하고 있네."

동정월이 귓속말을 하였다.

"지금 때를 잃지 말아야 할 것입니다時不可失. 속히 뜻이 맞는 선비들을 규합하여 거사를 하세요. 그리고 논공행상하는 때에 주상께 아뢰어 첩의 지아비도 이에 동참케 하시기를 바랍니다."

김 정언이 응낙하고 돌아갔다. 김 정언은, 즉 승평부원군昇平府院君 김류金瑬, 1571~1648: 본관은 순천(順天). 자는 관옥(冠玉), 호는 북저(北渚)로 인조반정의 주모자요, 이 좌랑은, 즉 연평부원군延平府院君 이귀李貴, 1557~1633: 본관은 연안(延安). 자는 옥여(玉汝), 호는 묵재(默齋)로 인조반정의 주모자였다. 승평이 동정월의 '시불가실時不可失'이란 말을 받아들이고 즉시 이귀와 힘을 합처 광해光海 임금을 폐하고 인조仁祖를 추대하는 반정反正: 조선 광해군 15(1623)년에 이귀·김류 등 서인(西人) 일파가 광해군 및 집권파인 대북파(大北派)를 몰아내고 능양군(綾陽君)인 인조를 즉위시킨 정변. 흔히 인조반정(仁祖反正)이라 부른다을 하였다.

김류와 이귀 두 사람은 중흥공신中興功臣으로 국가의 원훈이 되었다. 승평이 천폐天陛: 제왕이 있는 궁전의 섬돌로 임금이 사는 궁궐에 아뢰어 동정월과 기축의 일을 아뢰었다. 임금이 감탄하시고 그 이름이 심히 촌스럽다 하여 동음同音을 취하여 기축起築으로 명명하시고 삼등훈三等勳의 녹훈錄勳: 공훈이 있음을 기록해 둠을 내려 완계군完溪君으로 봉하였다.

그 뒤 병자丙子의 난리에 기축이 남한산성을 지켰다. 오랑캐 병사들이 크게 이르니 자원 출전하여 수십여 명의 머리를 베어 버리자 감히 어찌지 못하였다. 그 뒤 오랑캐와 강화가 이루어지자 세자를 따라서 심양瀋陽에 갔다가 귀국한 후 오래되지 않아 죽자 나라에서는 양의襄毅라는 시호를 내렸다.

별별이야기 간 선생 왈

　동정월이 『통감通鑑』 제4권의 '곽광이 창읍왕을 폐한 곳에 표를 붙인 뜻'은 인조반정仁祖反正과 연결된다. 동정월이 표해 둔 곳에 등장하는 곽광霍光, ?~기원전 68년은 전한의 정치가이자 군인으로 창읍왕 유하가 황제로 즉위하자 이 왕을 폐위시켜 버렸다. 겨우 창읍왕이 황제에 오른 지 27일 만이었다. 『통감』 제4권의 내용은 이러한 역사를 기록하였다.

　동정월이 김 정언에게 "지금 때를 잃지 말아야 할 것입니다時不可失" 한 것과 연결시키면 지금 임금(광해군)을 몰아내라는 뜻이다. 결국 동정월의 이 말은 현실화되었고 인조반정은 성공하였다.

　'시불가실時不可失', 때는 한번 가면 다시 돌아오지 않는다는 말이다. 우리 인생에도 세 번의 때가 있다 한다. 허나, 문제는 지금 '이때'가 한번 가면 돌아오지 않는 '그때'인지 모른다. 시나브로 나이를 먹는다는 것도 그렇다. 나이 80, 자신이 20대처럼 행동할 수는 없다. 단풍든 잎은 다시 초록으로 돌아가지 못하는 법이다.

　'이때'가 '그때'가 될지 모르니, 그저 오늘 제 깜냥을 다해 정성껏 사는 도리밖에 없다. 내일이니 모레니 미래니 말은 있지만, 그날은 오늘일 뿐이다. 우리는 그렇게 죽는 그날까지 오늘만 산다. 그래, 인생에서 가장 아름다운 순간인 '화양연화花樣年華'는 바로 오늘이다. 그것이 '시불가실'이 넌지시 똥겨주는 뜻이 아닐까?

2020년 tvN에서 방영된 〈화양연화〉

李起築 諡狀
趙泰億

公諱起築字希說系出王室孝寧大君補之八世
孫高祖諱哲仝明善大夫把城君曾祖諱光胤親盡
始仕爲豊德郡守祖諱齡溫陽郡守考諱慶裕早登
武科歷職淸選爲忠淸道水軍節度使以公貴贈統
制使補祚功臣嘉善大夫兵曹參判完原君母姓高沃
川縣監彦命之女沃溝訓鍊副霹峰敬命之姪也公以萬
曆十八年己丑十月初七日生生而英達風成異凡
兒旣長仕俠放蕩不事家産唯以弓馬爲事營度申

武科聰明鑑識出於凡人一見人輒先知其心內隱
微事人皆辟眼與完豊君李曙爲從兄弟而志氣相合
未嘗一日相違壬戌年間完豊爲長湍府使公亦適
往時光海幽悶母后紀亂綱完豊慨然有直復之
志公亦恭其誅訒時 仁祖大王在潛邸往來陳達之
稟空等事公皆身當每自長湍達夜入城仍晚容還選
故一年之間三駃騎其勞苦之狀可知時奸兇輩
舜滿朝野不無致疑之端公酬事應變沉機先物於
使大事不至敗露其英敏謹愨實有賴焉及擧義之
日自長湍起入城公爲先鋒將 仁祖大王以勳

〈국조인물고〉에 보이는 이기축에 대한 시상諡狀: 재상이나 학자들에게 시호를 주려고 관계자들이 의논하여 임금에게 아뢰는 글으로 조태억趙泰億, 1675~1728이 썼다.

이 내용에 따르면 이기축李근築은 훗날 개명한 이기축李起築, 1589~1645이다. 초명은 일정一丁, 자는 희열希說, 시호는 양의襄毅. 충청도 수군절도사 증 순충보조공신 병조판서 완원군 경유慶裕의 아들로 무과에 급제, 충좌위忠佐衛 부사과副司果가 되고, 완풍군 서曙와 종형제로 서로 뜻이 맞아 항상 가까이에서 지냈다. 1622(광해군 14)년 완풍군이 장단부사로 갈 적에 역시 따라가 광해군의 실정失政을 개탄하고 반정에 참여하여 능양군綾陽君: 뒤의 인조이 있는 곳과 장단 사이를 매일 내왕하면서 거사擧事의 연락을 맡았다.

『청구야담』 권지삼 '책훈명양처명감策勳名良妻明鑑'에는 박기축朴起築으로 동정월은 기녀로만 되어 있다.

10

세상살이하면서 악한 일 짓지 마라,
화복은 문이 없으니 오직 부르는 바이다

김대운金大運의 호號는 종암種嵒이니 고려 때 사람이다. 어릴 적에 집이 매우 가난하여 농사 지어 생활하는 어려운 삶을 면치 못하였다. 그는 경慶씨 성을 가진 한 부잣집에 더부살이를 하며 살았다.

하루는 그 부자가 일하는 사람을 시켜서 밭에 분비糞肥: 똥거름를 뿌릴 때였다. 이를 감독하기 위하여 밭에 갔더니 마침 한 걸승乞僧: 모든 생업을 끊고 밥을 빌어먹으면서 수행하는 승려이 와서 점심밥을 구걸하니 부자가 크게 성내며 말하였다.

"네가 어찌 제 힘으로 벌어 먹지 않고 남에게 구걸을 하느냐. 지금 너에게 밥을 줄 테니 이 자리에서 배불리 먹어라. 옛다!"

그리고 삽으로 똥을 던져주니 중이 바릿대에 이를 받으며 "감사합니다" 하고 가자 부자가 웃으며 "미친 중!"이라고 조롱하였다.

중이 대운의 집에 와서 또 구걸하였다. 대운이 이를 보고 심히 불쌍히 여겨 아내에게 한 바릿대의 밥을 새로 짓게 하고 중의 바릿대는 깨끗하게 닦아 채소를 주었다. 중이 밥을 다 먹고 대운에게 말하였다.

"소승의 초리草履: 짚신가 이미 해졌습니다. 고초藁草: 볏짚를 조금만 주시면 문을 닫고 짚신

88 **별난 사람 별난 이야기**: 조선인들의 들숨과 날숨

을 삼겠습니다."

대운이 허락하고 볏짚 한 묶음을 주었다. 날이 저물자 중이 사례하고 간 뒤에 대운이 그 방에 들어가 보니 홀연 한 노인이 있었다. 노인은 백은白銀 백 덩이로 집을 짓고 전답을 샀다. 또 가구며 여러 물건들을 새로 갖추어주고는 대운에게 말하였다.

"이로써 착하게 살면 좋은 일이 있느니라."

그리고 문득 보이지 않았다.

대운이 매우 놀랍고 이상하여 신의 조화임을 알았다. 이후로 그 부요하고 풍부함이 경씨 부자보다 열 배는 융성하였다.

이렇게 대운이 한 걸승을 만나 갑자기 부자가 되자 경씨 부자는 마음속으로 시기하고 몹시 분해하며 그 중이 오기를 기다렸다.

하루는 과연 걸승이 다시 왔다. 경씨 부자가 두 번 절하며 부를 늘려줄 것을 청하였다. 중이 개연히 이를 허락하고 볏짚 조금을 청한 후에 문을 닫고 보지 말라 하였다. 그러더니 날이 저물자 중이 나갔다. 경씨가 마음속으로 크게 기뻐하여 급히 방에 들어갔다. 홀연 한 사람이 툭 뛰어 갑자기 나오며 말했다.

"어떤 놈이 감히 이 신실神室: 신의 방에 들어오느냐!"

그리고 마구 때리니 경씨가 목징구태目瞪口呆: 놀라서 눈을 크게 뜨고 입을 벌림하며 자기가 주인이라고 하였지만 그 사람은 손을 휘저으며 쫓아내버렸다. 이때에 집안사람들이 모여 보았지만 두 사람의 모습이 똑같았다. 조금도 차이가 없어 누가 진짜인지 가짜인지를 능히 분별하지 못하였다. 온 동네 사람이 모두 모여 보아도 또한 같았다.

집사람들이 당초에 그 방안에 먼저 있던 사람이 필시 주인이라 하고 힘을 합쳐 경씨를 때려 내쫓아버렸다. 경씨가 아무리 설명해도 소용이 없어 감히 그 집에 들어가지 못하였다. 가짜 경씨가 인하여 경씨 부인과 함께 살며 그 모아둔 금을 흩어 쓰고 매일 소고기와 술로 동리 사람들에게 배불리 먹게 하였으며 전답을 싼값에 팔아 빈궁한 자를 일일이 두루 구휼하였다.

이렇게 되자 경씨의 재산은 몇 개월을 못가 거의 바닥이 났다. 경씨가 가슴을 치며 관가에 고소하여 옳고 그름을 청하였다. 관가에서 두 사람을 불러 그 진위를 사문_{査問: 진상을 밝히}기 위하여 조사하여 따져 물음할 때였다.

가짜 경씨는 밭과 토지의 번지와 결복_{結卜: 토지에 매기는 단위인 결(結)과 복(卜). 곧 전지(田地)의 단위 면적}의 많고 적고를 분명히 말함이 물 흐르듯 하였으나 경씨는 한 마디도 하지 못하였다. 관가에서 경씨를 곤장을 쳐 내쫓으니 어찌하기가 어려웠다. 이에 경씨가 길게 탄식하였다.

"전일에 내가 중에게 똥을 주었더니 이것이 하늘에 죄를 얻어 하늘이 나를 망하게 함이로다."

이러며 가슴을 쳤으나 아무 소용이 없었다.

가짜 경씨가 집안 세간붙이들을 모두 팔아버리고 집은 부숴버렸다. 경씨 재산은 몇 개월 안에 모조리 탕진되었고 다만 몸뚱이와 집식구들만 남았다. 경씨가 드디어 미친병에 걸려 울부짖기를 그치지 못하니 그 구걸하던 중이 다시 와서 말하였다.

"업축_{業畜: 전생에 지은 죄로 인하여 이승에 태어난 짐승. 여기서는 경씨를 말한다}은 인간의 고락을 깨달았는가."

그러고는 석장_{錫杖: 승려가 짚고 다니는 지팡이}으로 그 가짜 경씨를 한번 치니 볏짚 조금이 땅에 흩어졌다. 구걸하던 중은 표연히 돌아보지 않고 가버렸다고 한다.

별별이야기 간 선생 왈

"화와 복은 문이 없다. 오직 사람이 스스로 부를 뿐이다. 선과 악의 보답은 그림자처럼 따른다禍福無門 唯人所召 善惡之報 如影隨形." 유명한 구절로 『명심보감』 「계선편」 등 여러 문헌에 보인다.

삼성경三聖經 중 하나인 『태상감응편太上感應篇』에서는 그래, 선악 길흉을 관장하는 북두신군北斗神君이 사람의 머리 위에서 그 사람의 죄악을 기록하여, 그 운수와 수명을 빼앗는다고 하였다. 그러고 보니 혹 나도 모르는 사이에 남의 가슴에 대못 두어 개쯤 박는 악한 업은 짓지 않았는지? 저어된다.

지금 내 머리 위에 계신 북두신군은 나를 어떻게 기록하고 있을까?

모쪼록 북두신군께서 "이놈! 깜냥은 형편없지만 그래도 선생질은 할 만한데…"라 기록해 주었으면 좋겠다.

"화와 복은 문이 없다…"는 사서오경四書五經 중 『춘추좌씨전』에도 보인다. 민자마閔子馬가 계무자의 서자인 공미公彌에게 깨우침을 준 글이다.

계무자는 공미의 동생인 도자를 더 사랑해 후계자로 앉혔다. 이에 공미가 아버지인 계무자에게 불만을 품자 민자마가 이 말로 충고하였다.

이후 공미는 아버지의 신임을 얻고 점차 부자가 되었으며, 좌재左宰라는 높은 벼슬에까지 올랐다.

⑪

높은 자리에 있으면서도 교만하면 군자가 아니요, 너에게 나온 것은 너에게로 돌아간다

기천沂川 홍명하洪命夏, 1607~1667[1]는 판서判書 김좌명金佐明, 1616~1671[2]과 동양위東陽尉 신익성申翊聖, 1588~1644[3]의 사위였다.

1 본관은 남양南陽, 자는 대이大而, 호는 기천沂川. 황해도관찰사 홍춘경洪春卿의 증손으로, 할아버지는 이조판서 홍성민洪聖民이고, 아버지는 병조참의 홍서익洪瑞翼이며, 어머니는 심종민沈宗敏의 딸이다. 1630(인조 8)년 생원이 되고, 1644년 별시문과에 을과로 급제하여, 검열을 거쳐 1646년 문과중시에 병과로 급제한 뒤 규장각대교, 정언·교리·부수찬·헌납 등을 지냈다. 그 뒤 1649년 이조좌랑으로 암행어사가 되어 부정한 관리를 적발함에 있어 당대에 이름을 떨쳤다.
그는 또 성리학性理學에 조예가 깊었으며, 특히 효종의 신임이 두터워 효종을 도와 북벌계획을 적극 추진하였고, 박세채朴世采·윤증尹拯 등 명신들을 조정에 천거하였다. 글씨에도 뛰어났다. 순조 때 여주의 기천서원沂川書院에 배향되었으며, 저서로는 『기천집』이 있다. 시호는 문간文簡이다.
2 본관은 청풍淸風, 자는 일정一正, 호는 귀계歸溪 또는 귀천歸川. 비柔의 증손으로, 할아버지는 참봉 홍우興宇이고, 아버지는 영의정 육堉이며, 어머니는 윤급尹汲의 딸이다. 1668년 병조판서 겸 수어사가 되어 노량의 대열병大閱兵을 시행해 흩어진 군율을 바로잡았고, 병기·군량을 충실히 하였다. 한때 호조판서가 되어 크게 국비를 덜어 재정을 윤활하게 하였다. 사람됨이 총명하고 재주가 많았으며 용모가 단정하였다.
특히, 호조판서가 되자 서리胥吏들의 부정이 줄었고, 병조판서가 되니 무사가 존경으로 따를 정도로 군율이 엄격하고 공정했으며, 모든 업무에 과단성이 있고 공정하였다. 현종의 비인 명성왕후明聖王后의 큰아버지인데도 조정에서는 믿고 중용하였다.
3 본관은 평산平山이고, 자는 군석君奭, 호는 낙전당樂全堂·동회거사東淮居士로 영의정 신흠申欽의 아들이며, 선조의 부마이다. 정숙옹주貞淑翁主와 혼인하여 동양위東陽尉에 봉해졌다.

김좌명은 갑오년에 과거에 급제하여 명성과 인망이 매우 떨쳤고 홍명하는 나이 마흔의 궁색한 선비로 가세가 매우 가난하여 장인 동양위 집안에 혹처럼 붙어서 살았다. 그 장모 이하로 집안사람들이 모두 천대하고 처남 신면(申冕, 1607~1652[4] 또한 일찍이 과거에 급제하여 명하 대하기를 더욱 업신여겨 늘 노예처럼 보았다.

《꿩》(원주역사박물관 소장)

하루는 홍명하의 밥상에 꿩고기 반찬이 올라왔다. 신면이 이를 보고 꿩고기를 집어 개에게 던지며 말하였다.

"천인의 밥에 꿩고기가 어찌 가당키나 하겠는가."

홍명하는 다만 웃음을 머금고 털끝만큼도 노여운 빛을 띠지 않았다. 동양위는 사람을 알아보는 견식이 있었다. 홀로 그 사람의 비범함을 알았으며 또한 만년에 크게 현달할 것을 알고는 늘 아들 면을 책망하고 명하에게 특히 은혜와 예의로써 대하였다.

그 동서 김좌명이 처음에 문형文衡: 저울로 물건을 다는 것과 같이 글을 평가하는 자리라는 뜻에서, '대제학'을 달리 이르던 말이 되었을 때였다. 기천 홍명하가 표문表文: 마음에 품은 생각을 적어서 임금에게 올리는 글을 여러 편 지어 좌명에게 보이며 말했다.

"이것으로 과거에 급제할 만한가?"

4 본관은 평산平山, 자는 시주時周. 1624(인조 2)년 생원이 되고 1637년 정시문과庭試文科에 급제하여 1642년 이조좌랑·부제학을 거쳐 대사간에 이르렀다. 1651(효종 2)년 송준길宋浚吉의 탄핵을 받고 아산牙山에 유배되었다가 이듬해 풀려나와 동부승지同副承旨에 복관되었으나 김자점의 옥사에 연루돼 추국을 받다가 자결하였다.

김좌명이 보지도 않고 땅에 던지며 말하였다.

"자네의 소위 표表는 표범의 표豹이냐? 범가죽 무늬의 표豹이냐?"

그러며 꾸짖고 욕하니 기천이 웃으며 말하였다.

"표表나 표豹나 그 음은 같으니 하등 불가한 게 없도다."

그리고 천천히 거두어서는 소매 속에 넣었다.

하루는 동양위가 밖에 나갔다가 날이 저물어 귀가하였다. 작은 사랑에서 생황 반주에 맞춰 노래를 부르는 소리가 들렸다. 집안사람에게 물으니 '댁 영감(신면)이 김참판 영감(김좌명)과 기타 여러 재상들과 더불어 방금 노래판을 벌리고 논다'고 하였다. 동양위가 홍생洪生·홍명하이 자리에 있는지 없는지를 물으니 비자婢子가 대답하였다.

"홍생은 홀로 아랫방에서 잠을 잡니다."

동양위가 말을 듣고 눈썹을 찡그리며 말했다.

"저 아이들의 일이 실로 어지럽구나."

그러고는 즉시 기천 홍명하를 청하여 물었다.

"자네는 무슨 연유로 아이들의 놀음에 참여치 않는겐가?"

홍명하가 대답하였다.

"재상의 연회에 유생儒生이 어찌 참여하겠는지요. 하물며 저 이들이 청하지 않은 이상에 어찌 불청객이 스스로 가겠습니까?"

동양위가 말하였다.

"그러면 자네는 나와 함께 노는 게 좋겠다."

그리고 이에 음악을 펼쳐 기쁨을 다하고는 마쳤다. 그 뒤에 동양위가 병을 얻어 장차 죽으려 할 때 기천의 손을 잡고 한 손으로 잔을 들어 먹으라 권하며 말하였다.

"내가 한 마디 자네에게 부탁할 말이 있네. 이 잔을 마시고 내 임종의 말을 듣게나."

기천이 사양하며 말했다.

"어떠한 하교를 하실지 알지 못하오나 원컨대 가르침을 먼저 받들고 뒤에 이 잔을 마시 겠습니다."

동양위가 연하여 권하였다.

"이 잔을 마신 뒤에야 내가 말하겠네."

기천이 끝내 마시지 않고 가르침 받들기만 원하였다. 동양위가 이에 잔을 땅에 던지며 눈물을 머금으며 말했다.

"우리 집안이 망하겠구나!"

그러고 곧 운명하니 필시 아들을 부탁한다는 말을 하고자 함이었다.

그 뒤에 기천이 과거에 급제하여 십 년 사이에 관직이 영의정에 이르렀다. 신면과 김좌명은 가위 우러러보아도 미치지 못하게 되었다. 훗날 숙종肅宗 때에 이르러 신면이 옥사에 연루되어 장차 형벌에 처해질 때였다.

숙종께서 기천에게 신면의 평소 행동과 그 사람됨이 여하한지를 물으니 기천이 대답하였다.

"신이 서로 안 지 수십 년에 아직도 그 사람됨을 알지 못하옵니다."

이로 인하여 신면이 법복伏法: 형법에 복종하여 죽임을 당함하니, 이는 다 기천이 면에게 원망하는 뜻을 품은 지 오래되었기에 말 한 마디를 내어 구하지 않았기 때문이다.

기천이 배명拜相: 정승으로 임명을 받음한 후로 김좌명이 늘 문형의 자리를 맡았다. 연경燕京: 중국에 올리는 글을 문형이 지어 가져왔다. 사육四六: 사육문(四六文)으로 4자와 6자의 구(句)로 이루어진 문체을 지어 먼저 대신에게 감정코자 하였다. 기천이 부채로 치며 말하였다.

"표범의 표豹이냐? 범가죽 무늬의 표彪이냐?"

이도 또한 평일에 원망하는 마음이 깊어 이를 보복한 것이더라.

제목에 보이는 '너에게서 나온 것은 너에게로 돌아간다'라는 말은 『맹자』 「양혜왕」하에 있는 증자曾子의 말이다. 추鄒나라 목공穆公이 맹자에게 '윗사람들이 싸우다 서른세 명이나 죽었는데 백성들은 한 사람도 그들을 위해 죽지 않았다. 백성들을 모조리 벌하자니 너무 많고 그냥 두자니 이런 일이 또 있을 테니 이를 어찌하면 좋겠냐?'고 묻는다. 맹자는 백성들이 굶어 죽어도 위에서 재산만 불리지 않았느냐며 증자의 말을 빌려 "네게서 나온 것이니 네게로 돌아간다出乎爾者 反乎爾也."라 잘라 말한다. 인과응보因果應報, 권선징악勸善懲惡, 사필귀정事必歸正, 자업자득自業自得, 결자해지結者解之, 종두득두種豆得豆도 유사한 뜻이다.

별별이야기 외사씨 왈

신면과 김좌명이 부형의 세력으로 일찍이 과거에 급제하여 겸양謙讓의 절개를 지키지 못하여 교만하고 자기 마음대로 사람을 가벼이 여겼으니 이는 족히 논할 바가 아니다. 그러나 기천의 일로써 보건대 덕망과 명망 있는 재상으로서, 평일에 이미 동양위에게 인정을 받았다. 그러니 신면이 죄를 입을 때에 마땅히 말 한마디를 해 구해주어야 했다. 장인의 인격이나 식견을 인정받아 후대 받은 은혜를 보답할 것이거늘 구해주지 않았으며 또 좌명에게 '표豹이냐? 범가죽 무늬의 표豹이냐?'를 되돌려줌과 같았으니 실로 도량이 좁은 행동이라 일컬을지로다.

별별이야기 간 선생 왈

외사씨(송순기)는 기천 홍명하의 속 좁음을 나무란다. 그러나 이 글이 사실이라고 평한다면 김좌명, 신면, 홍명하 모두 인품이 넉넉지 못한 자들이다. 더욱이 이러한 품성으로 벼슬길에 올라 임금을 보좌하고 백성을 다스리는 관리가 되었다면 이를 어떻게 이해해야 할까?

나 또한 배움의 길을 가며 저런 이들을 참 많이도 보았다. 학문의 고하를 막론하고 생각해 보니 내 인품 또한 좁디좁음을 인정해야만 하겠다. 모쪼록 남의 가슴에 대못 두어 개 질러 놓는 말만은 말아야겠다. 언젠가 내 블로그http://blog.naver.com/ho771에 써 놓은 「말과 글」이다.

「말과 글」

살아가기 위해 말을 한다. 말 한 마디로 남에게 희망을 주기도 절망을 주기도 한다. 살아가기 위해 글을 쓴다. 글 한 구절로 남에게 희망을 주기도 절망을 주기도 한다. 양 극을 오가는 말 한 마디와 글 한 구절. 내 입에서 나온 말과 내 손에서 쓰인 글은 어떠한가? 혹 남에게 희망보다는 절망을 준 것은 아닌가?

말은 천금같이 하고 글은 전쟁하는 마음으로 쓴 이들의 삶을 곰곰 생각해 본다. 저 이들의 말과 글은 절망보다는 희망이다. 그것도 자신의 삶과 일치하는 말과 글이다.

어제 내 입의 말과 내 손의 글이 부끄럽다. 오늘 나는 어떤 말을 하고 어떤 글을 쓰려는가? 아니면 입을 틀어막고 손을 묶어두어야 하는가?

말할만 하면 말하고言而言

말할만 하지 않으면 말하지 말고不言而不言

말할만 한데 말하지 않으면 안 되고言而不言不可

말할만 하지 않은데 말해서도 안 된다不言而言亦不可

입아! 입아!口乎口乎

이렇게만 할 뿐인져如是而已

안방준安邦俊, 1573~1654 선생의 「구잠口箴: 말을 경계하는 글」이란 글로 오늘의 삶을 경계해 본다.

12

선을 쌓는 집에는 경사가 남음 있고
복숭아를 던지니 구슬로 보답하네

강릉 김씨인 한 선비가 있었는데 집안이 가난하였다.

가빈친로(家貧親老: 집이 가난하고 부모가 늙었을 때는 마음에 들지 않은 벼슬자리라도 얻어서 어버이를 봉양해야 한다는 말)하여 변변치 않은 음식으로 대접하는 것조차 궁핍하였다.

하루는 그 어머니가 말하였다.

"우리 집의 선대는 본래 부자로 불리었다. 노복 등이 호남의 섬 가운데 흩어져 있으나 알지 못하니 네가 가서 저들을 속량(贖良: 몸값을 받고 종을 풀어주어서 양민(良民)이 되게 함. 속신(贖身)이라고도 한다)해주고 돈과 곡식을 거두어 오너라."

그러고는 노비 문권을 내주었다.

김생이 그 문권을 가지고 호남의 섬으로 가니 백여 호가 한 마을을 이루어 번성했다. 이들은 모두 노비의 자손이었다. 김생이 그 문권을 내보이니 모두 앞에 와서는 나열하여 절하고 수천 금을 거두어 노비 이름을 삭제해주기를 청하였다.

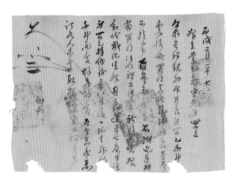

조선시대 〈노비매매문서〉(부산광역시립박물관 소장)
병술년 2월 27일 작성한 노비매매문서로, 문서의 중간부에 붉은 색의 근인장이 네 곳에 찍혀 있다.

이에 김생이 노비문권을 불태우고 돈을 말에 싣고는 오다가 도중에 금강錦江: 전라북도 장수군에서 발원하여 충청북도 남서부를 거쳐 충청남도과 전라북도의 도 계를 이루면서 군산만으로 흐르는 큰 강을 지날 때였다.

이때는 십이월 한겨울이었다.

날씨는 몹시 추웠는데 이리저리 거닐며 강변을 바라보니 한 영감과 노파, 그리고 한 나이 어린 부인이 강가에서 물속으로 들어가거니 붙잡거니 만류하며 서로 통곡하였다. 김생이 심히 괴이하여 그곳에 달려가 연고를 물으니 영감이 말하였다.

"내가 자식 하나를 두었는데 금영錦營: 충청감영에서 아전을 하다가 포흠逋欠: 관청의 물건을 사사로이 써버림으로 감옥에 갇혀 있답니다. 여러 차례 납부 기한을 어겨 내일은 곧 죽는 날이오. 집안 형편이 몹시 가난하여 동전 한 푼 마련할 곳조차 없으니 어찌 수천 금을 변통하여 생때 같은 자식의 사형을 구할 도리가 있겠소. 이렇기에 결심하고 물에 빠져 죽으려고 하니 늙은 아내와 며느리가 함께 죽는다고 하는군요. 이게 어찌 사람이 할 일이겠소. 그리하여 서로 물에서 꺼내고는 이렇게 통곡하는 거라오."

그러고는 다시 부르짖으며 우니 김생이 만류하며 말했다.

"돈이 얼마 있으면 포흠을 갚을 수 있겠소."

영감이 말하였다.

"이천 금만 있으면 충당할만 하지요."

김생이 말했다.

"그렇다면 내가 여차저차 받아오는 돈이 족히 이천 금이 되리니 이것으로써 갚으시오."

그러하고는 말에 싣고 온 금전 전부를 꺼내주니 그 세 사람이 크게 놀라 통곡하며 말했다.

"우리 세 사람의 생명이 이로 인하여 다시 살아나고 또 죽은 자식을 구해내니 이와 같은 큰 은혜가 이 세상에 어디 있겠소. 종신토록 집편執鞭: 귀인이 나다닐 때에 채찍을 들고 따라다니며 길을 티서 치우던 사람하는 종이 될지라도 이 세상 이 생애 동안 다 갚지 못하겠습니다. 원컨대 우리 집으로 가 하룻밤을 머물고 내일 아침에 길 떠나시기를 바랍니다."

김생이 말하였다.

"날이 저물고 길은 먼데 나이 드신 어머님께서 의려依閭: 어머니가 아들이 돌아오기를 문에 의지하고서 기다림. 의려지망(依閭之望), 혹은 의문이망(倚門而望)으로 제나라 패 왕손가의 어머니가 아들이 나가서 늦게 오면 집 문에 의지하여 아들이 오기를 바라보고 서 있었다는 고사에서 유래한 말하신 지 오래되셨소이다. 하루라도 머무르지 못하겠소."

그러고 말을 끊고 가니 그 영감과 그 처, 부인 세 사람이 다만 백배치사할 따름이었다. 즉시 그 돈을 실어 가지고 금영으로 가 묵은 채무를 모두 갚으니 그 당일에 아들이 석방되었다. 그 부모처자 기쁨의 정이 어찌 그 다함이 있으리오.

이후로는 밤낮으로 은혜 갚길 생각하나 김생이 거주하는 곳과 성명을 영원히 알 도리가 없어 이것을 생전의 한으로 삼았다.

그 뒤에 김생의 어머니는 천년天年: 타고난 수명을 누리고 돌아가셨다. 그러나 김생의 가세는 그동안 더욱 형편없이 떨어졌기에 온갖 예의범절에 맞추어 장례를 치를 도리가 없었다. 김생은 지관 한 사람과 함께 묘지를 구하기 위하여 여러 산을 두루 다녔다. 한 곳에 이르자 홀연 지관이 얼굴빛을 달리하고 산을 가리켜 크게 찬탄하기를 "부귀복록이 무궁할 큰 땅이라" 하였다.

김생이 그 산하를 보니 크고 우뚝하니 장엄하고 아름다운 집이 있어 마을 사람에게 물어보았다.

"거 김씨네 집이지요. 좋은 밭과 기름진 논이 이 일대에 두루 있고 마을의 땅깨나 소유한 사람들은 모두 그 집 노비랍니다."

김생이 이에 지관을 돌아보며 말하였다.

"이 산이 비록 크게 길한 땅이라 한들 저 부잣집 뒤꼍이니 나 같은 한미한 자가 어찌 이를 차지하겠소."

그러고는 "허! 허!" 탄식만 할 뿐이었다.

그러는 사이에 하늘빛이 이미 저물어 어둠이 먼 나무 끝에서부터 생겨났다.

김생이 지관에게 말하였다.

"날이 이미 저물었으니 하룻밤을 저 집에서 머물다가는 수밖에 없겠소."

두 사람이 걸음을 같이하여 그 부잣집 문 앞에 당도하였다.

한 젊은이가 객실로 맞아들이고 저녁을 내와 따뜻이 맞아주었다. 김생이 밥을 다 먹은 후에 등불을 대하니 슬픈 심회가 마음을 흔들었다. 묘 터를 생각하고 홀로 길게 탄식할 따름이었다.

그때였다. 갑자기 안에서 한 젊은 부인이 문을 밀치고 뛰어들어와 김생을 붙들고 크게 울음 울었다. 김생이 그 이유를 알지 못하여 크게 놀라고 괴이함을 그치지 못하니 곁에 있던 젊은이(젊은 부인의 남편)도 또한 심히 놀랍고 의아하였다. 그래 남편이 까닭을 따져 물으니 젊은 부인이 말하였다.

"이 분은 우리의 은인입니다. 수년 전 금강에서 영감, 노파, 젊은 아낙 세 사람의 목숨을 구하고 지아비를 옥중에서 빼내오게 하셨지요. 그 산과 같고 바다와 같은 큰 은혜를 준 분입니다."

그 소년이 또한 김생을 부여안고는 통곡하고 영감과 노파 또한 은인이 온 것을 알고 뛰어 들어와 안고 울었다.

김생은 이렇게 해후함을 기이하게 생각할 뿐이었다.

이윽고 그 영감 부처와 아들 부부가 함께 앉은 후에 다시 등불을 돋고 각자 그 여러 해의 일들을 들어보니 과연 털끝만큼도 차이가 없어 온 집안이 놀라 기뻐함을 이기지 못하였다.

당시 그 젊은 부인은 금강에서 김생을 만나 한 가족 네 사람의 목숨을 모두 구하였으나 그 은인이 가버린 후에 성명과 주소를 물을 곳이 없었다. 이것이 뼛속 깊이 한이 되었다.

그때로부터 젊은 부인은 밤낮으로 집안 살림을 잘 꾸렸다. 이와 같이 한 지 팔구 년에 집안이 점차 풍요하게 되어 마침내 거만의 부를 이루게 되었다.

이에 수년간 매일 밤 목욕재계하고 향을 살라 하늘에 축원하고 은인을 만나 그 은덕 갚기를 기도하였다. 부인의 남편도 사랑채에 거하며 어떤 여행객이든지 물론하고 숙박하기를 청하면 이를 거절치 않고 정성껏 대접하기를 게을리하지 않았다. 이는 '혹 은인을 만날까' 하는 궁리에서 나온 것이었다. 젊은 아낙은 객이 올 때마다 반드시 창틈으로 엿보아 그 용모를 관찰하였다.

매일 이렇게 하더니 십여 일 전에 그 젊은 아낙의 꿈에 한 노인이 와서 말하였다.

"네가 오매불망하던 은인을 만날 날이 멀지 않으리라."

젊은 아낙이 꿈을 깬 뒤로 마음속으로 심히 기뻐하여 날마다 만나기를 고대하였다. 이 날도 전에 하던 대로 저녁밥을 내온 후에 문틈으로 몰래 엿보았다. 젊은 아낙은 원래 나이 는 어리지만 밝은 눈을 지닌 사람이었다. 김생을 한 번 보고 기억하였으니 이것이 모두 지성이면 감천이더라.

이에 김생을 대하여 슬픔을 위로하고 또 이곳에 이른 까닭을 물었다. 김생이 그제서야 집 뒤 묘터의 일을 말하니, 네 사람이 말을 모아 대답하였다.

"집 뒤는 말할 것도 없고 우리 집의 대청이라도 묘터가 길하거든 장사를 지내십시오. 또 장사 지내는 절차는 우리 집에서 일체 부담할 테니 속히 집으로 돌아가셔서 발인하여 오 십시오."

그러고는 장례 치르는 모든 법도와 발인에 필요한 여러 집기를 대주었다. 또 흔쾌히 그 밖의 노복을 시켜 짐을 챙기고 겸하여 가마와 끄는 말을 보내어 식구들을 맞아 오게 한 후 에 풍후하고 화려한 의식으로 성대히 장례를 치러주었다.

제목에 보이는 '복숭아를 던지니 구슬로 보답하네'는 『시경』 「위풍衛風」 '모과木瓜'에 보인다. 원문은 "나에게 복숭아를 던지니 구슬로 보답하네投我以木桃得瓊 報之以瓊瑤"이다. 그 뒤는 "보답했다 여기지 않음은 오래도록 좋게 지내기 위해서이다匪報也 永以爲好也"라 하였다. 남들이 나에게 하찮은 은혜라도 베풀면 나는 마땅히 중 한 것으로 보답을 하고도 되갚았다 여기지 말라는 뜻이다. 왜냐하면 오래도록 좋게 지내서라 한다. 하지만 이 글에서 김생이 베푼 은혜는 복숭아에 비할 바가 아니다.

별별이야기 간 선생 왈

　우리가 잘 아는 '적선지가 필유여경積善之家 必有餘慶: 선한 일을 많이 한 집안에는 반드시 남는 경사가 있다'과 연결되는 이야기다. '적선지가 필유여경'은 『주역周易』의 곤괘坤卦 「문언전文言傳」에 보이는 말이다.

　곤괘〈문언전〉에서는 이 말의 뒤에 "불선을 쌓은 집안에는 반드시 남는 재앙이 있다積不善之家, 必有餘殃"고 대구를 이었다. 그 뒤에는 구체적인 예로 '신하가 그 임금을 죽이고, 자식이 그 아비를 죽이는 일臣弒其君, 子弒其父'을 예로 들었다. 군신君臣 간이야 죽이고 죽임을 당하는 일이 이해될 법하나 부모자식 간에 죽이고 죽임을 당하는 일은 너무나 섬뜩하다.

　책에서는 '선한 집엔 경사가, 악한 집엔 재앙이, 신하가 그 임금을 죽이고, 자식이 그 아비를 죽이는 일'이 일어나는 것은 하루아침과 하루저녁에 그렇게 된 게 아니라며 그 이유를 이렇게 적어놓았다.

　"그 유래는 점차적으로 이루어졌으니, 변론하여야 할 일을 변론하지 않은 데서 비롯되었다其所由來者漸矣 由辯之不早辯也."

　'잘못을 잘못'이라 분명히 말하지 않은데서 시작하여, 이것이 하루 이틀 쌓여 그렇게까지(경사와 재앙과 죽임) 되었다는 말이다. '서리를 밟으면 곧 얼음이 언다'는 조짐임을 깨달으라는 말이다. '옳고 그름을 가리는 일'이야말로 집안에 경사를 가져오는 마중물임을 비로소 깨닫는다.

13

열다섯의 신부와 쉰의 신랑, 장수부귀하고 또 사내아이를 많이 낳았네

해풍군海豊君 정효준鄭孝俊, 1577~1665은 나이 마흔셋에 빈궁하여 입을 옷조차 없었다. 일찍이 세 차례나 아내를 잃고 다만 딸만 셋 있을 뿐이었다. 영양위寧陽尉[1]의 증손으로 본가의 제사를 받는 외에 또 노릉魯陵[2]과 현덕왕후顯德王后 권씨權氏,[3] 노릉왕후魯陵王后 송씨宋氏[4] 등 삼위三位의 신주를 받들었지만 향불조차 준비할 방도가 없었다. 늘 근심하고 고뇌하였는데 집안에 있으면 다만 근심스럽고 심란하여, 매일 이웃에 사는 병사兵使 이진경李進慶: 본관은

1 정종鄭悰, ?~1461으로 1450(세종 32)년에 문종의 딸 경혜공주敬惠公主와 혼인한 뒤 영양위寧陽尉에 봉하여지고, 단종 초기에 형조판서가 되어 단종의 두터운 신임을 받았다. 1455(단종 3)년에 금성대군 유錦城大君瑜의 사건에 관련되어 영월에 유배되었다가 이후, 1461년 승려 성탄性坦 등과 반역을 도모하였다 하여 능지처참되었다. 그와 함께 유배되어 관비官婢가 된 경혜공주가 적소에서 아들을 낳자, 세조비 정희왕후貞熹王后가 친히 양육하고 세조가 미수眉壽라 이름을 지었다. 영조 때 신원伸寃되었고, 단종묘와 공주 동학사東鶴寺 숙모전肅慕殿에 배향되었다. 시호는 헌민獻愍이다.

2 조선 제6대 왕(재위 1452~1455)인 단종端宗으로 어린 나이에 즉위하여 숙부인 수양대군에게 왕위를 빼앗기고 상왕이 되었다가 결국 서인으로 강등되고 결국 죽음을 당하였다.

3 본관은 안동安東이며 화산부원군花山府院君 권전權專의 딸이다. 조선 제5대 왕 문종의 비(1418~1441)이다. 성품이 단아하고 효행이 있어 세종과 소헌왕후昭憲王后의 총애를 받았다. 1441년 원손元孫: 뒤의 단종을 출생하고 3일 뒤에 죽었다. 같은 해 현덕顯德이라는 시호를 받았다.

4 단종의 비로 판돈령부사判敦寧府事의 딸이다.

여주이며 이무인(李武仁)의 아들로 절충장군(折衝將軍)을 지냈다 집에 가 박혁(博奕: 장기와 바둑)하는 것으로 소일거리를 삼았다.

이 병사는 판서 이준민(李俊民, 1524~1590)의 손자였다. 하루는 해풍군이 갑자기 이 병사에게 말했다.

"내 속에 들은 간절한 말이 있는데 자네가 내 마음을 가련히 여겨 이를 들어주겠나?"

병사가 말하였다.

"자네와 나 사이야 젊은 시절부터 일찍이 사귀어 그 정의가 돈독함이 실로 타인에 비할 바가 아니네. 어찌 자네의 간절하고 애틋한 사정을 받아들이지 않을 까닭이 있겠는가? 숨기지 말고 곧 사실대로 말하게나."

〈해풍군 정효준의 묘〉

정효준의 본관은 해주海州이고 자는 효우孝于, 호는 낙만樂晩, 시호는 제순齊)이다. 어려서부터 시를 잘 지었는데 특히 변려문騈儷文을 잘 썼다. 아버지는 돈령부판관을 지낸 정흠鄭欽이다. 1618(광해군 10)년 사마시에 합격하여 생원이 되었고 1613(광해군 5)년 때 이이첨 등이 인목대비仁穆大妃를 폐하려 하자, 어몽렴魚夢濂·정택뢰鄭澤雷 등과 함께 이이첨의 처형을 건의하였다. 인조반정 이후에 효릉참봉孝陵參奉이 되었으며, 왕실의 제사용 가축을 기르는 관청인 전생서의 봉사奉事가 되고 뒤에 자여도찰방自如道察訪 등을 거쳐 1652(효종 3)년 돈령부도정에 임명되었다. 1656년 해풍군海豊君에 봉해졌으며 동지돈령부사가 되었다. 그 뒤 아들 다섯이 모두 급제하여 관직에 등용되었으므로 1663년 판돈령부사로 승진되었다.

해풍군은 한참을 머뭇거리면서 말을 제대로 하지 못하고 입만 벌렸다 오므렸다 한참을 하더니 말했다.

"우리 집안은 비단 여러 대를 받들어 제사할 뿐만 아니라 아울러 지존至尊: 여기서는 단종을 말한다의 신위도 받들고 있는 처지일세. 그런데 나는 지금 홀아비로 아내가 없으니 기필코 제사가 끊어짐을 면치 못할 것일세. 일신의 고독함은 오히려 말할 필요도 없으나 죽은 뒤에 일을 생각해 보면 실로 딱한 처지가 박절하니 어찌 가련치 아니한가. 만일 자네가 아니라면 내 감히 입을 열지 못할 걸세. 자네는 모름지기 나의 정세를 가련하게 생각하여 나를 사위로 삼음이 어떠한가?"

병사가 이에 발칵 성을 내어 얼굴빛을 변하며 말했다.

"자네 말이 진담인가 농담인가? 내 딸아이는 이제 열다섯일세. 어떻게 자네와 같은 나이 쉰에 가까운 자에게 배필을 허락하겠는가? 그 말이 망령되이. 이후로는 결코 이러한 말을 입 밖에 내지도 말게."

해풍군은 온 얼굴에 부끄러운 빛을 띠고 한 마디도 말하지 못하고 집에 돌아와 다시는 그 병사의 집에 가 감히 함께 노닐지 못하였다.

여러 날이 지난 후에 이 병사가 베개를 베고 잠들었는데, 갑자기 문가 뜰에서 시끄럽게 떠드는 소리가 났다. 그러더니 멀리서 경필(警蹕: 임금이 거동할 때 경호하기 위하여 통행을 금한 일)하는 소리가 들리더니, 한 관복을 입은 자가 문을 밀치고 들어와 병사를 일으켰다.

"지금 대가(大駕: 임금이 타는 수레)가 그대의 집에 행차하셨으니 곧 문을 열고 임금을 맞으라."

병사가 크게 놀라 황망히 의관을 바로잡고 뜰에 내려가 엎드렸다.

한 소년 왕이 금으로 된 면류관을 쓰고 대청 위로 임하시어 병사에게 명하여 당하에 엎드리게 하고 가르침을 내렸다.

"정 아무개가 그대와 더불어 결친(結親: 친분을 맺음. 혹은 사돈 관계를 맺는 일)하고 싶은데, 그대가 이를 거절하였다하니, 너의 뜻은 어떠한 이유 때문인가?"

병사가 땅에 엎드려 대답하였다.

"성교(聖敎)의 가르침을 내리심에 어찌 감히 뜻을 거역할 이치가 있겠습니까마는, 다만 신의 딸은 나이 겨우 계년(笄年: 여자가 비녀를 꽂을 수 있는 나이. 곧 15세 정도의 소녀)이옵니다. 정효준은 나이 쉰에 가까우니 신의 딸보다 서른 살이나 많사옵니다. 나이가 서로 합당치 못하오니 어찌 배필이 되겠사옵니까?"

임금이 가르쳐 말씀하셨다.

"나이가 많고 적음은 족히 비교할 바가 아니니 사흘 이내에 곧 폐백을 드리고 혼인을 하여라. 절대 짐의 명령을 어기지 말아야 한다."

그리고 환궁하시는 게 아닌가.

병사가 홀연히 놀라 깨니, 잠자리의 한 꿈이었다. 속으로 심히 놀랍고 괴이하여 즉시 잠자리에서 일어나 안으로 들어가니 그의 아내 또한 불을 밝히고 앉아 있거늘 병사가 꿈속의 일을 고하니 부인이 말하였다.

"첩의 꿈도 또한 그러하니 참 이상한 일입니다."

병사가 말하였다.

"이는 대수롭지 않은 일이오. 결코 우연한 일이 아니니 이를 장차 어찌하면 좋겠소?"

부인이 말하였다.

"꿈속의 일은 허경虛境에 불과하니 어찌 이를 믿고 가벼이 일을 처리하려 하십니까?"

그리하여 꿈속 혼인에 대한 의논을 더 이상 말하지 않기로 하였다.

십여 일이 지난 후에 이 병사가 또 꿈을 꾸었다. 대가大駕가 또 위의를 성대히 대청 위에 임하여 옥안玉顏이 심히 불예不豫: 임금의 몸이 편치 않음한 빛을 띠며 말씀하셨다.

"전에 정녕 두세 번이나 하교한 바가 있거늘 자네는 지금까지도 이를 받들어 행하지 않는 것은 무슨 까닭인고!"

병사가 황망히 땅에 엎드려 사죄하여 말했다.

"어찌 가르치심에 거역하는 바가 있겠습니까. 마땅히 헤아려 잘 생각하여 처리하겠나이다."

그리고는 꿈을 깨서 그의 아내에게 말하였다.

"꿈이 또 이와 같으니 이는 필시 하늘의 뜻이오. 만약 하늘을 거역한다면 큰 화가 내릴지 모르니 이를 장차 어찌 하면 좋겠소?"

그 처가 말했다.

"꿈의 일이 비록 이와 같으나 이치상으로는 결코 그렇지 못합니다. 어찌 애지중지하는 열다섯 된 딸아이를 집안 형세가 매우 가난하고 나이도 쉰에 가까운 사람에게 보내어 평생을 그릇되게 하겠습니까? 이는 하늘이 정했건 사람이 정했건 물론하고 죽을지라도 따르지 못하겠습니다."

병사가 감히 그 부인의 고집을 꺾기 어려워 일시 이를 중지하였으나 이후로는 자못 심사가 불안하여 몹시 걱정스럽고 두려워 침식이 편치 못했다. 또 십여 일 후에 대가大駕가 꿈에 나타나서 말씀하셨다.

"지난 번 너에게 하교한 것은 비단 하늘이 정한 인연일 뿐만 아니라, 이것이 즉 복 많은 사람이니 백 가지 이익이 있고 한 가지의 해도 없을 것이다. 내가 여러 차례 하교했음에도 네가 여전히 완강히 사리에 어둡게 이를 거역하니 너의 죄는 용서받지 못할지니라. 장차 큰 화를 내리겠노라."

병사가 황공하여 땅에 엎드려 사죄하여 말했다.

"전일의 죄는 어리석고 무지하여 그리하였사옵니다. 이제는 마땅히 성교를 받들겠나이다."

그러자 병사에게 다가가 또 하교를 하시었다.

"이는 너의 본심이 아니고 전부 너의 처가 완강하게 고집하여 명을 받들지 않은데서 말미암음이니, 당장 그 죄를 다스리겠노라."

그리고 나서는 이졸_{관청에 낮은 벼슬아치}들에게 명하여 병사의 부인을 잡아온 후에 크게 형벌 도구를 펼쳐놓고 죄를 헤아렸다.

"너의 가장은 나의 명령을 따르고자 하는데, 너는 홀로 성질이 고약하고 도리에 어긋나 명을 받들지 않는구나. 마땅히 불순한 죄를 다스릴 것이라."

그리고는 형벌을 다스리는 관리에게 명하였다. 사오십 장의 태형을 가하자 부인이 머리를 땅에 두드리며 애걸하며 명을 받들 것을 맹서하였다.

조선시대 풍속을 담은 태형笞刑 사진 엽서(국립민속박물관 소장)

병사가 홀연 놀라 깨어나니 땀이 흘러 몸에 흥건하였다. 마음속으로 크게 놀라 급히 내실로 들어가 보니 부인이 또한 꿈속의 일을 말하고는 무릎을 어루만지며 앉는데, 형장의 흔적이 있었다. 병사 부부가 몹시 놀라고 두려워하여 서로 상의한 후 뜻을 결정하였다.

그 다음날 사람을 시켜 "근 일에 무슨 연고로 한참을 지나도록 누추한 내 집에 오지 않았는가?"라며 해풍을 청하였다

해풍이 사람을 따라서 오니 병사기 문밖까지 나와 맞으면서 손을 잡고 말했다.

"자네는 지난번의 일에 대하여 나에게 거절을 당했음으로 스스로 부끄러운 마음이 있어 오지 않은 겐가? 내가 요즈음 천번 만번 헤아려 보니 내가 아니면 자네의 홀아비로서 곤궁함을 구제해줄 사람이 없을 것 같네. 설령 내 딸아이의 평생을 그르친다 해도 단연코 자네에게 시집보내기로 결정했네. 주단柱單: 사주단자로 혼인이 정해진 뒤 신랑집에서 신부집으로 신랑의 사주를 적어서 보내는 종이은 특별히 서로 바랄 필요가 없고 이 자리에서 글을 써 나에게 주는 것도 무방하네."

그러고 나서 한 폭의 간지簡紙: 두껍고 품질이 좋은 편지지. 흔히 장지(壯紙)로 만드는 데 정중한 편지에 썼으며 같은 장지로 된 편지 봉투에 넣었다를 주어 쓰게 한 후에 그 자리에서 책력을 펼쳐 대례大禮 일을 정하고, 서로 정녕하게 약속한 뒤 보냈다.

해풍은 뜻밖의 즐거움에 오직 길일이 오기만을 고대하였다.

다음날 아침에 병사의 딸이 잠자리에서 일어나더니 어머니에게 말했다.

"지난 밤 꿈이 매우 기이하옵니다. 아버님의 친구 정 생원이 갑자기 용으로 변하더니 저를 향해 '너는 나의 아들을 받으라'고 하였습니다. 소녀가 치마폭을 펼쳐 작은 용 다섯 마리를 받았는데 치마폭 위에서 구물구물했어요. 그런데 한 마리 용이 갑자기 떨어져 목이 부러져 죽은 것을 보았으니 어찌 괴이하지 않나요?"

병사 부부가 이 말을 듣고 심히 이상하게 생각하였다.

그 딸이 정씨 집안에 들어간 후로 해마다 자식을 낳았는데 남자아이만 다섯이었다. 아이들이 장성하여 차례로 등과하였으니, 장남과 이남은 지위가 판서判書에 이르렀고, 삼남은 대사간大司諫에 이르렀으며, 사남과 오남은 옥당玉堂: 홍문관(弘文館)에 이르렀다. 또한 그 손자가 해풍의 생전에 과거에 급제하였다. 해풍은 다섯 아들이 과거에 급제함으로써 한 품계

를 더하여 아경亞卿: 종이품 벼슬을 높여 이르던 말. 정이품 벼슬을 이르는 경(卿)에 비금간다는 뜻에 이르렀다. 구십여 세에 돌아갔으며 손자들과 증손들이 앞에 가득했으니 그 복록의 성대함이 세상에 비할 자 드물었다.

그 후에 오남이 서장관書狀官: 외국에 보내는 사신을 따라 보내던 임시 벼슬인 기록관으로 연경燕京에 갔다 돌아오는 길에 병으로 죽으니 과연 그 꿈속의 일과 꼭 들어맞았다.

해풍이 처음 곤궁했을 당시 아는 친구 집에 갔다가 한 술사術士를 만났다. 좌중의 여러 사람이 일일이 자신들의 앞길을 물었는데 해풍만 홀로 말하지 않으니 주인이 말했다.

"이 사람 관상 보는 법이 신이하여 백발백중인데 한 번 관상을 봄이 어떠하뇨. 어찌 한 번 묻지 않겠소?"

해풍이 말했다.

"빈궁한 사람의 운명과 재산이 많이 어그러졌으니 관상 보았자 무슨 이로울 게 있겠소?"

술사가 해풍을 한참 응시하더니 말했다.

"저 분이 누구인지 모르나 지금은 비록 곤궁하지만 타일의 복록이 무궁하여 먼저는 곤궁하지만 후에는 형통하여 오복五福: 수(壽), 부(富), 강녕(康寧), 유호덕(攸好德), 고종명(考終命) 등 다섯 가지 복을 두루 갖출 상이니 이 자리에 있는 사람들은 저 분에 미치지 못할 겁니다."

그 후에 과연 그 술사의 말과 꼭 같았다.

해풍이 처음 아내를 얻었을 때 초례醮禮날 저녁, 꿈에 한 사람의 집에 들어갔는데, 곧 당상堂上에 배설한 것이 하나같이 혼례의식이었는데, 다만 신부가 없었다. 해풍이 꿈을 깨 의아하게 생각했다.

오래지 않아 아내를 잃고 재혼하는 날 밤 꿈을 꾸었다. 그 집에 들어갔는데 처음 혼인하던 때 꿈의 일과 털끝만큼도 차이가 없었다. 그 후에 또 처를 잃고 세 번째 혼인하던 저녁에 또 그 집에 들어간즉 전날 꿈의 일과 같은데, 이른바 신부는 아직도 강보襁褓: 포대기를 벗어나지 못하였다.

또 오래지 않아 상처를 하고 네 번째 이 병사의 딸을 취하여 그 용모를 보니 곧 세 번째 혼인할 때 꿈속에서 본 강보의 아이였다.

이로 보면 모든 일이 '전생에 정해진 인연에 있다' 함이 실로 꾸며낸 말이 아니라 하겠으며 이 병사의 꿈속에 나타난 임금은 단종이라고 하더라.

별별이야기 간 선생 왈

실존 인물들이요, 문헌이 남아 있기에 혀만 찬다.

저 이의 삶은 '인연'을 맺는 '꿈'으로부터 변하였다. 나도 언젠가 인연을 맺는 꿈을 꾸었다. 정확한 내용은 기억나지 않지만 누구를 만난 것만은 분명하다. 웃음에서 백합 같은 향이 났다.

인생사 한바탕 꿈으로 풀어낸 김만중의 〈구운몽〉이란 고소설이 있다. 양소유로 이 세상에 태어나 온갖 부귀영화를 남긴 그(성진)는 이렇게 말한다. "살아보니 한바탕 꿈"이라고. 그러나 성진(양소유)의 스승 육관대사는 '꿈과 현실을 구분 짓지 마라'고 꾸짖는다. 꿈이 곧 현실이요, 현실이 곧 꿈이란다.

장주지몽莊周之夢: 장자의 꿈 이야기이다. 장자는 꿈에서 나비가 되었다가 꿈을 깬다. 그러고는 자기가 꿈에 나비가 되었는지 원래 나비인 자기가 인간의 꿈을 꾸고 있는지 판단하기 어렵다고 한다.

그리고 보니 내가 꿈속에서 누구를 본 게 아니라 누가 꿈속에서 나를 본 것인지도 모른다. 나와 외물은 본디 하나인데 현실에서 갈라진 것에 불과한지도 모른다는 장자의 주장처럼. 그렇다면 이 글을 읽는 여러분이나 나나 꿈을 꾸는 한 살아있고 살아있는 한 꿈을 꾼다. 여러분이나 나나 '꿈이 현실'이고 '현실이 꿈'이다.

생각을 달리해본다. 어디나 '현실(이승)'이고 어디나 '꿈(저승)'이다. 누가 말했던가. 지천으로 널린 게 이승이라고. 그러니 지천으로 널린 게 또한 저승이다. 그렇다면 이 글을 쓰는 오늘, 나는 어떤 꿈을 꾸는가? 이승이면서 또 저승인 이승에서. 꿈을 꾸었기에 나도 여러분도 현실에 살아있다. 그리고 또 꿈을 꾼다. 나도 여러분도, 사람은 사람으로 인하여서 변하니, 동성이든 이성이든 모쪼록 좋은 '인연' 맺는 '꿈' 꾸기를 바란다.

〈구운몽도 8폭 병풍九雲夢圖八幅屏風〉(국립민속박물관 소장)

지본채색(紙本彩色). 화폭 세로 65.5cm, 가로 36cm. 8폭 연폭으로 이루어짐. 화면에 현세의 부귀공명이 일장춘몽이라는 내용을 담은
〈구운몽〉의 이야기를 펼쳐놓고 상단에 화제를 적바림하였다. 비단으로 장황됨.

14

임금이 어찌 심수공주의 뜻을 알리오! 성남의 걸인이 임금의 사위가 됐다네![1]

심수공주瀋水公主는 고구려 평원왕平原王: 고구려 제25대 왕으로 재위 559년~590년의 어린 딸이니 단희檀姬라고 한다. 공주가 어려서 울기를 잘하여 왕이 항상 장난삼아 말했다.

“너는 항상 울어대어 내 귀를 시끄럽게 하는구나. 자라서 재상의 집으로 출가치 못하니 성 남쪽에 사는 바보 온달溫達의 아내가 되게 하리라.”

온달은 성 남쪽에 사는 비렁뱅이 아이였다. 용모는 못생겼고 매우 가난하여 시장을 오가면서 밥을 빌어 어머니를 봉양하여 당시 사람들이 가리켜서 바보 온달이라 불렀다.

그 후에 공주가 처음으로 비녀를 꽂는 15세가 되니 왕이 부마를 하부경下部卿 고밀高密의 아들 고백高白으로 정하였다. 고백은 용모가 미려하고 또 재품이 남보다 뛰어났다. 아버지 고밀은 본래 공자의 문인인 고자고의 후예였다. 고자고는 중국 공손연公孫淵: 삼국시대 위나라

1 이 화話는 『삼국사기』 권145와 『삼국사절요』 권7 평원왕 32년조에 실려 있는 〈온달〉 이야기이나 평강공주를 심수공주라 하고 이름을 단희라 하며 『시경』의 시를 패러디하여 싣는 등 작가 송순기의 윤색이 뚜렷한 작품이다. 심수瀋水는 요령성에 있는 강으로 일명 만천하萬泉河라고도 하니, 심양瀋陽이라는 이름이 여기에서 연유하였으며 청 태조가 도읍을 정한 곳이기도 하다.

사담으로 후한 강(康)의 아들로 스스로 연(燕)나라 왕이 되었다의 난
에 조부가 고구려에 포로로 잡혀 왔는데, 왕
이 현인의 후손이라 하여 관작과 전답을 하사
하고 그 자손이 또한 귀하게 되어 문벌이 자
못 혁혁하였다.

아차산 입구의 바보 온달과 평강 공주 동상(출처: 위키백과)

공주가 이를 듣고 왕에게 말했다.

"아바마마께서는 항상 저를 바보 온달에게
시집보낸다고 하시더니, 지금에 와서는 전의
말을 바꾸어 다른 곳으로 시집가라는 것은
무슨 까닭이신지요?"

왕이 말했다.

"바보 온달은 비렁뱅이 아니냐. 전에 한 말은 네가 하도 울기에 우스갯소리로 한 게지."

공주가 말하였다.

"혼인은 만복의 시작이요, 오륜에서도 중하기에 우스갯소리로 할 것이 아닙니다. 저는
바보 온달에게 시집가겠어요."

그러고는 화형畫形하기를 거부하였다. 화형은 고구려 시절에 혼폐婚幣: 혼인 폐백에 붉은 모래
로 만든 채료로 그린 그림이니 초상화를 서로 교환하는 중한 일이었다. 왕이 크게 성내었다.

"내 가르침을 따르지 않는다면 내 딸이 아니다! 너 하고 싶은 대로 속히 바보 온달에게
시집가라."

공주가 이에 팔찌 수십 개를 두 팔꿈치에 이어 매고, 시비 연개緣介와 함께 궁문을 나서
온달을 성 남쪽으로 찾아갈 때, 멀리 대동강을 바라보고 〈강유주江有舟〉 4장을 지으니, 그
노랫말은 이러했다.

강물에 배는 떠 있는데江有舟,

배에는 상앗대가 없구나舟無楫!

비록 상앗대가 없지마는雖則無篙,

님을 따라 성 밖에 둘러 판 못이라도 건너리라從子于壕.

홍興이면서 비比요, 또 부賦이다.[2] 온달에게 종사하려 하나 인도하여줄 매파가 없음을 말

함이다.

강에는 배가 있건만江有舟,

배에는 노가 없구나舟無楫!

비록 노가 없지마는雖則無楫,

님을 따라 진펄이라도 건너리라從子于隰.

홍이면서 비요, 또 부이다.

강에는 배가 있는데江有舟,

배에는 새는 물을 막을 뱃밥이 없구나舟無柶!

비록 뱃밥이 없지마는雖則無柶,

님을 따라 도랑이라도 건너리라從子于渠.

홍이면서 비요, 또 부이다.

강물에는 배가 떠 있는데江有舟,

_____

2 홍, 부, 비는 『시경』의 작법이다. 주자朱子의 견해에 따르면, '홍'은 먼저 다른 대상을 읊은 다음 읊고 싶은 대상
을 읊는 것이고 '부'는 대상을 직접 길게 펼쳐 쓰는 것이요, '비'는 빗대는 것이다.

배에는 키가 없구나舟無柁!

비록 키가 없더라도雖則無柁,

님을 따라 강하라도 건너리라從子于河.

홍이면서 비요, 또 부이다.

〈강유주〉 4장이라.

공주가 이 시를 짓고 바로 온달의 집에 이르렀다. 온달의 늙은 어머니가 계신데 눈도 멀고 몹시도 여위었다. 공주가 온달의 어머니에게 찾아온 연유를 말하고 온달이 있는 곳을 물었다. 그러자 온달의 어머니는 심히 놀라며 괴이하다 여기고는 말하였다.

"그대의 냄새를 맡으니 향기가 짙어 우리네와는 다르고 그대의 손을 잡아보니 뼈마디 부드럽기가 비단 같으니 반드시 천하의 귀인이 분명하오. 내 아들은 가난하고 또 누추하여 가까이 못하거늘 귀인이 내 아이인 비렁뱅이 사내와 인연을 맺는다 함은 가당치 않으오. 그리고 지금 우리집 아이는 굶주림이 심해 느릅나무 껍질이나 벗겨다 먹으려 산에 가서 아직 돌아오지 않았다오."

공주가 온달이 돌아오기를 기다렸다가 온 까닭을 말하고 물 한 모금 떠놓고 혼례를 치러 부부의 연을 맺었다. 그러한 후에 금팔찌를 팔아 집과 밭, 세간붙이들을 사들이고, 또 말을 많이 길러 온달을 도왔다.

왕이 어느 날 사냥을 나갈 때였다. 온달이 말을 타고 수행하여, 말달리기를 잘하니 하루는 그 성명을 물어 온달임을 알고는 심히 이상하게 여겼다.

그 후에 북주北周의 무제武帝, 560~578가 요동을 공격함에 온달이 앞서 나아가 적을 대파하니 공이 제일 높았다.

왕이 크게 기뻐하여 '나의 사위됨이 부끄럽지 않다'고 하며, 대형大兄의 벼슬을 내리고 총애와 대우가 날로 더하였다.

온달의 자字는 응팔鷹八이니, 그의 아버지는 본래 여진인으로 일찍이 살인하고 원수를 피하여 고구려로 흘러 들어오다가 길에서 사망하고 온달이 홀로되신 어머니와 살아가며 비렁뱅이질을 하여 봉양하며 지냈다. 하루는 오룡산五龍山에서 나뭇짐을 할 때 홀연히 이인이 와서는 병서兵書를 주었다. 온달은 밤에 항상 이 책을 읽었었는데 뜻밖에도 공주와 인연을 맺고 〈강유주〉의 시를 듣고 『시경』 「소아小雅」편의 〈기러기 날다鴻雁于飛〉라는 시를 차용하여 화답하니, 그 노랫말은 이렇다.

　　기러기가 나는데鴻雁于飛,
　　대들보에 앉았네亦止于梁.
　　줄풀이 사방에 떨어져버려菰之方落,
　　쪼아보지만 알곡은 없어라啄之無粺.

홍이면서 비이다. 이 말은 지극히 가난한 집에 와 비단과 구슬 속에 편안하게 지낼 수 없음을 읊었다.

　　기러기가 나는데鴻雁于飛,
　　하늘로 치솟아오르네亦戻于天.
　　안색을 보고 날아가니色斯之擧,
　　주살이 아니고 거문고 줄이어라非繳伊絃.

이것은 자기가 장차 멀리 도망가려 하였으나, 공주가 와서 해치려는 게 아니고 부부의 연을 맺겠다는 말이다.

　　기러기가 나는데鴻雁于飛,
　　언덕에 모였도다亦集于原.

할미새를 그리워하니脊令在原,

형제가 서로 도와준다兄弟相及.

흥이면서 비이다. 이 말은 집이 가난한데 형제 없음을 읊었다.

기러기가 날다가鴻雁于飛,

그 짝을 돌아보도다亦顧其儔.

마땅히 외면하고 떠나고 싶지만宜放暌離,

그대와 맹서한 것이 두렵구려畏爾信誓.

흥이면서 비이다. 이 말은 이미 부부간에 화합하여 감히 맹세를 어길 수 없음을 말한다.

이후로 온달이 대장이 되어 군공軍功을 많이 세웠는데, 신라와 싸우다가 마침내 충절을 위해 죽었다. 장차 장례를 치르려 하자 널이 움직이지 아니하여, 공주가 와서 통곡하며 어루만지면서, '국사를 위하여 사생을 결단하였으니 돌아가세요' 하니 관이 그제야 움직여 돌아가 장례를 치렀다.

별별이야기 간 선생 왈

〈온달전〉의 창조적 계승이다. 온달은 그 원문헌이 열전列傳이라는 문학형태를 빌어『삼국사기』에 등장한 이후, 조선조의 악부樂府로 관가에서 편찬한 지리서地理書**3**로 혹은 지역전승**4**이나 구비문학**5**, 희곡**6** 등으로 다양한 변화를 하며, 1400여 년이 지난 현재까지도 생동하는 인물로 남아 있다.

창강 김택영은『교정삼국사기』서에서 "『삼국사기』의 글은 능히 박고하고 풍후하고 소탕하며 활동의 기운이 있어, 온달 일전과 같은 것은『전국책』·『사기』의 가운데에 두어도 구별 못하니 귀함이 이와 같다"고 〈온달전〉의 문학사적 가치를 일찍이 주목하였다.

이러한 온달전은 지금까지도 문학적으로 재생산되고 있으며, 학계의 관심 또한 꾸준하게 이어진다. 연구를 통하여 〈온달전〉은 기록자에 의해 상당량 고려 귀족사회의 이데올로기로 코드화하였다는 것이 밝혀졌다.

〈온달전〉에 촘촘하게 얽혀 있는 한 의미망을 당시를 살던 민중들의 마음속에 내재해 있는 신분 상승이나 자주적 삶에 대한 욕구로 읽어본다. 따라서 '바보'니 '울보'니 하는 것은, 언표言表로서의 의미보다는 당대를 지배하던 부당한 질서에서 벗어나려는 민중의 욕구가 만들어낸 용어에 지나지 않는다. 그리고 이러한 민중의 욕구가 바로 '온달 콤플렉스'와 '평강 콤플렉스'를 내재한 인물형, 즉 온달과 평강으로 형상화한 것이다. 결국 온달과 평강은 민중의 욕구의 표상이다. 아울러 이 〈온달전〉에서 하층문화와 상층문화가 용해·융합된 문화적 퓨전fusion과 이 두 세계가 민중적 시각에서 자유롭게 공존하는 양층성兩層性, 그리고 민중의 대자적對自的 의식을 뚜렷이 볼 수 있다.

지금도 우리는 불량감자도 당당하게 살아가는 세상을 그리는 P·R과「프레스토 검프」와 같은 영화 속 이야기들을 공감하는데서 온달의 또 다른 부활을 꿈꾸는 것인지도 모른다.

3 『신증동국여지승람』권51「평양부, 고려인물」조에 실려 있다.
4 충청북도 단양군 영춘 지역에는 온달산성이 아직도 있으며, 현재 온달은 단양 지역의 상징적 인물이다.
5 「온달산성 재밟기노래」,「시집살이노래」, 고종 때 선소리꾼인 엄달오 이야기 등에서 찾아볼 수 있다.
6 최인훈의『온달』은 삼국사기 소재 〈온달전〉을 기본 바탕으로 하여 창작한 작품으로 단편소설과 희곡적인 수법을 겸용해 만든 4회에 걸친 장회적 작품이다.

15

신임이 사람 보기를 귀신같이 점치고 평소 예언은 꼭 들어맞다

중판서中判書 신임申KH, 1639-1725**1**의 호는 한죽당寒竹堂이니 숙종 때 사람이다. 일찍이 사람을 알아보는 능력이 있었다. 외아들을 잃고 유복遺腹: 아비가 죽을 때 어미 뱃속에 있던 자식으로 여기서는 신임의 손녀딸의 딸만 있었다. 나이가 이미 계년笄年: 비녀를 꽂을 만한 나이. 여자가 시집갈 나이인 15세에 이르렀는데, 청상과부 며느리가 늘 공에게 청했다.

"이 딸아이의 신랑감은 시아버님께서 반드시 친히 관상을 본 뒤에 택하셔야 합니다."

신 공이 말하였다.

"너는 어떠한 신랑감을 구하는 거냐."

며느리가 대답하였다.

"나이는 팔십에 이르도록 해로하고 지위는 큰 벼슬에 이르고 또 부유하고 사내아이가 많으면 다행입니다."

---

1 본관은 평산平山, 자는 화중華仲, 호는 한죽寒竹. 대사성 신민일申敏一의 증손으로, 할아버지는 장령掌令 신상申恦이고, 아버지는 집의 신명규申命圭이다. 어머니는 남호학南好學의 딸이다. 박세채朴世采의 문인이다.

공이 웃으며, "어찌 이런 것을 겸비한 사람이 있겠느냐. 만일 네가 원하는 신랑감을 구한다면 쉽게 찾기는 어려울 게다" 하였다.

그 뒤에 신 공申公이 출타하였다 돌아오면 그 며느리가 반드시 신랑감에 적합한 자를 보셨느냐고 묻기를 일상으로 하였다.

하루는 신 공이 우연히 장동壯洞: 현재의 서울시 종로구 통의동·효자동·창성동에 걸쳐 있던 마을이다. 원래 이곳에 창의문이 있으므로 해서 창의동이 변해서 창의동이 되고, 이것이 줄어 창동으로 되었다을 지나갈 때였다. 여러 아이들이 즐거워하며 놀고 있었다. 그 무리들 중 한 아이가 나이는 열두서너 살쯤 된 듯한데 봉두돌빈蓬頭突 鬢: 쑥대머리에다 돌출한 귀밑털이란 뜻으로 거칠고 단정치 못한 모습으로 죽마竹馬를 타고 좌우로 깡충깡충 뛰었다. 공이 교자를 멈추고 그 아이를 한참 바라보았다. 옷차림은 몸을 가리지 못하였으나 하목해구河目海口: 강만한 눈과 바다만한 입이라는 뜻으로 눈과 입이 매우 큼을 이르는 말에 골격이 비범하였다. 이에 복종僕 從: 종으로 부리는 남자에게 명하여 불러오게 하니 머리를 흔들며 응하지 않았다. 그래 공이 여러 종들에게 붙잡아 오게 하니 그 아이가 목 놓아 슬피 울며 말했다.

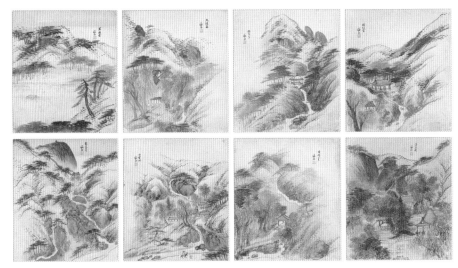

장동팔경첩(국립중앙박물관 소장)

*현 효자동과 청운동 일대의 가장 뛰어난 여덟 군데의 승경을 겸재 정선이 그린 8폭의 그림을 묶어 놓은 장동팔경첩이다. 장동 지역의 대상은 필운대, 대은암, 청풍계, 청송당, 자하동, 독락정, 취미대, 수성동이다. 자세한 설명은 『조선이 남긴 그림들 03 겸재 정선』(경진출판 기획, 2022)을 참고.

"누구 허락을 받은 관원이기에 갑자기 나를 붙잡아 가느냐."

여러 종들이 교자 앞으로 잡아오니 공이 물었다.

"네 문벌[門閥]이 어떠한 가문이냐?"

아이가 답하였다.

"제 문벌은 물어 장차 무엇하려 합니까? 저는 양반의 후예입니다."

공이 또 물었다.

"네 나이가 몇 살이며, 네 집은 어디며, 네 성은 무엇인고?"

아이가 답하였다.

"제 성은 유[柳]가이며 제 나이는 열세 살이고 제 집은 월동[越洞: 현재의 동대문구 답십리동에 있던 마을이다. 원마을에서 산을 넘어다닌다 하여 너머마을·너머말이라 하고 한자명으로 표기한 데서 마을 이름이 유래되었다]에 있습니다. 그런데 무슨 연고로 이같이 사는 곳과 성명을 자세히 물으십니까? 속히 저를 풀어주세요."

공이 이에 아이를 풀어주고 아이가 가리켜준 대로 그 집을 찾아가 보았다. 몇 칸의 초가집에 비바람을 가리지 못하고 다만 과부만 있었다. 공이 계집종을 골라 보내어 전갈하기를 '나는 아무 동에 사는 신 판서[申判書] 아무개이다. 내가 한 손녀딸이 있는데 나이가 이미 열다섯이 되기에 요즈음 구혼하는 중이다. 오늘 그 집 도령에게 혼처를 정하러 가노라'라고 하였다.

그러고는 하인들에게 집에 돌아가서는 이 일을 발설하지 말라고 단단히 타일렀다. 다른 곳으로 갔다가 날이 저물어 집에 돌아가니 며느리가 또 '신랑감을 찾으셨느냐'고 물었다. 공이 웃으며 말하였다.

"오늘에야 비로소 찾았다."

며느리가 기뻐하여 물었다.

"뉘 집의 아들이며 어느 곳에 사는지요?"

공이 말하였다.

"지금 그 집이 있는 곳까지 알 필요는 없으니 훗날 마땅히 스스로 알게 되리라."

끝내 말하지 않았다. 그 뒤 납채[納采: 혼인 때 신랑집에서 신부집으로 예물을 보냄]하는 날을 맞아 비로소 며느리에게 말을 하였다. 그러니 며느리가 급히 사리에 영리한 늙은 종을 보내어 그 집의 빈부와 신랑감의 용모가 아름다운지 추한지를 보고 오게 하였다. 종이 돌아와서 보고하기를 '집은 몇 칸의 초옥에 비바람조차 가리지 못하고 부엌 바닥은 이끼가 앉고 솥 안에는 거미줄이 엉켰습니다. 신랑감의 눈은 크기가 광주리만하고 머리카락은 어지럽기가 쑥과 같아 하나도 취할 게 없으며 가히 볼 만한 게 없습니다. 우리댁 아기씨가 문을 들어선 당일부터 절구질을 직접할 뿐 아니라 동뇌_{凍餒: 입을 것과 먹을 것이 없어서 춥고 배고픔}를 면치 못할 것입니다. 애기씨가 꽃 같고 금 같은 자태로 부귀한 가문에서 생장하였거늘 어찌 저와 같은 빈한한 가문에 시집을 보내려 하십니까."

며느리가 늙은 종이 돌아와 하는 말을 듣고는 간담이 떨어지고 넋이 나갈 만큼 되었다. 이 날은 즉 납채를 받는 날이니 어찌하기가 어려울 지경에 처하였다. 이에 울음을 삼키고 신랑을 맞을 차비를 차렸다.

다음 날 신랑이 안에 들어와 정당_{正堂: 여러 건물 중에서 주가 되는 집채}에서 전안성례_{奠雁成禮: 대례를 치르는 제일 처음의 절차로 신랑을 신부의 집에서 맞아들이는 의식이다. 신랑이 목안(木雁: 나무기러기)을 상 위에 놓고 원앙같이 살겠다고 맹서하는 의식}를 할 때 며느리가 이를 자세히 보니 과연 늙은 종의 말과 같이 용모가 미웠다. 마음이 찢어지는 것 같았으나 일이 이 지경에 이르렀는데 어찌하기가 어려워 가슴만 칠 따름이었다.

그날 며느리가 신 공에게 말하였다.

"시아버님께서 천하에 극히 아름다운 사내를 얻으신 줄 알았더니 저와 같이 의탁할 곳 없는 남루한 거지에 용모도 아름답지 못한 자를 택하셨는지요. 천금 같은 딸아이를 일평생 그릇되게 할 뿐이니 어찌 한심치 않겠습니까."

신 공이 말하였다.

"이는 네가 알 바 아니다. 나는 네 소원에 맞게 하였다. 이 아이가 지금은 비록 빈천하나 훗날에 복록이 무궁하여 수부_{壽富: 수명이 길고 재산이 많음}, 다남자_{多男子: 아들이 많음}하여 오복을 갖출 상이니 네 생전에 이를 보게 되리라."

며느리는 시아버지 신 공의 소견과 인식이 이와 같음으로 다만 '예예' 복종할 뿐이었다.

신랑을 맞이하고 보내는 예를 행하고 신랑집이 빈한함으로 아직 우례_{于禮: 신부가 신랑집으로 가}

만은 하지 않았다.

이틀이 지난 후에 유생幼生이 처가인 신 공 집에 왔다. 신 공이 흔연히 유생을 맞아 내실에 따로 방을 정하고 그 손녀딸과 함께 거처하게 하였다.

신부가 섬약한 자질로써 연일 사내에게 괴로움을 당하여 거의 병이 날 지경에 이르렀다. 공이 이를 근심하여 유생을 불러 타일렀다.

"네가 아직 혈기가 정해지지 않은 아이로 연일 내침內寢: 남편이 아내의 방에서 잠함은 불가하니 오늘 밤은 사랑채로 와 나와 함께 자자꾸나."

그러니 유생이 얼굴로는 승낙하였으나 마음으로는 그러고 싶지 않았다. 그날 밤에 공이 신랑의 침구를 앞에 펴고 잠이 깊이 들었다. 유생이 잠자리에 들어 거짓 자는 체하면서 잠버릇이 있는 듯 손으로 공의 가슴을 쳤다. 공이 놀라 깨서 말하였다.

"네가 무슨 연고로 이렇게 하느냐."

유생이 대답하였다.

"소서小壻: 사위가 자기 자신을 일컫는 말가 어릴 때부터 잠버릇이 있습니다. 꿈결에 매양 이러한 일이 있습니다."

공이 말하기를, "다시 이런 일이 없도록 하라" 말하고 깊은 잠에 빠졌는데 오래지 않아 또 발로 찼다. 공이 놀라 깨어 꾸짖었으나 그 뿐이었다. 유생이 또 손과 발로 혹은 때리고 혹은 치거늘 공이 결국 그 고통을 견디지 못하여 유생을 일으켜 '내당에 들어가서 자라' 하였다.

유생이 속으로 매우 기뻐하여 '외구外舅: '장인'을 이르는 말로 여기서는 아내의 할아버지이다가 내 술수에 떨어지셨다' 하며 침구를 말아가지고 내실로 들어갔다.

그런데 마침 그 집의 친척 부인들이 와서 신부의 방에서 머무르다가 한밤중에 갑자기 신랑이 들어오는 것을 보고 모두 놀라 일어나 피하니 유생이 소리를 높여 말하였다.

"여러 부인들은 모두 다른 방으로 가고 다만 유서방 댁만 남거라."

이러니 여러 부인들이 일변 황망하며 일변 입을 막고서 웃음 참기를 그치지 못하였다.

오래지 않아 신 공이 해변海邊: 해변은 황해도이다의 안찰사가 되어 장차 내행內行: 부녀자의 나들이. 또
는 먼 길을 나선 부녀자를 말함을 거느리고 부임할 때였다. 유생으로 하여금 함께 오게 하니 며느리
가 간하였다.

"새신랑은 아직 함께 가는 게 불가하니 몇 개월 간 경성에 머무르게 하여 딸아이를 잠시
휴양케 함이 좋을 듯합니다."

공이 이를 허락지 않고 손녀도 또한 원치 않아서 이에 유생도 함께 데리고 갔다.

먹을 진상할 때에 공이 유생을 불러 물었다.

"네가 먹을 갖고 싶으냐?"

유생이 대답하였다.

"아주 좋아합니다."

공이 유생으로 하여금 마음대로 선택케 하였다. 생이 직접 택하기를 큰 것 백 동墨同: 먹 10
장이 한 동을 따로 두었다. 해당 감영의 비장裨將이 전달하며 말하였다.

"만일 이와 같이 하면 궐봉闕封: 임금에게 진상하는 물건을 거른다는 뜻의 염려가 있을까 두렵습니다."

공이 비장으로 하여금 서둘러 다시 만들게 명하였다.

유생은 책방에 돌아가 이를 종에게 나누어 주고 하나도 남겨두지 않았다고 한다.

유생은 곧 상국相國을 지낸 유척기俞拓基, 1691-1767[2]이니 호는 지수재知守齋요, 시호는 문익文
翼이다. 숙종肅宗, 1661-1720 갑오년甲午年, 1714에 과거에 급제하여 한림翰林, 부제학副提學, 이랑주
사吏郎籌司를 역임하고 영조英祖 기미己未, 1739년에 재상이 되니 이때 나이가 49세였다. 그때에
그 외고外姑: 장모로 흔히 편지글에서 일컫는 말이다가 아직 살아있었다. 사람들은 비로소 신 공의 사람 보
는 능력에 감복하였다.

그 뒤 유 상국은 영의정으로 벼슬을 사직하고 기사耆社[3]에 들어가 77세에 천수를 마
치고 죽었다. 네 명의 아들을 두었으며 또 집이 부유하여 일일이 신 공의 말과 똑같았다.

유 상국이 일찍이 황해감사黃海監司가 되어 부임할 때에 사위인 남원南原 홍익빈洪益彬을 데
리고 갔는데 또 먹을 진상하는 때를 당하였다. 홍 랑洪郎: 익빈을 불러 마음대로 가져가라 하

2 본관은 기계杞溪, 자는 전보展甫, 호는 지수재知守齋. 유성증俞省曾의 증손으로, 할아버지는 대사헌 유철俞橶이다.
      아버지는 목사 유명악俞命岳이며, 어머니는 이두악李斗岳의 딸이다. 김창집金昌集의 문인이다. 1714년 증광 문과
      에 병과로 급제하여 검열이 된 후 정언·수찬·이조정랑·사간 등을 역임하였다. 1721(경종 1)년 세제世弟를 책립하
      자 서장관으로 청나라에 다녀왔다. 이듬해 신임사화 때 소론의 언관 이거원李巨源의 탄핵을 받고 해도海島에 유
      배되기도 하였다.
      1725(영조 1)년 노론의 집권으로 풀려나서 이조참의·대사간을 역임하고, 이듬해 승지로 참찬관을 겸하다가 경
      상도관찰사·양주목사·함경도관찰사·도승지·원자보양관元子輔養官·세자시강원빈객世子侍講院賓客·평안도관찰사·
      호조판서 등을 두루 지냈다. 1739년 우의정에 오르자, 신임사화 때 세자 책봉 문제로 연좌되어 죽은 김창집金昌
      集·이이명李頤命 두 대신의 복관復官을 건의해 신원伸寃시켰다.
      그러나 신임사화의 중심 인물인 유봉휘柳鳳輝·조태구趙泰耉 등의 죄를 공정히 다스릴 것을 주청하다가 뜻을 이루
      지 못하고 사직하였다. 그 뒤 몇 차례 임관任官에 불응해 마침내 삭직당해 전리田里에 방축되었다. 만년에 김상로
      金尙魯·홍계희洪啓禧 등이 영조와 그 아들 사도세자思悼世子 사이를 이간시키자 이를 깊이 우려했고, 이천보李天輔
      가 영의정에서 물러나자 영조에 의해 중용되어 영의정으로 임명되었다. 그는 기국器局이 중후하였고 고금의 일
      에 박통했으며 노론 중에서 비교적 온건파에 속하였다.
3 기로소耆老所이다. '기耆'는 연고후덕年高厚德의 뜻을 지녀 나이 70이 되면 '기', 80이 되면 '노'라고 하였다. '기소耆
      所'라고도 한다. 나이가 많은 임금이나 70세가 넘는 정2품 이상의 문관들이 모여서 놀도록 마련한 곳이다.

였는데 홍 랑이 큰 것 두 동과 작은 것 다섯 동을 택하여 따로 두었다. 유 공이 묻기를 "어찌 더 가져가지 않느냐?"하니 홍 랑이 대답하였다.

"대저 물품은 또 그 쓰이는 곳이 한정되어 있으니 소서小婿: 사위의 겸칭가 만일 주어진 수량을 모두 고른다면 장차 진상을 무엇으로써 하며 낙중洛中: 서울 안의 친구들께는 또 무엇으로 인사를 드리겠습니까. 소서는 10동이면 족히 잘 쓰겠습니다."

유 공이 흘겨보며 웃고 말했다.

"너는 실로 삼갈 줄 아는 단아한 선비이나 권변權變: 그때그때의 형편에 따라 임기응변으로 일을 처리하는 수단은 부족하니 가히 음관蔭官: 공신 및 고위 관원의 자제에게 벼슬을 제수하던 지의 재목이 될 만하구나."

홍 랑이 고질대관高秩大官: 많은 녹을 받는 큰 벼슬의 그릇은 아니라 하더니 과연 그 말과 같이 후에 부사府使로 삶을 마쳤다.

별별이야기 간 선생 왈

관상과 관련한 이야기는 많다. 그 중 다산 정약용 선생의 「상론相論」이 눈길을 끈다. 아래는 그 전문이다.

상相: 용모은 버릇으로 인하여 변하고, 형세는 상相으로 인하여 이루어진다. 그 관상이니, 운수를 점치는 사주니, 말하는 사람은 망령되다. 아주 어린아이가 배를 땅에 대고 엉금엉금 길 적에 그 용모를 보면 예쁠 뿐이다. 하지만 그가 장성해서는 무리가 나누어지게 되는데, 무리가 나누어짐으로써 익히는 것이 서로 달라지고, 익히는 것이 서로 달라짐으로써 상도 이로 인해 변하게 된다.

서당의 무리는 그 상이 아름답고, 시장의 무리는 그 상이 검고, 짐승치는 무리는 그 상이 덥수룩하고, 도박하는 무리는 그 상이 사납고 약삭빠르다. 대체로 그 익히는 것이 오래됨으로써 그 성품이 날로 옮겨가게 되어서다. 그 마음속 생각이 겉으로 나타나서, 상이 이로 인하여 변하게 된다. 사람들은 그 상이 변한 것을 보고는 또한 말하기를 '그 상이 이렇게 생겼기 때문에 그 익히는 것이 저와 같다.' 하니, 아 그것은 틀린 말이다.

…

어떤 아이가 있는데 얼굴이 풍만하게 생겼으면 아이의 부모는 말하기를 '이 아이는 부자가 될 만하다' 하여 재산을 더욱 더 주고, 부자가 그 아이를 보고 말하기를 '이 아이는 부릴 만하다' 하여 자본을 더욱 더 주게 되니, 이 아이는 더욱 힘쓰고 날로 부지런하여 사방으로 장사를 다닌다. 그러면 사람들은 그가 상업을 부흥시킬 것이라고 생각하고 그를 주인으로 삼으니 잘될 사람을 더욱 도와주어 얼마 후에는 백만장자가 되어 버린다.

…

이와 같은 것은 그 상相으로 인하여 그 형세를 이루고, 그 형세로 인하여 그 상을 이루게 된 것인데, 사람들은 그 상이 이루어진 것을 보고는 또 말하기를 '그 상이 이와 같기 때문에 그 이룬 것이 저와 같다' 하니 아! 어쩌면 그리도 어리석단 말인가.

세상에는 진실로 재주와 덕을 충분히 간직하고도 액운이 궁하여 그 재덕을 발휘하지 못한 사람이 있는데, 상에다 그 허물을 돌린다. 하지만 그 상을 따지지 않고 이 사람을 우대했더라면 이 사람도 재상이 되었을 것이다. 이해에 밝고 귀천에 밝았는데도 종신토록 곤궁한 사람이 있는데, 역시 상에다가 허물을 돌린다. 하지만 그 상을 따지지 않고 이 사람에게 자본을 대주었더라면 또 한 부자가 되었을 것이다.

　　…

　일반사람이 상을 믿으면 직업을 잃게 되고, 벼슬아치가 상을 믿으면 그 친구를 잃게 되고, 임금이 상을 믿으면 신하를 잃게 된다. 공자가 말하였다.

　"용모로써 사람을 취했더라면 자우子羽에게 실수할 뻔했다."

　자우子羽는 담대멸명澹臺滅明의 자字인데, 꽤나 얼굴이 못생겼다고 한다. 공자의 제자 자유子游가 무성 재상이 되었는데, 공자가 "네가 어떤 인재를 얻었느냐?" 하고 물었다. 그러자 자유가 '담대멸명을 얻었습니다' 하였다.

　공자는 이 담대멸명을 흡족하게 여겼기에 "모습만 보고 사람을 취함이 잘못임을 자우에게서 알았다"고 한 것이다. 그러니 인상이니 운수 따위를 믿을 게 아니다. 다산 선생은 '그 익히는 게 오래됨으로써 그 성품이 날로 변하고 그 마음속 생각이 겉으로 나타나 상이 변하게 된다'고 하였다. 서양이라 다를 바 없다. 링컨도 "나이 40이 되면 자기 얼굴에 책임을 져야 한다"고 하였다. 인상이 변하는 것은 자기의 습성과 삶을 살아가는 마음이 만든 결과물이다.

　글을 쓰다 나도 거울을 끌어당겨 가만가만 들여다본다. 강파른 사내 하나가 나를 쳐다보기에 겸연쩍어 눈길을 피했다. 그래, 그렇게 살았나보다.

16

입신출세가 누구 힘인가, 스님 스승의 은덕을 잊지 말아라

중고시대에 합천陜川: 경상남도 합천군에 있는 읍, 군청 소재지 원님 이＋ 아무개가 나이 이순이 지났는데 다만 독자만 두어 사랑하기를 지나치게 하였다. 바야흐로 나이가 열세 살이 되도록 제멋대로 해도 내버려두니 그 아이가 날로 방종을 일삼고 글 한 자도 알지 못하게 되었다. 원님이 그제야 후회하는 마음이 들었다.

하루는 해인사海印寺: 경상남도 합천군 가야면 가야산에 있는 절에 한 사승師僧: 수행자를 지도하는 승려이 있었는데 관아에 들어와서 아뢰었다. 이 사승은 이전부터 원님과 친절히 왕래하는 사람이었다. 사승(대사)이 원님에게 말하였다.

"영윤令胤: 남의 아들에 대한 경칭의 나이가 이미 성동成童: 열다섯 살 된 사내아이이 되었는데 오히려 배움에 들지 않으니 이를 장차 어찌하려고 하십니까?"

원님이 말하였다.

"과연 대사의 말과 같으나 비록 문자를 가르치려고 한들 따르지 않소.

해인사 팔만대장경
이 사진은 〈해인사 팔만(대장경)〉(경상북도 합천군)을 일제강점기에 우편엽서로 발행한 것으로 현재 수원광교박물관에 소장되어 있다.

내 하나밖에 없는 늦게 얻은 사랑하는 자식을 매질할 수도 없고 심히 근심할 따름이오."

대사가 말하였다.

"사대가의 자제로 조금도 배움을 잃으면 필경 세상에 버린 사람이 될 것입니다. 오직 사랑에 빠져 이 아이를 가르치지 않으면 이는 도리어 자식을 사랑하는 본뜻이 아닙니다. 영윤의 인물과 행동을 본즉 장래에 가히 재주를 펼 수 있을 것입니다. 교육하는 일을 소승에게 일임하시면 소승이 마땅히 데리고 가서 배움을 가르칠 터이니 사또께서는 이를 허락하시겠는지요?"

원님이 말하였다.

"이는 감히 청하지 못하지만 진실로 원하는 바이오. 대사가 만일 나를 위하여 자식을 가르쳐주신다면 그 공덕이 적지 않으리다."

대사가 말하였다.

"만약 그러하시다면 한 가지 질문이 있습니다. 영윤을 이미 소승에게 맡긴 이상에는 가르치는 데 어떠한 방법을 쓰든지 사또께서는 이를 책망치 마십시오. 또 영윤이 한번 산문山門에 들어온 이후에는 등내等內: 벼슬아치가 벼슬하는 동안을 이르던 말로 여기서는 공부하는 동안 정도의 의미를 기한하고 관례館隸: 관가에서 부리던 하인들 붙이들은 일절 서로 소통하는 것을 금하여 은애恩愛를 모두 끊은 연후에 가르치겠습니다. 먹고 입는 것 일체는 소승이 부담할 것입니다. 만일 보낼 물건이 있으시거든 승도僧徒: 중에 대한 총칭 왕래 편을 이용하여 소승에게 보내주시면 됩니다. 이를 따르시겠는지요?"

원님이 이를 허락하고 이날로부터 아이는 산문에 들어가 이후로 일절 왕래하지 않았다. 아이가 한 번 산문에 들어온 후로 이리저리 날뛰면서 노승을 거만스런 태도로 업신여기고 꾸짖어 욕함이 그치지 않았다. 그러나 대사는 보고도 못 본 척하고 하는 대로 내버려두었다.

사오일이 지난 후에 대사가 옷깃을 바로잡고 책상 앞에 단정히 앉았다. 제자 삼사십 명이 경전을 펼쳐놓고 시립하니 위의가 엄숙하였다. 대사가 이에 사람을 시켜 아이를 데려오게 하니 아이가 울면서 욕을 해대며 크게 꾸짖었다.

"네가 천한 중으로 어찌 감히 양반을 모욕함이 이토록 심하냐! 내가 장차 돌아가 아버지께 고하여 한 매에 때려죽일 거다."

그러며 죽기로 오지를 않으려 하니 대사가 여러 중을 꾸짖었다.

"너희들이 어찌 결박하여서라도 데려오지 않느냐!"

여러 중이 즉시 붙잡아 데려오니 대사가 아이를 꾸짖었다.

"네 부친이 너를 나에게 맡긴 이상에는 너의 생사는 오직 내 손에 달려 있다. 네가 양반가 자제로 낫 놓고 기역 자도 모르고 날로 패악만 일삼으니 장차 어디에 쓰겠느냐. 이 습관을 버리고 학업을 닦지 않으면 네 집안을 망하게 할 것이니 이 형벌을 받아라."

그리고는 이에 송곳 끝을 불에 달구어서 아이의 다리를 지지니 반나절을 혼절하였다가 간신히 숨을 돌렸다. 대사가 또 다시 "지져라!" 하니 아이가 넋이 나가 애걸하였다.

"지금 이후로 오직 대사의 명을 따르겠으니 저의 죄를 용서해주십시오."

대사가 이에 순순히 꾸짖고 깨우친 지 잠시 후에 아이를 가까이 오게 해서 우선 『천자문』을 가르치고 매일 과정을 엄히 세워 조금도 쉴 틈을 허락지 않았다. 사오 개월이 지나니 천자문과 『통감通鑑』 등 책을 모두 환히 깨달아 알았고 오히려 밤낮으로 부지런히 공부하기를 쉬지 않았다. 이와 같이 한 지 일 년여에 문리가 크게 진보하였고 삼 년 뒤에는 학업이 크게 성장하였다. 아이가 늘 책을 읽을 때에는 혼잣말을 하였다.

"내가 양반의 자제로 산승에게 욕을 받음은 배우지 못한 까닭이다. 내가 장차 부지런히 공부하여 과거에 급제한 후에는 반드시 이 고을에 어사나 혹은 감사監司가 되어 이 중을 때려 죽여 내 원한을 갚으리라."

이러며 이 마음을 갈수록 뼈에 새겨 느슨해지지 않게 하고 더욱 힘써 학업에 경주하니 대사가 또 과거문체를 가르쳤다.

하루는 대사가 좋은 말로 깨우쳤다.

"너의 공부는 이미 진취하였을 뿐 아니라 과유科儒: 과거를 보는 선비들 중에서도 뛰어난 글을 지으니 내일은 나를 따라서 하산함이 좋겠다."

다음날 아침에 대사가 관아로 함께 가서 원님에게 고하였다.

"지금 영윤의 문리가 크게 나아졌으니 후일 과거에 급제한 후에는 문임文任: 홍문관, 예문관의 제학까지도 타인에게 양보치 않을 것입니다."

원님이 그 아들의 문학이 성취하였다는 말을 듣고 맘속으로 매우 기뻤다. 대사에게 무수히 사례를 치하하고 또 몇 년이 지나 부자가 상봉함에 그 애정 넘치는 기쁜 마음을 실로 어떻게 표현하기가 어려웠다.

오래지 않아 원님은 그 아들을 위해 혼례를 치러주었다.

그리고 아들은 상경 후에 과장科場에 출입한 지 몇 해 만에 드디어 급제하고 또 몇 해 후에 영백嶺伯: 경상도 관찰사를 달리 이르던 말을 제수 받았다. 아들은 비로소 마음속으로 크게 기뻐 말했다.

"이번에 부임을 하면 해인사 아무개 중을 때려 죽여 묵은 분함을 풀리라."

그리고 상영上營: 관찰사가 직무를 보던 관아에 부임한 후에 각 군에 순시를 할 때 형리刑吏에게 명하여 특별히 형장을 갖추게 하였다. 또 집장사령執杖使令: 죄인을 심문할 때, 장형(杖刑)을 집행하는 사령 가운데 무르익은 자를 골라서 수행케 하였다. 장차 해인사에 도착하여 대사를 때려죽이려 함이었다.

행차한 지 며칠 만에 홍류동紅流洞: 해인사가 있는 가야산 계곡물로 계곡 전체가 핏빛으로 붉게 물이 들어 붙여진 이름에 도착하니 그 대사가 여러 중을 이끌고 길가에 나와 맞이하였다. 이 감사李監司가 이를 보고 하고下轎: 말에서 내리던 곳하여 국궁鞠躬: 극진히 공경하여 몸을 굽혀 절을 함의 예를 다하고 평일의 은덕을 치사하니 대사가 흔연히 접대하며 말하였다.

"노승이 다행히 죽지 않아 순사또_{巡使道: 각 도의 순찰사(巡察使), 곧 감사를 높이어 이르던 말}의 성대한 위의를 보니 실로 흔행만만_{欣幸萬萬: 기쁘고 다행스러움이 이루 말할 수 없음}입니다."

그리고 즉시 길을 인도하여 산사에 들어간 후에 대사가 이 감사를 대하여 말했다.

"소승의 거실은 곧 사또가 지난해에 공부하던 곳입니다. 오늘밤에 하처_{下處: 손이 객지에서 묵는 곳}를 옮겨서 소승과 함께 주무심이 어떠할까 합니다."

이 감사가 이를 허락하고 함께 자는데 한밤중에 대사가 물었다.

"사또께서 이곳에 있으며 수학하던 당시에 소승을 죽이고자 하는 마음이 있었지요?"

"그러하였소."

대사가 또 말했다.

"과거에 급제한 후에 건절_{建節: 각 도의 수령인 관찰사로 등용되던 일}하기까지도 이 마음이 그대로였지요?"

"그러하였소."

대사가 또 말했다.

"이번 순행하실 때에도 시심_{矢心: 마음속으로 맹세함}코 소승을 때려죽이려 특별히 형장을 차려 가지고 집장자를 택한 일까지 있으시지요?"

이 감사가 말하였다.

"그러하였소."

대사가 말하였다.

"만일 이와 같을진대 어찌 나를 때려죽이지 않고 도리어 말에서 내리시고 정성을 다해주시는지요."

이 감사가 말하였다.

"지난날의 한을 잊기 어려우나 대사 얼굴을 대하니 그 한이 얼음 녹듯 사라지고 자연히 경애하는 마음만 생기는 고로 이러하오."

대사가 말하였다.

"소승이 이미 헤아려 알았고 사또는 후일에 대관大官: 큰 벼슬아치에 이르실 겁니다. 아무 해 몇 월 며칠 사또가 기성箕城[1]에 관찰사가 되시면 그때에 소승이 마땅히 상좌上佐: 스승의 대를 이을 중 가운데 가장 높은 승려 아무개를 보낼 테니 사또는 마땅히 특별히 대우하시어 먹고 자기를 함께 하는 게 좋을 듯합니다. 잊어버리지 마소서."

감사가 '이를 잘 기억하겠다' 하니 대사가 다시 종이 한 장을 꺼내어 보이며 말했다.

"이것은 소승이 사또를 위하여 평생을 미루어 판단한 그 해의 운수입니다. 한평생 벼슬이 어느 품계에 이르는지를 분명히 기록하였으니 한 번 보십시오. 앞서 말한 기성의 일은 천만 망각치 말아야 합니다."

감사가 "예예" 하고 후히 예를 차린 후에 돌아왔다.

그 후에 과연 기성의 관찰사가 되었는데 하루는 모시는 사람이 들어와 보고하였다.

"합천사의 중이 왔습니다."

감사가 황홀하여 문득 깨달아 곧 불러들여 당에 오르게 한 후에 손을 잡고 대사의 안부를 먼저 묻고 저녁을 함께 먹었다. 그날 밤에 중과 함께 잤다.

밤이 깊어지자 구들장이 너무 뜨거워 감사가 이부자리를 중이 누워 있는 바깥쪽으로 옮기고 깊은 잠에 들었다. 꿈자리가 뒤숭숭한 가운데 비린내가 코를 찔렀다. 손으로 중의 등을 더듬으니 중이 누워 있는 자리에 물기가 있었다. 급히 통인通引: 지방관아에 딸려 수령의 잔심부름을 하던 사람을 불러 불을 켜고 보니 어떤 자가 칼로 중의 배를 찔러 오장이 밖으로 쏟아져 나와 유혈이 낭자하였다.

감사가 크게 놀라 바깥으로 시체를 옮기고 급히 관속을 불러 모아 범인을 철저히 조사한즉 이러했다.

1 ①평양平壤의 다른 명칭. ②전라도 영광군靈光郡의 다른 명칭. ③전라도 함풍현咸豊縣의 다른 명칭. ④경상도 평해군平海郡의 다른 명칭.

감사가 사랑하는 기생이 한 관가 노비와 좋아하는 사이였다. 서로 깊이 사랑에 빠져 이러한 연유로 원한을 품고 감사를 죽이려 들어왔다가 윗자리에 누워 있는 사람이 감사인 줄 착각하고 중을 찔러 죽인 것이었다.

감사가 일일이 엄히 조사한 후에 그 범인을 중형에 처하고 중의 상을 잘 치러 해인사로 보내었다.

대개 대사는 감사의 이 액운이 있음을 미리 알고 상좌를 보내어 대신 죽게 한 것인데, 이 상좌는 전생의 묵은 업으로 감사의 은혜를 입어 대신 목숨으로 갚을 것으로 정해져 있었다. 이 감사는 그 후에 이름을 들날리고 수명이 다하여 대사가 헤아린 운수와 꼭 맞았다.

별별이야기 간 선생 왈

스승과 제자 이야기다. 사람은 사람을 만나 변한다. 이런 이야기가 있다.

한 제자가 스승에게 "저의 가치는 어느 정도입니까?" 하고 물었다.

스승은 제자에게 돌멩이 하나를 내놓았다. 그 돌멩이는 크고 매우 아름다웠다. 곱고 신기한 무늬에다 그 광택이 보기에 따라 값진 물건 같았다. 예술품 같기도 했다.

"이 돌멩이를 야채 시장에 가지고 가라. 다만 팔려고 하되 팔지는 말고, 얼마나 받을 수 있는지 값이나 알아보고 오너라."

제자는 이 말에 따라, 돌멩이를 들고 야채 시장에 갔다.

"야, 장식용으로 참 좋겠다. 아이들이 가지고 놀 수도 있겠어."

오가는 사람들이 나름대로 생각하고 흥정을 걸어왔습니다.

그러나 겨우 몇 천 원을 내겠다는 게 고작이었다. 제자는 스승에게 "제가 겨우 몇 천 원밖에 안 됩니까?" 하고 말했다.

스승은 웃으면서 말했다.

"이번에는 금 시장에 가서 그곳 사람들에게 얼마에 사겠는지 알아보거라."

제자는 금 시장에 갔다. 금 시장 사람들은 십만 원에서 오십만 원까지 주겠다고 했다.

제자는 돌아와 말하자 스승은 이번에는 보석상에 가서 값을 알아보고 오라고 했다.

보석상에 간 제자는 놀랐다. 그곳 사람들은 처음엔 백만 원에 팔라고 하였다. 제자가 팔려 들지 않자 값은 오백만 원까지 치솟더니 급기야 이렇게 말했다.

"천만 원, 아니 당신이 얼마를 부르더라도 다 주겠습니다. 제발 파시오."

제자가 기뻐하며 돌아와 이 이야기를 하자 스승은 이렇게 말했다.

"아는 만큼 그 가치를 안단다."

나를 알아주는 이를 만난다는 것은 참 어려운 일이다. '세상을 살아가며 이렇게 나를 알아주는 이가 몇이나 될까?'를 생각하며 이 글을 쓴다.

17

소인이 어찌 큰 인물의 뜻을 알겠는가, 호걸이 초야에서 늙으니 애석하구나

경성 묵적동墨積洞에 허생許生[1]이란 자가 살았다. 집안 형편은 가난한데 책읽기를 좋아하여 그 아내가 남들의 삯바느질을 하여 간신히 입에 풀칠을 하였다.

하루는 아내가 너무 배가 고파 울면서 말했다.

"군자가 평생에 책읽기를 좋아함은 장차 무엇을 하려함이오?"

허생이 웃으며 말하였다.

"나의 독서는 아직 미숙하오."

아내가 성을 내어 꾸짖어 말했다.

"밤낮으로 오직 책만 읽고 공업도 장사도 안하니 어찌 도둑이 되지 않으리까?"

허생이 책을 놓고 일어나 위연히 탄식하였다.

---

1 연암은 『열하일기熱河日記』〈허생〉에서 윤영尹映이라는 확인되지 않는 사람의 말을 인용, '허생은 끝내 자신의 이름을 밝히지 않았으니, 세상에서 그의 이름을 아는 자가 없다'라고 하였다. 하지만 일제 하 학자 김태준은 『조선소설사朝鮮小說史』중 '대문호 박지원과 그의 작품'에서, 허생은 실존인물인 와룡처사臥龍處士 허호許鎬, 1654-1714를 모델로 하였다고 주장했다.

"애석하도다! 내 책읽기를 십 년을 기약했는데 이제 겨우 칠 년이라. 이제 이를 폐할진대 어찌 '한 삼태기의 공—黃功: 『서경』(여오(旅獒))에 "아홉 길 높이 산을 만드는 데 한 삼태기의 흙이 모자라 공을 무너뜨리게 된다"라고 한 데서 나온 말'을 버리는 게 아니겠는가."

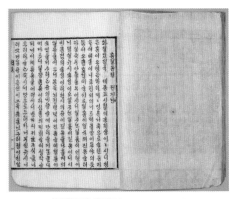

〈홍길동전〉 경판본(국립한글박물관 소장)

그러고는 문을 나서 운종가雲從街: 지금의 종로 네거리에 이르러 시장 사람에게 물었다.

"이 경성 안에서 누가 가장 부자요?"

시장 사람이 변 아무개卞某氏[2]라고 대답하였다. 이에 그 사람을 찾아가 깊이 허리를 숙여 인사를 올린 후 말하였다.

"나는 집안이 가난하여 장사밑천을 마련하기가 어렵소이다. 작은 시험을 해보고 싶은데 만금만 빌려주시기 바라오."

변씨가 이를 거절하지 않고 만금을 빌려주니 그 집의 자제와 손님들이 감하였다.

"대인께서 만금을 한 거지에게 어째서인지요?"

변씨가 말했다.

"너희들은 알 바 아니네."[3]

2　변씨는 허생과 같은 시대의 거부인 변승업卞承業의 조부. 『열하일기』 중 '변승업의 부유함은 그 돈과 재물을 조상으로부터 물려받은 것인데, 승업의 조부 때에는 수만 냥에 불과했다. 그러다 허씨 성을 지닌 선비를 만나 은십만 냥을 얻었으니, 드디어 나라에서 제일가는 갑부가 되었다'는 구절이 있다.

3　송순기는 원래 연암 글에서 여러 부분을 축약하였다. 원 글의 이 부분 해석은 아래와 같이 길게 서술되어 있다. "너희들은 알 바 아니다. 대체로 다른 사람에게 무엇인가를 구할 때에는 반드시 자신의 뜻을 장황하게 이야기하는 법이지. 먼저 자신의 신의를 내보이려고 애쓰지만 그 얼굴빛은 어딘가 비굴하며, 그 말은 했을 자꾸 반복하게 마련이네. 그런데 저 손님은 옷과 신발이 비록 누추하지만, 그 말이 간단했고 그 시선은 오만했으며 부끄러워하는 기색이 조금도 없었다네. 이는 재물에 대한 욕심이 없어 스스로의 처지에 만족하고 있는 사람이기 때문이지. 그가 한번 해보고자 하는 일도 결코 작은 일은 아닐 것이니, 나 또한 그 사람을 시험해 보고 싶은 마음이 든 것이야. 게다가 주지 않았으면 또 모르거니와 이미 만 냥을 주었는데 그 이름을 물어서 무엇하겠는가."

허생은 만금을 가지고 안성安城에 가서 대추, 밤, 감, 감자, 귤 등을 사들였더니 머지않아 나라 안에 과일이 부족하게 되었다. 허생이 이를 팔아 열 배의 이득을 얻었다. 또 제주도에 들어가 말총말의 꼬리나 갈기의 털 사들여 또 열 배의 이득을 보았다.

허생이 늙은 뱃사공에게 물어 빈 섬을 알아낸 뒤에 산 속에 숨어 있는 도둑 수천 명[4]을 꾀어 모아서는 그 섬에 살게 하고는 삼십만 민緡: 화폐의 단위을 주어 산업을 일으키게 하였다. 도둑들을 시켜서 황폐한 땅을 개간하고 오곡을 심었더니 가을에 수백만 석을 수확하였다.

그때 일본이 기근이 들어 배에 싣고 가서 구휼하여 은 백만을 얻었다.

허생이 탄식을 하며 말했다.

"이제야 나의 자그마한 시험을 마쳤도다."

그러고는 섬 안의 여러 사람들에게 "나는 이제 가노라" 하며 은 수천만을 제주에 풀어 가난한 자들을 구휼하니 아직도 십여만이 남았다.

허생은 '이것으로 변씨의 금을 갚으리라' 하고 즉시 경성으로 돌아갔다. 변씨를 찾아가니 놀라 말하였다.

"혹 손해를 보았는지요?"

허생이 웃으며 이문을 남긴 자초지종을 이야기한 후에 은 십만을 변씨에게 돌려주었다. 변씨가 놀라 십분의 일만 받기를 원하니 허생이 화를 내었다.

"그대는 어찌 나를 장사치로 보는 게요!"

드디어 허생이 옷자락을 떨치고는 집에 돌아왔다.

그 아내는 허생이 한 번 문을 나선 이후로 해를 넘기도록 소식이 막연함으로 객사한 것으로 알고 그가 떠난 날에 제사를 지냈다.

---

4 연암의 〈허생〉 원문에는 변산邊山의 도적 무리로 되어 있다.

변씨가 사람을 시켜 은을 가져다주니 허생이 또 은을 가지고 변씨에게 되돌려주며 말하였다.

"내가 만일 부자가 되려고 바랐다면 백만을 버리고 십만을 취하겠소? 그대가 우리 살림을 계산하여 굶주림이나 면하게 양식을 보내 일생을 보내게 한다면 족하오."

변씨가 이 말대로 허생의 살림을 살펴 의식을 날라다주니 정의가 막역한 사이가 되었다.

하루는 변씨가 허생에게 말했다.

"지금 조정에서는 남한南漢에서의 치욕5을 설욕하려 널리 인재를 구하는 중일세. 이는 뜻있는 선비가 팔뚝을 걷어붙이고 그 슬기를 떨칠 때요. 그대와 같이 뛰어난 사람이 공명을 구하지 않고 세상에서 숨어 늙으려 하는 겐가? 어두운 곳에 감추며 이 세상을 마치려고 하는가?"

허생이 탄식하며 말했다.

"예로부터 호걸로서 어두운 곳에 묻혀 일생을 마친 사람이 어찌 한둘에 그치겠는가? 조성기趙聖期, 1638~16896와 같은 자는 능히 나라를 떠받칠 만한 재주가 있었지만 마침내 베옷을 입은 선비로 죽었고, 유형원柳馨遠, 1622~16737은 족히 대장이 될 만한 재주가 있었지만, 해곡海曲8에서 한적한 삶을 보냈지. 지금 국정을 꾀하는 자들을 보건대 그 사람됨을 가히 알만 하잖나. 나는 장사를 잘하는 사람이라. 나의 은이면 족히 아홉 나라 임금의 머리도 살 수 있었지만 모두 바다에 던지고 온 까닭은 그 돈을 사용할 데가 없었기 때문일세."

5 1637년 청淸 태종太宗이 조선에 대하여 군신의 예를 강요하며 침략한 병자호란 때 인조가 남한산성南漢山城에서의 항전을 포기하고 삼전도三田渡에서 굴욕적인 항복을 한 사실을 가리킨다.
6 숙종 때의 학자로 자는 성경成卿, 호는 졸수재拙修齋. 임천林川 사람으로 뛰어난 재주가 있었지만 평생 독서와 학문에만 전심하였다. 저서로는 한문소설 〈창선감의록彰善感義錄〉이 있다.
7 효종 때의 실학자로 자는 덕부德夫, 호는 반계磻溪. 문화文化 사람으로 평생 저술과 학문 연구에 전념하였으며, 실학을 학문으로서의 위치에 올려놓았다. 그의 학문은 뒤에 이익·홍대용·정약용 등으로 이어졌다. 저서에 『반계수록磻溪隨錄』 등이 있다.
8 해곡海曲은 지금의 전북 부안. 유형원은 효종 4(1653)년부터 부안의 우반동愚磻洞에서 저술 및 학문 연구에 힘썼다.

변씨가 말을 듣고는 크게 한숨 쉬기를 그치지 못하였다.

변씨는 원래 정익공貞翼公 이완李浣, 1602~1673[9]과 친분이 있는 사이였다. 그때 이 공李公이 어영대장御營大將: 어영청(御營廳)의 주장(主將)으로 종이품 벼슬. 어영청은 인조 때에 설치된 어영군(御營軍)이 발전된 것으로서 효종 3(1652)년 이완을 대장으로 삼아 처음으로 군영(軍營)을 설치하였다이 되어 효종孝宗의 총애를 입고는 임금의 뜻을 받들어 장차 북벌北伐을 도모하려 널리 인재를 구하였다. 하루는 변씨와 세상일을 이야기 하다가 말하였다.

"위항과 여염委巷과 閭閻: 백성들이 모여 사는 거리와 집 중에도 혹 기이한 재주를 가진 자가 있어 큰일 을 함께할 만한 사람이 있소이까?"

그러자 변씨가 허생의 이야기를 하자 이 공이 크게 기뻐하며 그 이름을 물으니, 변씨가 "허생이라 부를 뿐이오." 하였다.

이완이 말했다.

"이 사람은 필시 이인異人이요. 오늘밤 그대와 함께 찾아가 봅시다."

이날 밤에 이완이 수행하는 사람들을 물리치고 홀로 변씨와 함께 허생의 집을 찾아갔 다. 변씨는 이완을 문 밖에 세워두고 먼저 들어가 허생에게 이완이 온 뜻을 말했다. 허생은 못들은 척하며 다만 변씨가 가져온 술만 함께 마셨다.

변씨가 이완이 오래 기다리는 게 민망하여 여러 차례 말했으나 허생은 대꾸하지 않았 다. 밤이 이미 이경二更이 되니 허생은 비로소 변씨에게 불러들이라고 하였다.

이완이 들어와 예를 표하였으나 허생은 자리에 앉은 채 움직이지 않았다. 이완이 좌정 한 후에 나라에서 어진 사람을 구하는 뜻을 설명하니 허생은 손을 내저으며 말하였다.

"밤은 짧고 말은 기니 듣기에 무척 지루하외다. 자세한 말은 생략하시오. 당신 지금 벼

9 조선시대 효종·현종 때의 명신으로 자는 징지澄之, 호는 매죽헌梅竹軒, 정익공貞翼公은 시호이다. 경주 사람으로 효종 때 훈련대장을 지냈으며, 왕의 밀명을 받아 송시열과 함께 북벌의 대업을 도모했으나, 효종의 죽음으로 무 산되었다. 현종 때에는 우의정을 지냈다. 다음 화에도 이 이완이 등장한다.

슬이 뭐요?"

이완이 말했다.

"지금 훈련대장을 맡고 있소."

허생이 말하였다.

"나를 찾아온 목적이 뭐요?"

이완이 말했다.

"지금 성상께서 장차 북벌을 계획하고 계시오. 지금 어진 이 구하기를 목마르듯 하시오. 선생의 높은 명성을 듣고 큰 벼슬을 맡기셔서 대업을 이루시려 하기에 장차 선생이 몸을 굽혀주기를 바라 온 것이오. 선생이 이미 큰 지략과 기이한 재주를 품었으니 불세출의 큰 인물로 뛰어난 이상에야 진실로 국가를 위하여 위로는 남한산성의 치욕을 씻고 아래로는 아름다운 이름을 이 시대와 후대에 남기는 게 진실로 남아의 일이 아니겠소. 다행히 선생이 일어난다면 나라의 다행이요 백성들에게도 다행일까 하오."

허생이 말하였다.

"그렇다면 당신은 이 나라의 믿음직한 신하라 하겠소이다. 내가 마땅히 제갈공명諸葛孔明**10**이 될지니 당신은 임금께 아뢰어 삼고초려三顧草廬: 유비가 남양(南陽) 융중(隆中) 땅에 있는 제갈량의 초가집을 세 번이나 찾아가 자신의 뜻을 말하고 그를 초빙하여 군사로 삼았다는 고사를 하시게 하겠소."

이완이 고개를 숙이고 한참 생각하다가 말했다.

"이 일은 실로 어렵겠소이다. 그 다음의 일을 묻겠소?"

허생이 말하였다.

"그 다음은 알지 못하오."

10 삼국시대 촉蜀나라의 군사軍師이자 승상丞相인 제갈량諸葛亮, 181-234. 자는 공명孔明이며 뛰어난 전략으로 유비를 도와 지금의 사천성 일대에 촉나라를 세우고 만족蠻族을 평정하는 등 큰 공을 세웠다. 위魏나라를 치던 도중 오장원五丈原에서 병사하였다.

이완이 계속하여 청하니 허생이 말하였다.

"명나라 장군과 벼슬아치들로 조선에 베푼 옛 은혜[11]가 있는 자의 자손들이 우리나라로 많이 탈출했소. 그들은 이리저리 떠돌아다니며 고독하오. 당신이 임금께 청하여 종실宗室의 여자들을 출가시키고 김류金瑬, 1571~1648[12]와 장유張維, 1587~1638[13]의 재산을 털어 저들의 거처를 마련해 주겠소?"

이완이 머리를 숙이고 한참을 생각하다가 말했다.

"이도 또한 어렵겠소이다."

허생이 말하였다.

"인가의 서얼들에 청현(清顯: 학식과 문벌이 있으며, 인품이 청렴하여 높은 지위에 있는 것. 혹은 그러한 관직을 뜻함. 곧 청환현직(清官顯職)의 준말)의 직분을 주고 사대부집과 서로 혼인하게 하는 제도를 정하겠소?"

이완이 말했다.

"그 폐단이 이미 고질병이 되어 실로 어려운 일이오."

허생이 성내어 말했다.

"이도 어렵다, 저도 어렵다 하면 무슨 일인들 가능하겠소. 일 중에 가장 쉬운 게 있으니 당신이 해보겠소?"

이완이 말했다.

"듣기를 바라오."

허생이 말하였다.

"천하에 큰 뜻을 떨치고자 한다면 먼저 천하의 호걸들과 교분을 가지지 않으면 안 되오.

---

11 임진왜란 때 명나라가 조선에 원군을 파병한 것을 가리킴.

12 조선 인조 때의 문신으로 자는 관옥冠玉, 호는 북저北渚. 순천順天 사람으로 인조반정 때 공을 세워 공신의 반열에 오르고 병자호란 때에는 화친을 주장하였다.

13 조선 인조 때의 문신으로 자는 지국持國, 호는 계곡谿谷. 덕수德水 사람으로 인조반정 때 공신이 되었고, 병자호란 때에는 화친을 주장하였다. 예조판서를 거쳐 우의정의 자리까지 올랐다. 저서로 『계곡집谿谷集』·『음부경주해陰符經註解』 등이 있다.

또한 남의 나라를 치고자 한다면 먼저 간첩을 이용하지 않고서는 능히 성공하지 못하오. 지금 만주[滿洲: 청나라를 세운 여진족(女眞族)을 가리킴]가 갑자기 일어나 천하의 주인이 되었는데 스스로 중국과 친하지 못했소. 우리나라가 솔선하여 저들에게 항복했으니 저들은 우리를 믿을 것이오. 지금 만일 국가에서 자제를 보내어 학문도 배우거니와 벼슬도 하기를 당·원의 고사[故事]14같이 하고, 상인들의 출입을 금지하지 말도록 한다면 저들은 반드시 우리의 친절을 기뻐하며 허락할 것이오. 그러면 나라 안의 자제들을 가려 뽑아 치발[薙髮: 남자의 머리 주위를 깎고 중앙의 머리만을 빗어서 뒤로 길게 늘인 것. 만주 사람들의 풍속이다.]하고 호복[胡服: 오랑캐의 의복. 여기서는 만주족의 옷을 가리킴.]을 입혀, 군자는 빈공과[賓貢科]를 보게 하고 소인은 멀리 강남땅에까지 장사를 가서 그 허실을 염탐하고 널리 호걸들과 친분을 맺어 거사를 한다면 천하를 도모하고 과거의 치욕도 씻을 수 있을 것이오."

이완이 얼이 빠진 듯하다가 말하였다.

"우리나라 사대부들이 모두 예법을 삼가 지키는데 선왕의 법복[法服]이 아니면 감히 입지 않으니 누가 치발을 하고 호복을 받아들이겠소?"

허생이 크게 꾸짖었다.

"나라의 큰 부끄러움을 씻고자 하는데 어찌 구구하게 예법을 논하려드는가. 번어기[樊於期, ?-B.C.227]15는 사사로운 원한을 갚기 위해 자신의 머리도 아까워하지 않았고, 조무령왕[趙武靈王, ?-B.C.295]16은 나라를 강하게 하기 위해 호복을 입는 것도 부끄러워하지 않았다. 지금 명나라를 위하여 원수를 갚기를 기약하면서 아직도 한갓 머리털 자르는 것을 애석해하느냐. 이렇게는 족히 대사를 논하지 못한다. 무릇 내가 한 말을 너는 한 가지도 가능치 못하

14 당나라·원나라 때에는 소위 빈공과[賓貢科]가 있어 우리나라의 유학생들을 받아들였다.
15 전국시대 진[秦]나라의 무장. 『사기』 「자객열전」에 의하면, 그가 연[燕]나라로 망명하여 태자 단[丹]에게 몸을 의탁하고 있을 때 형가[荊軻]가 진시황을 암살하려 하자 자신의 목을 내주어 진시황이 형가를 의심하지 않게 하였다.
16 중국 춘추전국시대 조[趙]나라의 임금. 『사기』 「조세가[趙世家]」에 의하면, 그는 지형적으로 오랑캐들에게 둘러싸인 조나라를 부강하게 하기 위해 주위의 비웃음에도 불구하고 호복을 입은 채 기마술과 궁술을 익혔다.

다 하면서 스스로 믿음직한 신하라고 자처한단 말이냐! 소위 믿음직한 신하라는 것이 과연 이와 같느냐? 너를 베어야겠다!"

그리고는 좌우를 둘러보며 칼을 찾으니 이완이 크게 놀라 도망쳐 죽음을 모면하였다.

다음날 아침에 다시 허생의 집을 찾아가보니 이미 집은 텅 비어 있었다. 허생은 떠나가 그 간 곳을 알지 못하며 또 그가 어떻게 생을 마쳤는지도 알지 못한다 하더라.

별별이야기 간 선생 왈

앞 글은 연암 박지원이 1780년 44세 때 지은 『열하일기』「옥갑야화玉匣夜話」〈허생〉을 번역한 작품이다. 내용은 원문과 대동소이하다.

한국 지식인의 역사를 추상追想하자면 '허생'은 좀 특이한 부류에 속한다. 그것은 지적체계에 경제력이라는 소품을 갖춘 실천적 지식인의 발견이기 때문이다. 〈허생〉은 연암소설에서 가장 구상과 착상이 뛰어난 득의得意의 작품으로 허생이라는 '이상적 양반상'을 보여줌으로써 〈양반전〉의 퇴행적 '양반'을 반추케 한다.

또 〈허생〉은 연암이 윤영이라는 신비한 노인에게 들은 것이라는 장치를 겹겹이 둘 만큼 저들에 대한 비판의 수위가 높다. 〈허생〉은 「옥갑야화」라는 여러 층위의 삽화 중 하나이다. 하지만 조금만 깊이 살피면 우리는 「옥갑야화」의 여러 삽화들이 야금야금 〈허생〉에 콘센트를 접지하고 있음을 볼 수 있으니 실상인즉 〈허생〉에 혈穴을 모으기 위한 행룡行龍들이다.

허생은 남산 아래 묵적골의 다 쓰러져 가는 오막살이집에 살았다. '남산 아래 묵적골'하면 가난한 양반들의 상징어로 통한다. 저들은 물에 빠져 죽어도 개헤엄은 안치고 얼어 죽을망정 곁불을 안 쬐고 주려 죽을지언정 채미採薇: 고사리를 캐어 먹음도 않는 꼬장한 기개가 있는 사람들이었다. 지역적인 특성만으로 허생의 총체성을 담아낸다.

더욱이 그는 책읽기를 몹시 좋아하였으니 가난은 불 보듯 뻔한 일, 아내의 삯바느질로 겨우 '서발막대 거칠 것 없는 삶'을 경영한다. 결국 한계상황에 도달한 그의 아내는 '과거도 보지 않으면서 책은 무엇 때문에 읽느냐', '장사 밑천이 없으면 도둑질이라도 하라'고 퍼붓는다. 종일 먹물만 휘저으며 방구들을 차고 앉은 아낙군수에 대한 최후의 일격이다.

아내가 남편을 박대함을 내소박內疏薄이라고 하던가. 단단히 내소박을 맞은 허생, 결국 책을 덮고야마

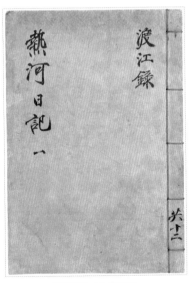

『열하일기』권1「도강록」

연암 박지원이 1780(정조 4)년 청나라 건륭제의 고희를 축하하러 가는 사신을 따라 열하에 갔을 때 기록한 기행문으로 총 26권 12책으로 구성되어 있다. 이 표지는 1책 권1로 「도강록(渡江錄)」이다.

니 10년을 기약하고 공부한 지 7년째였다.

허생이 찾아간 곳은 한양 제일 부자 변씨의 집이다. 뜬금없이 찾아가 만 냥을 꾸어 달라는 허생이나 처음 보는 이에게 선뜻 그 큰 돈을 빌려주는 변씨의 안목 또한 여간 아니다. 사람 보는 눈이 범상치 않은 것을 보면 큰 부자는 하늘이 내는 것이라는 말이 맞나보다. 허생은 빌린 만 냥을 들고 안성으로 내려가서 과일 장사를 시작하면서 매점매석이라는 결코 쓰지 말아야 할 상행위로 폭리를 얻는다. 마수걸이가 이 정도니 허생의 상재商材가 놀랍다.

그러고는 제주도에 들어가 비슷한 수법으로 말총장사를 하여 또한 막대한 이익을 얻는다. 이렇듯이 만 냥에 무너지는 조선의 경제에서 주변국들에게 늘 침략을 당하면서 사는 이유를 읽을 수도 있다.

허생의 활약은 이제 민생치안으로 건너뛴다. 무인도 하나를 얻어 변산에 숨어 있는 도둑들을 설득하여 각기 소 한 필과 여자 한 사람씩 데려오게 하고 그들과 무인도에 들어가 농사를 짓는다. 여기서 또 한 번 조선의 피폐한 현실이 보인다. 오죽하면 '모이면 도둑이요, 흩어지면 백성聚則盜 散則民'이라고 실록에도 적혀 있을까. 이 땅의 농사짓는 백성으로 산다는 것은 겸하여 도둑질을 해야만 하였다. 홍길동이니, 일지매니, 홍경래니, 임꺽정이 바로 그들이다. 조선의 뒷골목 풍경이 아니라 브로마이드Bromide paper였다. 그런데 왜 이 문제를 연암과 같은 하찮은 지식인이 걱정해야만 할까?

허생은 섬사람들을 데리고 삼 년 동안 농사 지어 얻은 곡식을 일본에 팔아 100만금을 얻게 된다. 그러고는 섬사람들을 떠나지 못하게 외부로 통행할 배를 불태우고는 50만금은 바다에 던져버리고 자신은 '조그만 시험小試'을 끝냈다 하며 섬에서 나온다.

이것이 허생이 치부致富를 한 이유였다. 허생의 치부가 개인을 위해서가 아닌 사회의 공공성公共性에 두었다는 점은 시사하는 바가 적지 않으니 국가로까지 나아가기 때문이다. 결코 글하는 이의 오만한 시혜도 자기도취적 동정도 아니다. 이른바 실학자들이 기치로 내걸었던 독서를 통한 '경세제민經世濟民의 구현'이니 허생의 독서 10년 기약은 이러한 큰 뜻이 있었다.

허생은 섬에서 나올 때 글 아는 사람을 모두 데리고 나왔다. 모든 폐단은 한낱 지식에서 비롯된다고 여겨서였다. 지금도 우리 사회의 큰 병폐는 글 아는 이들이 그 원인이다. 저들의 삶 연속선상에 우리가 있음을 잊지 말아야 한다.

다시 본토로 돌아온 허생은 가난한 자들을 구제하고 남은 돈 10만금을 변씨에게 갚는다. 변씨는 불과 몇 년 만에 앉아서 10배의 변리를 취하였으니 그 재주 또한 허생 못지않다.

허생은 빈털터리로 남산골로 돌아간다.

여기서 몇 가지 생각을 하게 된다. 남산골 오두막집에서 시작된 이야기가 다시 그 집으로 돌아왔다. 분명한 '원점회귀 소설'이니, 이 점을 고려한다면 '주인공에게 어떠한 모습으로든 변화'가 보여야 한다. 그런데 달라진 게 전혀 없다. 물론 가난도 그대로다. 그렇다면 허생이 세운 섬나라는 이상국으로서 의미가 없다. 허생이 머물고자 한 이상국은 바로 '조선'이었다.

허생의 아내가 그를 어떻게 맞았는지는 소설에 씌어 있지 않지마는 허생의 이야기를 들려주었다는 윤영은 "허생의 아내는 필경 또다시 굶주렸을 것"이라 하였다. 〈허생〉에는 변씨가 돈을 돌려주려고 하여도 받지 않으며 호구_{糊口}할 정도의 식량만 받고 술이나 가져가면 즐겨 마셨다고 되어 있다. 언급한 바 허생의 치부가 개안의 안락이 아니라, 철저하게 공공적 차원을 지향함이다.

이제 이야기는 급전직하 정치로 옮아간다. 변씨에게 허생의 이야기를 들은 이완 대장이 허생을 찾은 것이다.

허생은 이완에게 와룡 선생을 천거하고 종실의 딸들을 명나라 후손에게 시집보내고 강남을 정탐하고 국치를 설욕할 계책을 세우라고 한다. 이른바 허생의 '큰 시험_{大試}'이다.

하지만 이완이 모두 어렵다고 한다. 허생은 좀 더 쉬운 방법을 알려주나 이완은 이것도 사대부들이 예법을 지키기에 못 하겠다고 한다. '가재는 게 편이요, 초록은 동색'이라더니 개혁을 하

『연암집_{燕巖集}』(국립중앙박물관 소장)

겠다고 찾아온 이완도 사대부를 감싸 안기에 바쁘니 저 깜냥과 푼수로 무슨 국정을 살피겠는가.

10년 기약의 독서에서 3년이 모자란 이유를 여기서 안다. 급기야 허생은 칼을 빼어들고 이완을 찌르려 하자 이완은 꽁무니가 빠지게 도망친다. 북벌론이라는 국정지표 밑에서 탐욕만을 챙기는 저들에게 거침없이 적의를 드러내는 허생의 행동이다.

이튿날 이완이 다시 허생을 찾아갔으나 그는 이미 자취를 감추고 집은 텅 비었다. 마치 우복동으로 사라진 청허자淸虛子처럼. 그러니 이 허생을 경제법 위반으로 떼돈 번 사나이 정도로 이해해서는 안 된다.

18

가엾게도 호걸이 촌에서 늙어가고
십년 경영은 하루아침에 물거품일세

정익공貞翼公 이완李浣, 1602~1674[1]은 효종孝宗의 총애를 받고 장차 북으로 청나라를 치기를 모의하고자 해 인재를 구할 때였다. 비록 노상에서라도 사람의 모습이 뛰어난 자를 보게 되면 반드시 문안 뜰로 맞아들여 그 재능을 시험한 뒤 조정에 천거하였다.

일찍이 훈련대장의 직책을 맡았을 때에 휴가를 얻어 성묘를 가다가 용인龍仁에 도착하여 주막을 지나칠 때였다.

마침 한 총각이 있는데 나이는 삼십쯤 되어 보였고 신장은 거의 십 척에 얼굴의 길이는 일 척쯤 되며, 비쩍 마른 골격은 우람하였다. 짧은 머리털(봉송)은 더부룩하고 베옷은 몸도 제대로 가리지 못한 채 흙마루 위에 걸터앉아, 질그릇 잔에 막걸리를 따라 큰 고래처럼 마셨다.

이완 공이 이를 잠시 보고 속으로 '이 사내가 반드시 심상한 사람은 아니다'라고 여겼다. 이

1　자는 징지澄之, 호는 매죽헌梅竹軒. 1624(인조 2)년 무과에 급제, 현령, 군수, 부사, 1631년 병마절도사, 1638년 병마절도사 역임. 이등과 북벌을 계획하자 1652(효종 3)년 훈련대장이 되어 신무기의 제조, 성곽의 개수·신축 등으로 전쟁을 서둘렀다. 효종의 별세로 북벌계획이 중지되었으며, 1664년 공조판서, 1668년 훈련대장에 각각 재임, 다음해 병조판서에 임명되었으나 사양하고 은퇴했다가, 1673년 포도대장을 거쳐 이듬해 우의정에 올랐다.

에 말에서 내려 섬돌 위에 앉은 뒤, 사람을 시켜 그 총각을 불러오도록 시켰다.

그 총각은 명을 받들어 와서는 예의도 차리지 않고 돌 위에 걸터앉았다. 이 공이 그에게 성명을 물어보니 그가 대답하였다.

"성은 박朴이고 이름은 탁璉입니다."

또 지체와 문벌을 물으니 대답하였다.

"우리 선조는 원래 반족班族: 양반이었는데 부친의 대에 이르러 가세가 영락하여 세력이 꺾이어 도와주는 사람도 없지요. 집안에는 홀어머니만이 계시는데 가난하여 매일 땔나무 지어 팔아 그것으로 모친을 봉양하고 있습죠."

《주막》(김홍도, 《단원민속도첩》, 국립중앙박물관 소장)

여행 도중 한 나그네가 주막에서 요기하는 모습을 그렸다. 국자로 막걸리를 떠내는 주모와 부뚜막 위에 밥 양푼과 술사발들이 주막의 풍경을 잘 말해준다.

공이 또 "자네는 술을 잘 마시는 모양인데 더 마실 수 있겠는가?" 물으니 대답하였다.

"술 마시는 것을 어찌 마다하겠습니까?"

이 공이 이에 하인에게 명하여 백 문文: 엽전의 단위. 푼이라고도 함. 10문을 1전, 1백문을 1냥, 1천문을 1쾌 또는 관(貫)이라고 하는데 1냥을 1꾸러미로 하였다의 돈으로 술을 사오라고 시켰다.

이윽고 막걸리 두 동이를 사서 가져오자 이 공이 스스로 한 사발의 술을 마시고 술을 전부 부어 주니 박탁이 조금도 사양하거나 부끄러워하는 기색 없이 계속해서 두 동이의 술을 기울였다. 이 공이 말했다.

"네가 비록 초야에 매몰되어 춥고 배고픔에 어려움을 겪고 있지만 너의 골상이 비범함을 보니 가히 크게 쓸 만한 인물일

엽전(국립민속박물관 소장)

무속에서 사용되는 무구(巫具). 끈에 엽전이 고리에 연결되어 달린 형태. 상평통보 8개 달림.

세. 자네는 혹 내 이름을 들었는지 모르겠지만 나는 훈련대장 이완일세. 방금 임금께서 나라의 큰 사업을 경영하고자 하여 장수될 만한 인재들을 구하는 중이니 자네가 만약 나를 따라간다면 부귀야 어찌 말로 다하겠는가."

박탁이 말했다.

"늙은 모친께서 집에 계신지라 이 몸을 감히 다른 사람에게 허락치 못합니다."

이 공이 말했다.

"그렇다면 내가 자네 모친을 뵙고 승낙을 받겠네."

그리하여 박탁과 그 집에 가니 몇 칸 집으로 비바람도 제대로 가리지 못할 정도였다. 박탁이 먼저 문안으로 들어가더니 해진 자리를 가지고 와 사립문 밖에 펼쳤다. 잠시 후에 봉두난발에 해진 옷을 입은 육십쯤 되어 보이는 부인이 나와 맞으니 곧 박탁의 어머니였다.

공이 자리를 손님과 주인으로 나누어 앉고 말했다.

"나는 훈련대장 이 아무개올시다. 성묘차로 고향을 가다가 길에서 아드님을 만났는데 한 번 보니 그 사람됨이 비범하다는 것을 알았소. 존수尊嫂: 형수를 높여 부르는 말께서 이같이 기걸찬 아들을 두셨으니 축하할 만합니다."

탁의 어머니가 옷깃을 여미며 말하였다.

"초야에서 자란 아이가 아비도 없고 학업도 잃어 산짐승 들짐승과 다를 바 없는데, 대감께서 이처럼 지나치게 후하게 자랑하고 칭찬해주시니 부끄러움을 이기지 못하겠습니다."

이 공이 말했다.

"존수께서는 비록 초야에 계시지만 조정에서는 바야흐로 인재를 널리 구한다는 일은 알고 계실 겁니다. 내가 아드님을 우연히 만나 보니 헤어지기가 어려워 장차 함께 가 공명을 꾀할 일을 권하였지요. 그랬더니 어머니의 말씀이 없으시면 안 된다고 사양하더군요. 그래 부득이 내가 찾아와 감히 청하는 것입니다. 다행히도 존수께서 이를 허락해주시면 좋겠습니다."

부인이 말했다.

"시골구석의 우준愚蠢: 어리석고 우둔함한 아이가 무슨 지식이 있기에 감히 대사를 감당하겠는지요. 게다가 이 아이는 이 늙은이의 독자로, 모자가 서로 의지하며 연명해 가고 있습니다. 그러니 멀리 떠나보내는 것은 어렵겠사오니, 감히 명을 받들지 못하겠나이다."

이 공이 재삼 간청하니 부인이 말했다.

"사내로 태어나서 사방에 뜻을 두고 이미 국가에 몸을 바쳤다면 구구한 개인 사정을 돌아보는 것은 옳지 못할 것입니다. 게다가 대감의 성의가 이 같으시니 이 늙은이가 어찌 감히 허락하지 않을 수 있겠습니까?"

이 공은 크게 기뻐하며 즉시 부인에게 인사를 하고, 총각과 더불어 동행하여 도로 서울로 돌아왔다.

이공이 대궐에 나아가 청대請對: 신하가 급한 일이 있어 임금에게 만나 뵙기를 청하는 일하니, 상께서 말씀하셨다.

"공은 이미 소분掃墳: 조상의 산소를 찾아가 무덤을 깨끗이 하고 제사지냄 길을 떠났으면서 무엇 때문에 도중에서 돌아왔는고?"

공이 아뢰었다.

"소신이 하향하는 길에 한 기남자를 만나 더불어 같이 왔사옵나이다."

임금께서 입시하라고 한즉, 그는 봉두난발한 빈한한 한 거렁뱅이었다. 곧바로 탑전榻前으로 들어오더니 예도 하지 않고 자리에 앉았다.

임금께서 웃으며 말씀하셨다.

"자네는 어쩌면 그리도 심하게 수척한가?"

"장부가 세상에서 뜻을 얻지 못했는데 어찌 수척하지 않을 수 있겠습니까?"

"그 한마디의 말이 기이하고도 장하도다."

임금께서 이 공을 돌아보시더니 말씀하셨다.

"무슨 직을 제수해야 마땅하겠는가?"

"이 아이는 아직 산야의 금수 태도를 면하지 못하였으니 신이 삼가 저희 집에서 거느리고 길러서 세월로써 연마하여 인사를 훈계한 후, 한 직임의 일을 책임질 수 있도록 하겠습니다."

임금께서도 그렇게 하라고 허락하셨다.

이 공은 항상 그를 자신의 좌우에 두고 의식을 풍족하게 제공해주며 병법과 행세하는 예절을 가르쳤다. 그는 하나를 들으면 열을 알아, 그렇게 일취월장하니, 더 이상 이전의 치준痴蠢: 어리석은한 모습이 아니었다.

임금께서 이 공을 대하시면 매번 빠트리지 않고 박탁의 성취를 물으셨고, 공은 그때마다 인재의 뛰어남을 아뢰었다. 이같이 하면서 일 년의 세월이 흘렀다.

이 공이 매번 박탁과 더불어 북벌의 일에 관해 의논한즉 그가 내는 계책이 자신 것보다 도리어 우월하여 이 공은 그를 무척 기특하게 여기고 크게 쓰시라고 아뢸 참이었다.

그런데 얼마 지나지 않아 효종께서 빈천賓天: 천자가 세상을 떠나는 것을 말함하셨다.

박탁이 하늘을 우러러 통곡하며 말했다.

"만사가 끝이로구나."

그러더니 인산례因山禮: 장례가 끝나자, 박탁이 이 공에게 영결永訣의 뜻을 말하니 공이 놀라 말했다.

"내 너와 더불어 정이 부자지간과 같은데, 너는 어찌 차마 나를 버리고 어느 곳으로 가려하느냐?"

탁이 눈물을 흘리며 말했다.

"저의 털끝 하나하나가 모두 대감님의 깊고 크신 은혜입니다. 어찌 이를 잊겠습니까마는 제가 이곳에 온 그 처음 뜻이 의식만을 취하려는 것은 아니었습니다. 영웅적인 군주께서 계시기에 세상에 할 일이 있을 줄 믿고 장차 국가의 큰 일을 꾀하려 하였습니다. 그러나 황천皇天께서 돌연히 하루아침에 신하와 백성들을 버리셨으니 천하의 일이 이미 틀어져 버렸습니다. 이것은 진실로 천고의 영웅이 눈물을 금하지 못하는 것입니다. 밭 갈고 우물을 파 스스로 먹으며 비록 대감님의 문하에 머물러 있다 한들 쓸 만한 기회는 없고 다만 폐만 끼칠 뿐입니다. 장차 고향으로 돌아가 밭 갈며 일생을 마치려 합니다."

그러고는 눈물을 흘리면서 문을 나와 뒤도 돌아보지 않고 황망하게 가버렸다.

이 공은 탄식하기를 그치지 못하였다. 박탁이 고향으로 돌아가 그의 어머니와 깊은 산속으로 들어가 어떻게 삶을 마쳤는지 모른다고 하더라.

별별이야기 외사씨 왈

옛말에 "영웅도 시대를 만난 연후에야 참으로 일개 영웅이 된다" 함이 과연 헛말 아님을 깨닫는다. 그러므로 여상呂尙도 주나라 문왕文王을 만나지 못하였으면 위수渭水가에서 마쳤을 것이요, 자방子房도 한고조漢高祖를 만나지 못하였다면 누항에서 늙었을 것이다. 그러므로 말하기를 "말은 주인을 만나 귀해지고 사람은 때를 만나면 귀해진다" 하였으니 어떠한 호걸남아일지라도 때를 얻지 못하면 박탁의 최후를 좇지 않을 사람이 몇 명이나 있겠는가. 만일 하늘이 효종에게 여러 해의 수명을 허락하시고 박탁으로 하여금 나라의 기둥을 맡기셨다면 제2의 을지문덕乙支文德이 태어났을지도 모를 일이다. 아아! 중도에 만사가 이미 끝나버렸으니 애석하도다!

별별이야기 간 선생 왈

　1623년(광해군 15년) 서인 일파가 광해군 및 집권당인 대북파를 몰아내고 능양군(인조)을 왕으로 세운 정변이 일어났다. 인조반정仁祖反正이다. 이들은 명나라를 가까이하고 청나라를 배척하는 정책을 취했다. 누르하치가 세운 후금(후일 청나라)은 우리 북방을 괴롭히는 여진족 오랑캐였기 때문이었다.

　이를 빌미로 청나라는 정묘호란(1627년)과 병자호란(1636년)을 일으켰다. 조선으로서는 큰 치욕이었다. 인조는 삼전도에서 한 번 무릎을 꿇고 머리가 땅에 닿도록 세 번 조아리기를 하는 동작을 세 번 반복하는 삼배고두례三拜九叩頭禮를 하였고 30만~50만 명이 청나라로 끌려갔다. 그 중에 소현세자와 봉림대군(후일 효종)도 있었다.

　그 인조가 죽고 제17대 왕 1649년 효종이 즉위했다. 이때 효종의 나이 31세, 혈기도 방장하였다. 효종은 형인 소현세자와 함께 청나라에서 8년간 고통스런 인질 생활을 하였다.

　효종은 즉위하자마자 곧 북벌을 나라의 최우선 정책에 두었다. 이완을 훈련대장으로 삼고 신무기 제조, 기병 양성, 총포개량, 성곽 개수 및 신축 등으로 전쟁에 필요한 여러 대책을 강구하였다. 그로부터 6년 뒤인 1655년 9월 29일 드디어 효종은 노량진에서 병사 1만 3천여 명을 모아놓고 열병식까지 거행하게 된다. 10년 안에 정예 포수 10만을 양성하려는 야심찬 계획이 완성되고 북벌이 저만큼 보이는 듯하였다.

　그러나 역사는 그의 편이 아니었다. 정권을 잡은 서인(노론) 세력은 그럴 생각이 없었다. 국가 재정도 열악했고 백성들도 임진왜란(1592년)과 정유재란(1597년), 명나라 요청에 따른 후금 정벌(1619년), 이후 인조반정(1623년)과 이어지는 이괄의 난(1624년), 정묘, 병자호란을 거치며 삶은 피폐해졌고 민심은 이반하였다. 여기에 청나라의 끝없는 군사감시단의 눈을 피하기도 어려웠다.

　어이없게도 1659년 5월 4일 효종은 얼굴에 난 종기 악화로 인해 갑작스레 사망한다. 야사에는 5월 5일 군대를 출동시키려고 했는데 그 전날 갑작스레 죽었다고도 하지만 이는 야사일 뿐이다.

　다만 당시 효종의 종기 치료과정은 의료 사고인 듯하다. 이때 침으로 피를 빼내어 독기를 제거하려는 신가귀와 머리에 경솔히 침을 놓을 수 없다는 유후성의 의견이 갈린다. 효종은 신가귀의 의견을 받아들였다. 그런데 신가귀가 수전증으로 침을 잘못 놓았는지 검붉은 피가 멈추지 않아

이로 인하여 사망한 것이다. 신가귀는 당초 참형에 처해질 예정이었지만, 효종의 뒤를 이은 현종의 배려로 대신 교수형에 처해졌다.

그렇다면 효종의 사후 북벌책은 사라졌을까? 그렇지 않다. 집권 세력은 18세기까지 자신들의 정권 유지를 위하여 이를 적절히 사용하였다. 이 책 17화 〈허생〉 이야기가 바로 그 반증이다.

여기서 우리가 얻은 한 가지 교훈이 있다. 이 모두 백성의 잘못이 아닌 권력을 쥔 자들의 잘못이라는 점이다. 하지만 그 죄과는 모두 백성이 짊어져야 했다. 지금 이 시절, 우리의 권력을 위임해주는 선거를 잘해야 하고 눈을 부릅뜨고 저들을 감시하고 잘잘못을 따져야 하는 이유이기도 하다.

19

남녀의 혼인은 중천금이요, 신의가 가상한 두 부부

신라 진흥왕眞興王: 신라의 제24대 왕(재위 540-576) 개국 연간에 두 사람의 달관達官: 높은 벼슬이나 관직이 있었다. 같은 동네에서 살았는데 일시에 두 사람이 남녀를 낳으니 남아의 이름은 백운白雲이요, 여아의 이름은 제후際厚 였다.

두 사람의 아들딸이 점점 장성하니 모두 뛰어나게 총명하여 각기 그 부모에게 몹시 사랑을 받았다. 이에 두 집안이 혼인하기를 기약하여 진실한 맹서가 매우 간곡하였고 또 백운과 제후도 평일에 그 부모에게 약혼하였다는 말을 이미 들어 알고 있었다. 두 사람 간에는 오직 도요桃夭의 기일도요의 기일: '복숭아꽃이 필 무렵'이라는 뜻이니 혼인을 올리기 좋은 시절을 이르는 말이다을 기다릴 뿐이었다.

백운이 열네 살 되던 해에 국선國仙이 되었다가

열다섯에 불행히 두 눈이 멀었다. 이때에 제후의 부모는 백운이 장님이 된 것을 싫어하여 십여 년 동안이나 지켰던 굳은 맹서를 버렸다. 그러고는 백운의 부모에게 파혼의 글을 보낸 후에 무주 태수茂朱太守 이준평李俊平 의 풍채와 위의가 단아하고 아름다우며, 아직 아내를 얻지 않았다는 말을 들었다. 이에 매파를 보내어 혼인을 약속한 후에 머지않은 날에 제후를 이 사람에게 다시 시집보내려 짬짜미하였다.

제후가 이 말을 듣고 크게 놀라 부모에게 간하려 하다가 그 부모의 계획이 이미 오래되어 말로써 다투지 못할 줄 알았다. 이에 가위로 자살하여 그 절개를 훼손치 않으려다가 또 깊이 생각해보니 다만 자기의 정절을 위하여 죽는다면 부모에게 비통함을 끼치는 것이었다. 그래 임기응변의 꾀를 써서 몸과 목숨을 훼손치 않고 정절을 보전함만 못하다 생각하고 이에 그 부모에게 대하여는 오직 명을 따르겠다 하였다.

하루는 제후가 비밀리 백운에게 가서 말하였다.

"첩이 부모의 명에 의하여 그대와 부부 되기를 약속한 지 이미 오래되었습니다. 그런데 지금 첩의 부모가 그대의 눈이 먼 것을 싫어하여 옛 약속을 저버리고 새로 이 혼인을 꾀하려 하니 첩이 부모의 명을 어기면 불효를 면치 못할 것이요, 부모의 명이 중하다 하여 이를 순종하면 여자의 절의에 부끄러움이 있으니 그 형세가 실로 모두 난감합니다. 그러나 첩이 무진茂珍으로 시집간다면 죽고 사는 것이 오직 나에게 있으니 그대는 아무 날에 무진에 와서 나를 찾으세요. 첩이 임기응변의 방법으로 절개를 온전히 지켜 그대를 따르

신행길(김홍도, 《단원민속도첩》, 국립중앙박물관 소장)

이 그림은 혼인을 하기 위해 신부집으로 향하는 신랑 행렬을 그린 것으로, 백마를 탄 신랑 앞으로 청사초롱과 기럭아비가 앞서서 간다. 신랑 뒤에서 장옷을 입고 따라오는 인물은 매파로 보인다. 그림에는 보이지는 않지만, 기럭아비 뒤로 말을 타고 따라오는 신랑 측 어른이 있을 것이다. 이렇게 신랑이 신부집에 가 혼인을 하기에 '장가 들러 간다' 한다.

겠습니다."

그리고 정녕히 새로운 약속을 남기고 이별하였다. 그 뒤 길일을 당하여 준평이 수레와 말, 복식의 위의를 성대히 차려 여러 대의 수레를 끌고 와 제후를 짝하여 무진으로 데리고 갔다.

우귀于歸: 신부가 혼인한 후 처음으로 시집에 들어감하던 당일 밤에 준평이 신방에 들어가 화촉의 아래에서 장차 제후의 옥 같은 손을 끌어 잠자리의 즐거움을 즐기려 하니 제후가 몸을 굳게 막으며 말하였다.

"첩이 마침 달거리가 있어 몸이 불결하니 며칠만 기다려주세요."

준평이 이 말을 믿고 부득이 그 청대로 따랐다. 그 다음날 제후가 은밀히 시비를 시켜 백운의 소식을 탐문하니 과연 약속한 날에 맞춰 백운이 와 읍내에서 방황한다 하였다. 이에 시비로 하여금 백운을 인도하여 은밀한 곳에서 기다려라 하였다.

이날 밤 삼경이 지나 집안 사람들이 깊이 잠든 때를 타서 홀로 시비와 함께 문을 나서 곧 백운이 기다리는 곳으로 가니 백운이 과연 삼경에 만나자는 약속을 지키고 기다렸다. 두 사람이 서로 보고는 크게 기뻐하여 함께 손을 잡고 큰 길을 따라 수십 리를 도망하였다. 하늘이 이미 밝고 붉은 해가 막 떠오르니 준평에게 잡힐까 염려하여 낮에는 숨고 밤에 가며 계곡으로 도망할 때였다.

갑자기 한 강도가 나타나 백운을 겁박하고 제후를 등에 업고 달아났다. 이때 백운의 종자인 김천金川이란 자가 뒤에 오다가 이를 보고 크게 놀라 큰 몽둥이를 가지고 발자취를 추적하여 드디어 강도를 쳐 죽이고 제후를 빼앗아 돌아왔다.

이에 백운 부부와 종자 남녀 두 사람이 무사히 본 고향으로 돌아왔다. 곧 백운의 집에 도착하자 제후가 시어머니를 뵙고 아뢰었다. 백운의 집에서 제후의 집에 사람을 보내어 그 부모에게 전후 사실을 알리니 그 부모도 심히 놀랍고 기이하게 여겨 이 일의 전말을 갖추어 왕에게 아뢰니 왕이 세 명의 신의가 모두 가상하다 여겨 각기 관작 일 급을 주어 이를 칭찬하였다.

별별이야기 외사씨 왈

삼국시대에 있어서는 날마다 전쟁을 일삼아 예의를 숭상할 겨를이 없음으로 대개 풍속이 퇴폐하고 기강이 해이하여 예를 알고 의리를 지키는 자가 거의 드물었다. 그런데 제후와 같은 일개 규중의 처자가 능히 그 신의의 중함을 알고 지사미타之死靡他: 죽어도 마음이 변치 않음을 말한다의 의리를 지켜 임기응변의 계책을 써 마침내 백운을 따랐으니 그것은 절개요, 신의요, 의리이니 실로 가상하다. 그 당시에 있어 어찌 드물게 있는 여자라 말하지 않겠는가.

이 이야기는 『삼국사절요』, 『동국통감』 등에 보인다. 우리는 흔히 최초의 한문소설을 김시습의 『금오신화』로 보는 데 수정이 마땅하다. 이 책의 14화 〈온달전〉과 이 〈백운제후〉는 소설로서 풍부한 요소를 지니고 있기 때문이다. 기록을 보면 『증보문헌비고』에는 제23대 임금 법흥왕法興王 27(540)년 경신년 일로 『동사강목』에는 제24대 임금 진흥왕眞興王 27(566)년 병술년에 보인다. 기록이 여하하든 제후를 만난 백운은 분명 행운아임에 틀림없다.

이 이야기는 꽤 널리 퍼져 내려왔다. 18~19세기에 서울을 중심으로 활동했던 문인 무명자無名子 윤기尹愭, 1741~1826의 시에도 보인다. 그 시는 이렇다.

백운과 옛 약속이 마음속에 분명하여白雲舊約在心明
제후는 여인의 정절을 잊지 않았다오際厚不忘女道貞
김천이 협객 죽이고 제후를 찾아오니殺俠奪還賴金闡
셋에게 관작 내려 이름을 길이 전했네三人賜爵壽芳名

20

밥 한 사발로 보답을 받은 박 동자,
명쾌하게 일을 처리하는 박 어사

영성군靈城君 박문수朴文秀, 1691~1756[1]의 자는 성보成甫요, 호는 기은耆隱이니 고령인高靈人이다. 숙종조에 등과하여 관직이 판돈령判敦寧: 왕실과 가까운 친척을 위한 사무를 맡아보던 관청인 돈령부의 종일품 벼슬에 이르고 시호를 충헌忠憲이라 하였다.

일찍이 수의어사繡衣御史: 암행어사의 별칭로 암행하여 여러 고을을 다닐 때였다. 하루는 한 곳에 이르러 날이 늦도록 밥을 얻지 못하여 자못 굶주린 기색이 있었다. 어떤 한 사람의 집에 도착하니 다만 열에닐곱 살 된 한 동자가 있거늘 밥 한 사발을 구걸하니 대답하였다.

"제가 편모 슬하로 가게가 빈궁하여 불을 때지 않은 지가 여러 날이니 어찌 객에게 드릴 밥이 있겠습니까?"

영성이 힘이 없어 잠시 앉았는데 동자가 자꾸 사람 눈에 띄지 않는 집 안 어두운 구석

1 강직한 성품으로 고루 인재를 등용할 것을 건의했고 군정과 세제의 개혁을 주장했다. 부패한 관리를 적발한 암행어사로 이름이 높다. 강직한 성품에 적이 많아 관직 생활이 순탄하지는 않았고 끝내 정승이 되지는 못했으나, 이를 안타깝게 여긴 영조가 그의 사후에 영의정을 추증했다.

에 있는 종이 주머니를 보고 부끄
러워하며 괴로워하는 빛이 있었
다. 그러더니 곧 주머니는 풀고 안
으로 들어오라 하였다.

영성이 밖에 있다 들으니 동자가
어머니를 불러 말을 하였다.

"밖에 과객이 있는데 밥을 청합
니다. 사람의 굶주림을 돌보지 않
을 수 없습니다. 먹을 쌀이 다 떨
어져 끼니를 제공하기가 어려우니
이것으로 밥을 짓는 게 좋을 듯합
니다."

그 어머니가 말했다.

"이것으로써 밥을 지으면 네 돌
아가신 아버지 제사는 장차 안 지
내려 하느냐?"

동자가 대답하였다.

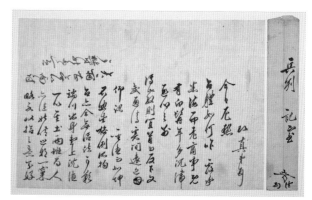

박문수가 받은 간찰-병판 기실兵判記室(남양주역사박물관 소장)
'진(眞)'이란 사람이 병조판서 박문수에게 보낸 편지로, 특별전교에 따라 해서지방의 양반 참녀
임(文蔭一)을 위에 벼슬자리를 마련해 뒀라고 전하는 내용이 담겨 있다.

"근래 조정에서 재주와 국량으로 등용된 사람이 펼쳐 보인다는 말을 들을
수 없고, 간관諫官의 책임을 맡은 사람은 간쟁한다는 말을 들을 수 없고, 경
악經幄 임금의 학문 수양을 위에 신하들이 임금에게 유교의 경서와 역사를 가르치는 일을 맡
은 사람이 임금을 잘 인도한다는 말을 들을 수 없으니, 어찌 오늘날의 사람
이 옛사람만 못해서 그러한 것이겠습니까. 전하께서 이미 바른 말 듣기를
기꺼워하지 않으시고 신하들도 성상의 뜻을 거스르게 될까 두려워하니,
상하가 서로 잘못하는 게 이와 같습니다. 이렇게 한 해 두 해 지나간다면 나
랏일이 장차 어느 지경에 이르겠습니까."

『국조보감』 권60 '영조 4'에 보인다. 40세의 박문수가 37세의 혈기 방장한
영조에게 한 말이다. 영조는 '이 말이 모두 절실하다. 박문수 아니라면 내
어찌 이런 말을 듣겠는가此言皆切矣 若非此疾 予何得聞此言也'하였다. 그 사내
에 그 임금이다.

"저희 사정도 비록 절박하나 사람의 굶주림을 보고 어찌 구하지 않겠는지요."

그 어머니가 이 말을 들어 밥을 지었다.

영성이 그 모자가 주고받는 말을 듣고 심히 측연하였다. 동자가 안에서 밖으로 나오거
늘 그 이유를 물으니 대답하였다.

"존객이 이미 들으셨으니 속이지 못하겠군요. 저의 아버지 기일이 멀지 않았기에 그냥
지나치기가 어려워 미리 쌀 한 되를 구하여 주머니를 만들어 매달고 비록 끼니를 거를지
라도 이것은 먹지 않았습니다. 그런데 지금 나그네가 굶주림이 심하시기에 부득이 이것으
로써 밥을 지으려는 것입니다."

이렇게 말을 주고받을 때 한 노비가 와서 말하였다.

"박 도령은 이에 속히 나오너라."

동자가 애걸하였다.

"금일에는 내가 가지 못하오."

영성이 그 성씨와 본관을 물으니, 즉 같은 문중이요, 또 그 온 자를 물으니 본읍좌수의 노비였다. 불러 가려는 이유를 물으니 동자가 대답하였다.

"제 나이가 이미 장성하여 좌수가 딸이 있다 함을 듣고 어머니께서 사람을 놓아 통혼을 하였습니다. 좌수가 이로써 '속임을 당했다' 하고 여러 번 노비를 보내어 저를 붙잡아 머리채를 움켜잡아 끌고 가서는 모욕이 이르지 않음이 없었습니다. 이제 또 잡아가려 온 것입니다."

영성이 이에 노비에게 말하였다.

"나는 즉 이 동자의 아저씨니 내가 대신 가겠다."

밥을 먹은 후에 곧 노비를 따라서 가니 좌수가 마루 위에 높이 앉아 "뜰아래에 붙잡아 둬라" 하였다. 영성이 곧바로 마루 위로 올라가 말하였다.

"내 조카의 양반 문벌이 아득하기가 그대보다 낫지만 집안이 가난하여 그대에게 통혼한 것이라. 그대가 만일 뜻이 없으면 이를 불문에 부치면 되거늘 매양 붙잡아다가 욕을 가함은 이것이 무슨 이치란 말인가. 그대가 읍중의 수향首鄕: 좌수의 별칭으로 권력이 있어서 그러함인가."

좌수가 크게 노하여 그 노비를 붙잡아 들여서는 꾸짖기를 "내가 박 동자를 잡아오라 했거늘 어찌 이 미친놈을 붙잡아 와 상전이 욕을 당하게 하느냐. 네 죄가 마땅히 태형에 처할지로다."

영성이 부득이 소매에서 마패를 꺼내며 말했다.

"네가 죽고자 하느냐!"

좌수가 크게 놀라 급히 뜰아래 내려가 꿇어 엎드려 죄를 기다리니 영성이 말하였다.

"네가 혼인을 시키겠느냐?"

좌수가 대답하였다.

"어찌 명을 따르지 않겠습니까."

영성이 말하였다.

"내가 날을 택한즉 글피가 곧 길일이라. 그날 내가 마땅히 신랑과 함께 올 테니 너는 모름지기 혼례 치를 준비를 하고 기다려라."

좌수가 "예! 예!" 복종하니 영성이 곧 읍내에 들어가 어사임을 밝히고 본관사또에게 말하였다.

"내 조카가 아무개동에 사는 데 이 읍 수향과 혼인하는 날짜가 아무 날에 있으니 그때에 혼례 치를 준비와 잔치에 드는 물건과 비용을 관부에서 준비하여 공급하라."

본관이 여공불급如恐不及: 시키는 대로 실행하지 못할까 하여 마음을 최며 두려워함하여 만반의 준비를 하였다. 또 인근 읍의 각 수령을 청하고 혼인날을 당하여 어사가 신랑을 임시로 머무는 곳에 청하여 관복을 입고 친히 위의를 갖춘 후에 뒤를 따르니 좌수의 집에 구름 같은 장막이 드리워 하늘을 이었고 술잔과 쟁반이 낭자하였다.

어사가 혼례를 주관하는 상좌에 앉고 각 군 수령이 나열하여 앉으니 좌수의 집은 더 한층 빛이 일었다. 예식을 행한 후에 신랑이 오거늘 어사가 이졸吏卒에게 명하여 좌수를 잡아들이라 하였다. 좌수가 머리를 땅에 두드리며 애걸하였다.

"소인이 분부하신 대로 시행하였사오니 다만 용서하시기를 바랍니다."

어사가 말했다.

"너의 밭과 논이 얼마나 되는가?"

좌수가 대답하기를 "몇 섬지기입니다" 하니 "그러면 네가 이를 분반하여 네 사위에게 주겠느냐" 하였다.

좌수가 대답하였다.

"오직 명령에 따르겠습니다."

어사가 또 물었다.

"노비와 우마가 얼마며 세간붙이가 또 얼마인가?"

좌수가 대답하되 "노비가 얼마이며 세간붙이가 얼마입니다" 하니 "그러면 또 이것을 반분하겠느냐?" 하였다.

좌수가 대답하였다.

"어찌 명대로 아니하겠습니까?"

어사가 곧 문기(文記: 땅이나 집 또는 그 밖의 권리를 증명하는 문서)를 작성하여 증인으로는 어사 박문수라 맨 처음 사인을 하고 그 다음에는 본관사또 아무개와 자리에 있는 여러 고을 수령의 이름을 나란히 써서 마패로 답인(踏印: 관청의 도장을 찍음)하여 신랑에게 준 후에 다른 곳으로 발길을 돌렸다.

'제 아무리 암행어사 박문수라고 하지만 저런 일이 있을까?' 하는 생각이 든다. 그런데 『동상기몽』, 『기문총화』, 『청구영언』 따위 야담집에도 실려 있으니 아니라고 뚝 잡아떼기도 어렵다. 곰곰 생각해보면 저 박 도령이 길손에게 준 '밥 한 끼'는 단지 수량으로 계산할 일이 아니다. 아버지 제사를 위하여 남겨둔 쌀 한 줌이기에 그렇다. 목숨같이 소중한 쌀이지만 죽은 아버지 제사보다는 살아 있는 낯모르는 사람을 위해 선뜻 밥을 해주는 그 마음을 생각해 보았으면 한다.

어사 박문수는 꽤나 유명하여 인터넷만 치면 여기저기 보인다. 그래, '밥 한 끼'와 관련된 경허 스님 이야기나 한 자락한다.

1883년 5월, 그야말로 보릿고개에 초근목피를 삶아갈

박문수 초상(보물 제1189-2호)

때였다. 어느 날 경허 스님 절에 강 부자 댁 아버지 49재가 열렸단다. 이 소식을 듣고 인근의 백성들이 몰려들었다. 강 부자 댁 아버지 49재니 음식을 잘 차렸을 테고 혹 공양드리고 남은 음식을 얻어먹으려고 사람들이 몰려든 것이었다.

경허는 49재를 지내지도 않았는데 차려진 음식을 모조리 쓸어다가는 사람들에게 나누어주었다. 강 부자로서는 아버지 49재 공양 음식이니 노발대발하였다. 그때 경허 스님은 이렇게 말했단다.

"망자는 49일 동안 중유中有, '바르도(antarabhāva)'라고도 한다. 살아있는 세계인 생유(生有)에서 죽은 세계인 사유(死有) 사이에 있다는 중간계(中間界)를 말한다를 떠돌다가 시왕님 앞에서 천당으로 갈지 지옥으로 갈지 심판을 받지요. 그때 '귀한 생명을 죽이지는 않았는가?' '남의 재물을 훔치지는 않았는가?' '배고픈 사람에게 먹을 것을 주었는가?'를 묻지요. 지금 배고픈 저 백성들에게 먹을 것을 나눠줬으니 '한 끼 공덕'을 쌓은 게 아니겠는지요. 악도惡道에 떨어지지 아니하고 극락왕생하게 해달라고 자손이 비는 제사를, 굶주린 사람들이 마른 침을 삼키고 있는 앞에서 올릴 수는 없는 일입니다. 살아서 못 다한 보

시공덕, 이제라도 베풀고 제사를 올리는 게 아버님을 위한 도리가 아니겠습니까?"

　이 글을 읽는 분들은 경허 스님의 '한 끼 보시공덕'을 생각했으면 한다. 참고로 '49재'는 불교 의식이 아니다. 불교의 윤회사상과 유교의 조상숭배가 절충된 것으로 중국에서 생겨났다.

㉑

만고에 사람이 지켜야 할 도리 지킨 삼부자, 다섯 성 비바람 막아낸 한 사내

정시鄭蓍, 1768-1811[1]의 자는 덕원德園이요, 호는 백우栢友 이다.

정조正祖 임금 때 무과에 올라 선전관宣傳官 을 지내고 평안북도 가산嘉山 가산은 지금의 평안북도 서

남단에 위치한 박천군(博川郡) 가산면임 군수郡守를 제수 받으니 아버지 노魯를 모시고 근무할 곳에 부임

하였다.

1 본관은 청주淸州. 1799(정조 23)년 무과에 급제하고, 선전관을 거쳐 훈련원주부·도총부경력 등을 역임했으며, 1811년 가산군수로 임명되었다. 이때 홍경래의 난이 일어났는데, 홍경래가 통솔하는 남진군은 선봉장 홍총각洪總角을 필두로 그 날로 가산에 진격, 군리郡吏 들의 내응으로 쉽게 읍내를 점령하였다. 당시 평안감사 이만수李晩秀 의 장계에, "그 날 난리가 일어난다고 민심이 흉흉하고 군내가 떠들썩하며 백성들이 피난가려 하자, 그는 홀로 말을 타고 군내를 돌아다니면서 백성들을 효유하여 피난 가는 것을 중지시켰다. 그러나 봉기군 50여 명이 관아에 돌입하여, 살고 싶으면 인부印符 와 보화를 내놓고 항복문서를 쓰라고 하자, 그는 '내 명이 다하기 전에는 항복하지 않는다. 속히 나를 죽여라' 하고, 그들의 대역무도함을 꾸짖다가 칼에 맞아 죽었다. 그의 아버지 역시 그대로 적의 칼을 받았다"라고 적혀 있다. 순조는 그의 의로운 죽음을 기리는 뜻에서 병조참판·지의금부사·오위도총부부총관을 추증하고, 관槨 을 하사하였다. 관찰사의 진상보고를 다시 접한 순조는 그 충렬을 찬탄하고 병조판서 겸 지의금부사·오위도총부도총관을 가증加贈하였다. 그리고 살아남은 동생과 수청기생에게도 관직과 상품을 내렸다. 1813년 왕명으로 정주성 남쪽에 사당을 세워 당시 싸우다 죽은 6인과 함께 제사를 지내도록 하니, 이를 7의사七義士 라 한다. 정주 사람들은 또 오봉산五峰山 밑에 사당을 세워 7의사를 모셨는데, 왕은 '표절表節'이라는 현판을 내렸다. 시호는 충렬忠烈 이다.

〈순무영군진도(巡撫營軍陣圖)〉(1812, 서울대학교 규장각 소장)
1811년 평안도에서 일어난 홍경래 난의 진행 과정에서 정주성(定州城)에 농성 중인 봉기군을 진압군이 포위하고 있는 상황을 담은 그림.

토적(土賊) 홍경래(洪景來, 1771~1812) [2] 등이 군사를 일으켜 군대의 세력이 창궐하며 주군(州郡)을 돌아가며 위험에 빠뜨렸다. 아버지 노가 아들에게 말하였다.

"만일 우리 힘으로 적의 세력에 대적하지 못하여 성을 지키지 못하는 날에는 마땅히 토지신을 섬겨 죽는 것이 너의 직분이니 행여나 나를 염려치 말거라."

이때 적이 아침저녁으로 성 밑까지 쳐들어오려는 급박한 상황이었다.

공이 그 아우 질 과 함께 마을을 돌아다니며 사람으로서 마땅히 지켜야 할 큰 의리로써 백성들을 깨우쳐 죽음으로써 성을 지킬 뜻을 보였다. 백성들이 이것을 보고 감격하여 감히 흩어지지 못하였다.

얼마 되지 않아 적의 대부대가 성을 무너뜨리고 들어왔다. 성을 지키던 군사는 수비가 약하여 능히 막아내지 못하고 성이 함락을 당하니, 공이 그 아버지에게 울며 말하였다.

"변란이 이미 이곳까지 이르렀습니다. 관직을 지켜 죽는 바른 뜻은 이미 명을 받았습니다만 아버지와 아우 질은 관리로서 직책이 없으니 죽을 의로움이 없습니다. 급히 화를 피하십시오."

이 말을 듣자 아버지 노가 소리를 질러 꾸짖어 말하였다.

2 순조 때의 민중 혁명가. 1798년에 평양의 향시에 합격하고 사마시에 응하였으나 지방을 차별하는 폐습 때문에 낙방하였다. 이에 불만을 품고 1811년에 평안북도 가산에서 군사를 일으켜 혁명을 꾀하다가 이듬해 정주에서 패하여 죽었다.

"사람이 의리에 살고 죽거늘, 어찌 관직이 있고 없고를 따지느냐. 또 내가 너에게 죽기를 가르쳤는데 내가 어찌 홀로 산단 말이냐."

이때 적이 문을 부수고 들어오니 공이 의관을 바로하고 관아에 단정히 앉아 화를 기다리며 외숙인 박인양(朴寅亮: 부여한 감 등을 지냈다)을 돌아보며 말했다.

"조카는 이제 죽을 것입니다. 외숙께서는 먼저 피하시어 제 유해를 거두어주십시오."

그리고는 또 사랑하던 기생 홍련(紅蓮)을 다른 곳으로 피하게 하였다.

잠시 후에 적의 무리가 난입하여 검을 뽑아들고는 큰 소리로 "군수는 급히 마당에 내려와 우리들을 맞으라" 하니 공이 꼿꼿이 앉아 움직이지 않고 적을 꾸짖었다.

"너희 무리가 비록 효경(梟獍: 어미 새를 잡아먹는다는 올빼미를 '효', 아비를 잡아먹는다는 짐승을 '경'이라 한다. 배은망덕하고 흉악한 사람을 비유적으로 이르는 말)의 무리이나 또한 우리 임금의 백성이다. 어찌 감히 병사를 일으켜 관가를 침범하느냐!"

적이 곧 검으로 위협하며, 급히 '항복하는 글을 올리고 또 인부(印符: 인장(印章)과 병부(兵符))를 내놓으라'며 꾸물거리면 죽인다'고 하였다. 공이 소리 높여 크게 꾸짖어 말하였다.

"인부는 임금에게 받았거늘 내 목숨이 다하기 전에 어찌 적에게 주겠는가."

이때 공의 아버지 노가 외쳤다.

"내 아들은 내가 있다고 목숨을 구걸하지 말라."

적이 크게 외치며 공에게 "무릎을 꿇어라" 하니 공이 소리 높여 말했다.

"내 무릎이 어찌 적에게 굽히겠는가. 다리가 끊어질지언정 굽히지 못하리라."

적이 크게 성을 내며 칼로 무릎을 치니 다리가 끊어졌다. 그러나 공이 외다리로 서서 끝내 무릎을 꿇지 않았다. 또 적이 한 다리마저 쳐 끊어버리니 공이 땅에 고꾸라지며 꾸짖는 말이 그치지 않았다. 또 인부를 손으로 꽉 움켜쥐고 있어 그 손을 잘라버리니 관인이 떨어졌다. 공이 급히 오른 손으로 관인을 잡으며 말하였다.

"내 머리는 자를지언정 이 관인은 주지 못한다."

공은 마침내 죽음을 당하였다.

공이 죽음에 임하여 동생 질의 손을 잡으며 말했다.

"삼부자가 적의 칼 아래 함께 죽는 것은 예로부터 없는 일이다만, 우리가 사람에 자식이 되어 효도를 다하지 못하였으니 이것이 지극히 원통한 일이로다."

아버지 노도 적에게 잡혔다.

적이 그의 아들인 공을 가르쳐서 순절케 한 것을 미워하여 이에 칼을 목에 대고는 크게 꾸짖었다.

"너도 항복하지 않겠느냐?"

노가 꾸짖었다.

"역적은 속히 나를 죽여라."

그러하고 입에서 꾸짖는 소리가 끊이지 않았다. 질이 아버지 앞을 양손으로 가로 막으며 곡하고 "원컨대 나를 죽이고 아버지를 살려 달라"고 하였으나 적이 듣지 않고 칼날이 어지러이 내렸다.

질이 온몸에 여덟 군데나 칼에 찔려 숨이 끊어졌는데 적이 죽은 줄 잘못 알고 관아 문밖으로 끌어다 버렸다.

이날 밤 서너 시쯤에 의기義妓 홍련이, 공이 "너는 빨리 도망가라"고 한 말을 좇아 달아나다가 되잡아 다시 돌아왔다.

시체를 버린 곳에 가 살펴보니 아버지 노와 정시는 사지가 잘려 나뉘어졌으나, 동생인 질의 시체는 온전하였으며 또 가슴에 따뜻한 기운이 있었다. 그래 원채元采를 시켜 등에 업혀서는 그녀의 집에 몰래 감추고서는 정성을 다하여 환자를 잘 보살펴 상처의 회복을 빠르게 하였다.

질이 몇 개월 후에 다시 살아나니, 세상에서 이 여인을 '의기義妓'라 불렀다.

이러한 사건이 임금에게 들리니 매우 슬퍼하여 관을 보내어 제사를 치르게 하시고 병조판서를 내리고 시호를 충렬忠烈이라 하였으며, 아버지 노에게 이조판서를 내리셨다.

공에게는 타던 말이 있었는데, 평소에 그 말을 심히 사랑하였다.

공이 해를 당한 뒤에 적이 빼앗아 공훈을 세운 자가 이 말을 탔다.

구림栝林: 송림(松林)이 아닌가 한다의 싸움에서 적이 패하여 돌아갈 때였다.

말이 홀연 "히힝" 울음 울며 관군의 중앙으로 달려 돌아가니 적장이 놀라 떨어져 아군에게 죽임을 당하였다. 세상 사람들이 이 말을 '의마義馬'라고 불렀다. 정만석鄭晩錫, 1758~1834 **4**이 가산군수 정시의 죽음을 애도하는 시에 이렇게 말했다.

만고에 사람이 지켜야 할 도리를 지킨 삼부자萬古綱常三父子

다섯 성 비바람을 막아 낸 한 사내五城風雨一男兒

---

4 본관 온양溫陽, 자 성보成甫, 호 과재過齋·죽간竹磵, 시호 숙헌肅獻. 1780(정조 4)년 사마시에 합격, 1783년 문과에 급제하고 자여도찰방自如道察訪·전적典籍·대간직臺諫職을 역임하고 여러 차례 암행어사로 나갔다. 1805년 동래東萊부사·형조참판·우승지, 1829년 우의정 등을 지냈다. 홍경래의 난 당시에는 평안감사를 지냈는데, 피폐화된 민생을 잘 수습하여 생사당生祠堂이 세워졌다.

별별이야기 간 선생 왈

언젠가 니토베 이나조(新渡戸稻造, 1862~1933: 교육가이자 외교관으로 일본화폐 오천엔 권의 초상 인물임)가 쓴 『일본의 무사도』(생각의나무, 2004)라는 책을 보고는 사무라이의 무사도 정신에 기가 질린 적이 있었다. 극한의 상황에서도 의젓함을 잃지 않고 주군에 대한 충(忠)과 의(義)에 목숨을 초개처럼 여기는 저들의 정신이 사뭇 부러웠다.

민중 혁명가인 홍경래와 정시. 그들이 만난 것은 순조(純祖) 11년인 신미(1811)년, 여름이 막바지에 다다른 7월이었다. 그때 홍경래가 마흔둘이요, 정시는 그보다 세 살 많은 마흔다섯, 한참 인생을 살아갈 나이였다. 하지만 역사의 옳고 그름을 떠나 왕의 나라에서 그들은 단지 적이었고 정시에게 있어 홍경래는 반역도일 뿐이었다.

"내 머리는 자를지언정 이 관인은 주지 못한다."

정시의 서늘하니 부릅뜬 눈과 붉은 선혈을 보며, 내 민족의 한 무인에게도 이러한 강개함을 찾았다.

자신의 이익만을 좇기에 바쁜 오늘날의 우리들, 아니 '충'과 '의'라는 낱말은 아예 태생부터 자연면역(自然免疫)된 대한국인들, 저 삼부자의 죽음을 어떻게 받아들이려 할까.

이 글을 쓰는 지금은 2022년 7월 6일이다. 그런데 아래 글은 2008년 4월 11일자 『조선일보』 사설이다. 저 시절로부터 14년이 지났지만 단 한 치도 나아진 게 없다. 전문을 인용해 본다.

[사설] "돈만 벌면 된다"는 청소년이 미(美)·중(中)·일(日)보다 많다니

일본청소년연구소가 한국 미국 일본 중국의 고교생 1000~1500명씩에게 설문조사를 했더니 '부자가 되는 게 성공한 인생'이라고 답한 학생이 한국은 50.4%로 일본 33%, 중국 27%, 미국 22.1%보다 훨씬 많았다. '돈을 벌기 위해선 어떤 수단을 써도 괜찮다'는 답도 한국은 23.3%로 미국 21.2%, 일본 13.4%, 중국 5.6%보다 높았다. '돈으로 권력을 살 수 있다'는 대답 역시 미국 일본 중국은 30% 안팎이었는데 한국은 54.3%나 됐다.

우리 청소년들 생각이 왜 이 지경이 돼버렸는지는 지금 우리 사회에서 무슨 일이 벌어지고 있는가를 보면 안다. 최고 재벌이 불법으로 비자금을 만들어 불법을 수사할 책임이 있는 사람들을 오히려 매수하러 다녔다는 의혹이 불거졌다. 재벌 총수가 아들 복수를 하겠다며 어설픈 '주먹'

흉내를 내다 철창신세를 진 게 엊그제 일이다. 학력 위조, 논문 조작 사건은 하루가 멀다 하고 터져 나온다. 정치인과 기업인이 차떼기로 뭘 얼마나 주고받았다는 게 먼 옛날의 일이 아니다. 청소년들이 이걸 보면서 '세상이 다 그런 것이구나'라고 생각할 수밖에 없는 것이다.

뭘 하더라도 돈만 모으면 된다는 생각이 지배적이라면 사회라는 공동체를 움직이는 기본적 도덕과 규칙, 윤리가 작동을 멈췄다는 뜻이다. 재작년 한국청소년개발원이 한·중·일 3국 청소년에게 '전쟁이 나면 어떻게 하겠느냐'고 물어봤을 때 '앞장서 싸우겠다'는 대답이 일본은 41.1%, 중국 14.4%였는데 한국은 10.2%에 불과했다. '외국으로 나가겠다'는 대답은 일본 1.7%, 중국 2.3%, 한국 10.4%였다. 장·차관이나 국회의원 가운데 도저히 머리가 끄덕여지지 않는 이유로 입영(入營) 면제를 받았다는 사람이 숱한 게 우리나라다. 선진국에서는 감히 생각도 못할 일이다.

대한민국 미래는 청소년이 어떤 생각을 갖고 있고 어떻게 커나가고 있느냐에 달려 있다. 돈도 소중하지만 세상엔 돈보다 귀중하고 가치 있는 게 분명 있다. 돈을 버는 것 못지않게 '어떻게 버느냐'가 중요하다는 '상식이 살아있는 사회'가 건강한 것이다. 우리 청소년들이 이런 진실을 깨닫게 하려면 사회 지도층 어른들이 실천과 모범으로 보여주는 길밖에 없다. (『조선일보』)

전 세계 제일의 교육열을 자랑한다는 대한민국, 82%인 경이로운 대학진학률을 자랑하는 지식인 국가 대한민국, 기가 막힌 이 현실에 그저 '콧구멍 두 개 잘 마련했다'고 안도의 한숨이나 돌려야 하는지.

다시 정시 이야기로 돌아간다. 가당치도 않은 말을 억지로 끌어다대는 듯하지만, 다산 정약용丁若鏞, 1762~1836 선생의 글이 언뜻 스친다. 다산 선생이 아들에게 준 〈학연에게 답하노라答淵兒〉라는 편지글이 있다. 이 글에서 다산 선생은 천하에는 두 가지 큰 저울이 있는데 '하나는 옳고 그름에 대한 저울—是非之衡'이요, 다른 '하나는 이롭고 해로움에 대한 저울—利害之衡'이라고 한다. 그러고는 이 두 가지 저울에서 '네 가지 큰 등급이 나온다生出四大級'고 하였다. 그 등급은 이렇다.

첫째 등급, 옳음을 지켜서는 이로움을 얻는 것이 가장 으뜸이요守是而獲利者太上也,
둘째 등급, 옳음을 지키다가 해로움을 입는 것이요守是而取害也,
셋째 등급, 그름을 따라가서 이로움을 얻는 것이요趨非而獲利也,
넷째 등급, 그름을 따르다가 해로움을 입는 것이다趨非而取害也.

정시는 이 중 둘째에 해당한다. 다만, 그의 사후 삶까지 다잡아 따진다면 결코 첫째 자리를 양보하지는 않을 듯하다. 덧붙여 '대한민국의 청소년들이 지금처럼 산다면 분명 넷째 등급이 될 것은 불 보듯 뻔한 일'이라는 뻔한 말을 꼭 쓰고 싶다.

끝으로 우리는 이 글에서 '홍경래 난'의 두 해석을 생각해보아야 한다. 홍경래와 반대 입장에 선 정시를 어떻게 받아들이고 역사적 해석을 써넣느냐는 우리 후손의 몫이다.

22

만리타향에서 인연이 끊어지고
강가 정자 한 귀퉁이에서 향기로운 넋 사라졌네[1]

복흥군復興君 조반趙胖, 1341-1401[2]은 황해도 배천白川 사람이다.

고려 말에 고모가 원나라 승상 탈탈脫脫의 부인이 되었다. 그러므로 어렸을 때에 그 고모를 따라 탈탈씨에게 양육되었다.

20세가 되었을 때에 한 미인을 운 좋게 만나 인정어린 마음이 심히 돈독하였다. 두 사람 간에는 자연히 굳은 맹서가 있어 신의와 약속이 단단하였다.

오래지 않아 원이 망하고 탈탈이 패함에 복흥이 이에 급하게 그 미인하고 소관小官: 지위가 낮은 관리과 함께 길 떠날 채비를 서둘러하고는 화를 피하여 본국으로 가려할 때였다.

길을 가다 소관이 복흥에게 의논성 있게 말하였다.

1 성현成俔, 1439-1504의 『용재총화』에는 충선왕과 이제현의 고사로 되어 있고 이야기가 짧다.
2 고려 말 조선 초기의 문신으로 본관은 배천白川. 12세 때 북경北京에 가서 한문과 몽고어를 배워 중서성역사中書省譯史가 되어 귀국. 여러 번 명나라에 다녀오고, 판중추원사判中樞院事, 상의문하부사商議門下府事, 참찬문하부사參贊門下府事 등을 역임했다. 1392년 이성계의 개국에 공을 세워 개국공신 2등으로 복흥군復興君에 봉해졌다. 동대문구 전농동 272번지의 부군당府君堂에 주신主神으로 모셔져 있다.

물고기(김인관(金仁寬), 국립중앙박물관 소장)

"우리 세 사람이 이 호랑이 입에서 화를 벗어나 근근이 여기까지는 왔습니다만, 만일 중도에 우리 일행의 행색을 의심하여 묻는 자가 있다면 그때에는 도마 위의 고기가 될 것입니다. 또 미인을 데리고 함께 가면 사람의 이목을 해괴하게 여길 것입니다. 오늘을 헤아려본다면 인정 어린 마음을 베어 버리고 몸을 보전하는 것만 못합니다.

복흥이 달가워하지 않으며 말하였다.

"내가 저 여인과 이미 한 무덤에 들어가기로 약속을 두었고 또 머나먼 타국에서 어려움을 맞아 이곳까지 함께 왔거늘 만일 두 사람 모두 온전치 못하면 한 번 죽음이 있을 뿐이다. 어찌 저 여인을 선뜻 내놓겠는가?"

이때 원래 영민한 미인이 두 사람이 머리를 맞대고 의논하는 말을 듣고는 일고여덟은 그 뜻을 파악하였다. 그래 앞에 가서는 말하였다.

"옛사람의 이른바 '물고기와 곰 발바닥을 모두 얻지 못한다'³는 말이 있습니다. 지금 첩한 사람 때문에 세 사람이 동시에 나란히 화를 당하는 것은 가당치 않으니, 첩은 여기에서 결별하겠습니다."

그리고 이슬이 내리듯 눈물을 흘리니 복흥이 이것을 보고 애간장이 끊어지는 것 같아

3 『맹자孟子』「고자告子」에 보인다. 원문은 아래와 같다.
   "생선도 내가 원하는 바요, 곰 발바닥도 내가 원하는 바이지만, 이 두 가지를 겸하여 얻을 수 없을진대 생선을 버리고 곰 발바닥을 취하겠다. 삶도 내가 원하는 바요, 의도 내가 원하는 바이지만, 이 두 가지를 겸하여 얻을 수 없을진대 삶을 버리고 의를 취하겠다魚我所欲也 熊掌亦我所欲也 二者不可兼得 舍魚而取熊掌也 生我所欲也 義我所欲也 二者不可兼得 舍生而取義也."

월하미인도(삼척시립박물관 소장)

차마 손을 놓지 못하고 한숨을 지으며 눈물을 흘렸다.

소관이 발을 구르며 말하였다.

"세 사람이 함께 죽는 것보다 각각 살길을 찾아 후일을 기약하는 것만 못하니 공은 한때의 정으로 만 리 앞길을 그릇되게 하지 마십시오."

그러며 정을 떨쳐버리기를 재촉하였다.

복홍이 이에 부득이 작은 술잔을 강가에 있는 정자 한 귀퉁이에 음식을 벌여 차려 놓고 서로 이별의 술잔을 교환한 후에, 두 사람이 눈물을 흘리고 정자에서 내려와 손을 놓았다. 복홍이 한 발자국에 고개를 돌리고 세 발자국에 또 돌아다 보고하여 여러 시간을 주저하여 선뜻 가지 못하였다.

소관이 뒤에서 채찍을 휘둘러 말을 치니 그제야 말이 나는 듯하였다. 반 리 정도를 지나쳐 복홍이 돌아보니 저 멀리 강가의 정자가 눈동자 속으로 들어오며, 미인이 우두커니 서 있는 모습이 아슴아슴하게 눈에 보였다. 은은히 미인의 곡성도 귓가를 울렸다.

복홍이 이에 가슴을 치고 크게 곡하여 거의 말에서 떨어지려 하였다. 소관이 채찍을 멈추고 여러 가지로 그 마음을 위로하며 또 온갖 위험한 말을 하여 그 마음을 두렵게 한 후에 급히 말을 채찍질하여 밤낮으로 길을 달려 이틀 만에 사백 리를 갔다.

이때는 가을바람 소리가 매우 쓸쓸하여 외로운 나그네의 마음을 부추겼다. 복홍이 길을 가다 말을 세우고는 조금 쉬고 있으니, 홀연 미인 생각이 가슴 한복판을 흔들어 이런저런 슬픔과 한이 일시에 모아졌다. 애간장이 끊어지고 뼈가 부서지는 듯하여 몇 발짝 안 되는 걸음도 옮기지 못하였다. 그 마음은 그 미인을 따라 돌아가 다시 정을 펴고 싶었다.

소관이 말로 위로하여 만류하지 못할 줄 알고 복홍에게 말하였다.

"공이 친히 갈 것이 아니라 제가 가겠습니다. 지금 하루밤낮 길을 가면 미인을 따라잡을 수 있으니 공은 이곳에서 기다리십시오. 사흘 후에는 마땅히 되돌아오겠습니다."

복홍이 허락하니 소관이 말을 채찍질하여 이틀 후에 그 강가 정자에 도달하였다.

미인은 그 정자 위에 있다 하늘을 원망하고 통곡하다가 홀연 누각에서 떨어져서 죽었다. 소관이 가엾고 불쌍하여 한참을 있다가 가락지를 손가락에서 빼어서는 돌아가 복홍을 주며 말하였다.

"아녀자는 가히 믿을 게 못 됨이 이와 같더이다. 제가 쫓아가서 저 여인이 있는 곳을 찾아 가보니 막 관원 두 사람과 함께 손을 잡고 함께 앉아 성대한 잔치를 차려놓고 잔을 주고받으며 연주에 맞추어 노래를 부르니 소리가 이르지 아니한 데가 없더군요. 저를 보고는 털끝만큼도 부끄러운 기색이 없이 다만 '잘 가시오, 잘 가시오'라고만 하더이다."

복홍이 이 말을 듣고 아주 더럽게 생각하고 경멸하여 욕하였다. 이에 그 미인의 생각은 물이 흘러가듯 허무하게 돌아가 버렸다. 복홍은 마음이 안정되어 아무 걱정 없이 평온히 길에 올랐다.

압록강에 도착하자 소관이 비로소 미인이 누각에서 떨어진 일을 자세히 말하고 가락지

〈월하정인月下情人〉(《혜원전신첩》, 간송미술관 소장)
화제(畵題): "달빛이 침침한 한밤중에, 두 사람의 마음은 두 사람만이 안다(月沈沈夜三更 兩人心事兩人知)."

를 꺼내어주니 복홍이 이것을 보고 소리를 놓아 통곡하다 숨이 끊어졌다가 다시 소생하였다. 소관이 여러 가지 방법으로 위로하여 경성으로 돌아왔다.

경성으로 돌아온 후 복홍은 아내를 얻어 다섯 아들을 낳고[4] 조정에 들어가 개국공신으로 지위가 훈상勳賞: 나라나 군주를 위하여 드러나게 세운 공로에 대한 상에 이르렀으나 종신토록 미녀를 애도하고 잊지 못하였다.

복홍은 항상 미녀의 기일이 되면 눈물을 흘리며 제사를 지냈다.

4 장남 서로瑞老는 1405년 등과하여 관찰사로, 아우 서강瑞康은 1414년에 문과에 올라 이조참판을, 서안瑞安 역시 등과하여 함경도 관찰사를 지냈다.

별별이야기 간 선생 왈

복흥군 같은 이연은 없지만 아래는 언젠가 써 둔 〈인연因緣과 이연離緣〉이란 글이다. 동성이든 이성이든 이연은 씁쓸하다.

내 서재에서 격주에 한 번, 목요일마다 책을 읽는 '목요 인문학팀'이 있다. 자연히 수업을 마치면 인근 주막을 찾아 저녁 겸, 술 한 잔 하며 시간을 공유한다. 그게 벌써 3년이 되었다. 그 첫 멤버 중 한 분이 사정상 어제로 작별을 고하였다.

'든 사람은 몰라도 난 사람은 안다'고 했던가. 좋은 분이라는 것을 알았지만 수업을 마치고 뒷자리가 꽤 씁쓸했다. 모든 인연은 이연이란 것쯤은 누구나 안다. 우리는 모든 인연과 언젠가 작별을 고한다. 곱게 싼 인연으로 맺은 연인은 물론 천륜으로 맺어진 부모 자식 간도 모두 헤어지는 게 당연하다.

만남이 있는 모든 인연은 모두 그렇게 헤어지는 이연이다. 문제는 만남보다 헤어짐이다. 인연과 이연은 정을 주고 떼기의 문제여서 그렇다. 인연은 전에 만난 적이 없었기에 만남 뒤 행동만 바뀌면 된다. 그러니 인연은 만나 정을 주면 된다. 하지만 이연은 정을 떼야한다. 허나 그동안 든 정을 뗀다는 게 그리 쉽지 않다.

'오는 사람 막지 말고 가는 사람 잡지 마라'고 한다. 옳은 말이다. 오고 가고 가고 오고, 만나고 헤어지고, 헤어지고 만나는 게 인생이다. 이는 사람과 사람만의 문제도 아니다. 자연도 만남과 헤어짐이 있고 사물과도 만남과 헤어짐이 있다. 수많은 계절을 만나고 헤어졌으며, 수많은 사람과 만나고 헤어졌으며, 옷가지, 신발, 책상, 따위와도 만나고 헤어졌다.

우리네 삶은 늘 만남과 헤어짐이다. 아예 죽어 영원히 이별하는 경우도 있고 잠시 이별하는 경우도 있고 이별을 통고하는 경우도 있고 이별을 통고받는 경우도 있다. 싫어 헤어지는 이연이야 그렇다지만 싫지 않은 데도 어금니 앙다물고 정을 떼야하는 이연은 차마 못할 일이다.

그러니 이연이 오기 전, 이별을 통고받기 전에 인연의 끈을 단단히 잡아 볼 일이다. 이미 와버린 인연을 놓치지 말 일이다. 차마 못 할 이연이 오기 전에 말이다.

23

귀신같이 길흉을 점치니
인간의 운명은 도망가기 어렵구나

윤필상尹弼商, 1427~1504[1]은 성종 조의 상국相國이었다.

일찍이 북경에 가서 점을 잘 치는 자를 방문하여 운명을 점쳐보니 한평생 길흉이 서로 꼭 들어맞았다.

다만 마지막 구절 "해가 삼림三林의 아래로 떨어지니 일지춘一枝春을 영원히 이별하네日落 三林下 永別一枝春"라는 말뜻만 풀어내지 못하였다. 그 후 연산 임금 갑자사화 때(1504년)였다. 지난 성종 시절 연산군의 생모인 윤비尹妃를 폐위시킬 때 참여한 일로 인하여 전라남도 진도珍島에 유배되었다.

어느 날 저녁에 인근 사람이 주인집에게 김매는 데 손을 빌려 달라고 청하며 말하기를 "내일 아침 상림上林으로 와서 만나세나" 하기에 공이 주인에게 물었다.

---

1 본관은 파평坡平, 자字는 양좌陽佐. 이시애의 난이 평정되자 공신에 책록되었으며, 중국 명나라 건주위 야인野人들의 정세를 탐지, 보고하여 성종 10(1479)년 우의정으로서 이를 토벌하였다. 뒤에 영의정에 올랐고 기로소에 들어갔으며, 갑자사화 때 연산군 생모의 폐위를 막지 못하였다 하여 진도에 유배되어 사약을 받았다.

"어디를 상림이라 하는가."

주인이 대답했다.

"이곳에서 한 5리 쯤 가면 상림, 중림, 하림의 지명이 있지요."

공이 이에 '삼림'의 말뜻을 비로소 깨닫고 탄식하기를 그치지 못하였다. 그때 마침 자질 구레한 일을 맡은 기생이 곁에서 머리를 빗고 있었다. 그래 이름을 물어보니 기생이 "일지춘 一枝春이에요" 하고 대답하였다.

공이 지붕을 쳐다보고 멍하니 즐겁지 않더니, 이날 사약을 내리는 명이 있었다. 그 후 증손자 윤부尹釜, 1510~1560경[2]가 또한 북경에 가 운명을 점쳐보니 마지막 구가 "두 개 관리의 도장을 차고 백운산 속에서 죽는다官雙印綬 魂斷白雲中"했는데 그 뜻을 풀이하지 못하였다.

훗날 부가 강원감사로 부임하며 병마절도사 직을 겸하였으니, 과연 두 개의 관리 도장을 찬 것이다. 부는 오래지 않아 감영에서 죽었는데 감영은 곧 강원도 원주原州 백운산白雲山의 북쪽에 있었다.

2 자字는 자기子器, 호號는 시호諡號는 청백리淸白吏. 부父는 윤승홍尹承弘이고 증조부曾祖父가 윤필상尹弼商이다. 22세 때 사마시에 합격하고 28세에 급제하여 벼슬이 참판에 이르렀으며, 50세까지 살았다.

조위^{曺偉, 1454~1503}**3**의 호는 매계^{梅溪}이니 김종직^{金宗直, 1431~1492}**4** 선생의 처남이었다.

성종께서 일찍이 종직이 지은 글을 모아 책을 엮으라고 하였는데, 공이 「조의제문^{弔義帝文}」**5**을 수록하였다. 연산 임금 무오^{戊午, 1495}년에 유자광^{柳子光, 1439~1512}**6**이 이 「조의제문」을 모함하여 죄가 되었다. 공이 이때에 하정사^{賀正使: 해마다 정월 초하룻날 새해를 축하하러 중국으로 가던 사신. 동지와 정월이 가까이 있으므로 동지사(冬至使)가 정조사를 겸하였다}로 북경에 갔다.

3 본관은 창녕^{昌寧}, 자는 태허^{太虛}. 7세에 이미 시를 지을 정도로 재주가 뛰어났다. 김종직과 친교가 두터웠으며 초기 사림파의 대표적 인물이다. 1498(연산군 4)년에 성절사^{聖節使}로 명나라에 다녀오던 중, 무오사화가 일어나 김종직의 시고^{詩稿}를 수찬했다 하여 오랫동안 의주에 유배되었다. 1504년 연산군 갑자사화 때 정여창, 표연말과 함께 부관참시되었다. 이 이야기는 이때를 말한다. 유배 중에 『매계총화』를 정리하다가 죽었다.

4 본관은 선산^{善山}: 일선^{一善}, 자는 계온^{季昷}·효관^{孝盥}, 호는 점필재^{佔畢齋}, 시호는 문충^{文忠}이다. 경남 밀양에서 태어났다. 1453(단종 1)년 진사가 되고 1459(세조 5)년 식년문과에 정과로 급제, 이듬해 사가독서^{賜暇讀書}를 했다. 성종의 특별한 총애를 받아 자기의 문인들을 관직에 많이 등용시켰으므로 훈구파^{勳舊派}와의 반목과 대립이 심하였다. 그가 생전에 지은 「조의제문」을 사관^{史官}인 김일손이 사초^{史草}에 적어 넣은 것이 원인이 되어 무오사화^{戊午士禍}가 일어났다. 이미 죽은 그는 부관참시^{剖棺斬屍}를 당하였으며, 그의 문집이 모두 소각되는 비운을 맞이하였다.

5 조선 성종 때 세조의 왕위찬탈을 풍자해 김종직^{金宗直}이 지은 글. 김종직이 1457(세조 3)년에 밀성^{密城}에서 경산^{京山}으로 가는 길에 답계역^{踏溪驛}에서 자다가 꿈에 의제(초나라 회왕^{懷王})를 만났는데 여기에서 깨달은 바가 있어 조문^{弔文}을 지었다고 한다. 단종을 죽인 세조를 의제를 죽인 항우^{項羽}에 비유해 세조를 은근히 비난한 내용으로 되어 있다. 이 글은 김종직의 제자 김일손^{金馹孫}이 사관^{史官}으로 있을 때 사초^{史草}에 기록해 "김종직이 「조의제문」을 지어 충분을 은연중 나타냈다"고 하였다. 1498(연산군 4)년 『성종실록』을 편찬할 때 당상관 이극돈^{李克墩}이 김일손이 기초한 사초에 삽입한 김종직의 「조의제문」이 세조의 찬위를 헐뜯은 것이라고 하여 총재관^{總裁官} 어세겸^{魚世謙}에게 고하였다. 그러나 어세겸이 별다른 반응이 없자 이를 유자광^{柳子光}에게 고하였다. 유자광은 김종직과 사감이 있었고, 이극돈은 김일손과 사이가 좋지 못하였다. 유자광은 이 사실을 세조의 총신^{寵臣}이었던 노사신^{盧思愼}에게 고해 그와 함께 왕에게 아뢰어 "김종직이 세조를 헐뜯은 것은 대역무도^{大逆無道}"라 주장하였다. 연산군이 유자광에게 김일손 등을 추국하게 하여 많은 유신들이 죽임을 당하고 김종직은 부관참시된 무오사화의 원인이 되었던 글이다.

6 본관은 영광^{靈光}, 자는 우복^{于復}으로 부윤 유규^{柳規}의 서자이다. 갑사^{甲士}로서 건춘문^{建春門}을 지키다가 세조 13(1467)년 길주의 호족 이시애^{李施愛}가 반란을 일으키자 자원하여 종군하고 돌아와서 세조의 총애를 받아 병조 정랑이 되었다. 1468년 병조 정랑으로 온양별시 문과에 갑과로 급제하였다. 천성이 음험하면서 재능이 있어 자기보다 더 임금의 총애를 받는 이가 있으면 모함하기를 일삼았다. 김종직의 문집에 실려 있는 「조의제문」을 추관^{推官}들에게 보이고 '이것은 세조를 가리켜 지은 것인데, 김일손의 악한 것은 모두 김종직이 가르쳐 만든 것이다'라고 말하고, 스스로 주석을 달아 연산군에게 설명하고 김종직이 세조를 비방하고 헐뜯었으니 그가 지은 글은 모두 없애야 한다고 건의하자 연산군이 이를 받아들였다. 이것이 연산군 4(1498)년에 사초 사건과 관련하여 김종직 문하의 사림파를 탄압한 무오사화^{戊午士禍}이다. 이 일로 유자광은 권세의 정상에 올라 숭록대부^{崇祿大夫}가 되었다. 연산군 12(1506)년 9월에 대왕대비의 명으로 연산군을 폐하자 이듬해 대간·홍문관·예문관의 거듭되는 탄핵으로 훈작을 삭탈당하고 관동으로 유배되었으며, 다시 경상도의 변군으로 이배되었다가 눈이 먼 뒤 몇 해만에 비참하게 죽었다.

연산이 명하여 "국경을 넘어 오거든 즉시 베라" 하였다. 공의 일행이 사신의 일을 마치고 돌아올 때 요동에 이르러 이 소식을 들었다. 공의 아우인 조신曹伸, 1450~1521강[7]이 점쟁이 정원결郎源潔에게 길흉을 물으니 원결이 한 마디도 하지 않고 다만 두 구의 시를 써주었다.

천 층이나 되는 풍랑 속에서 몸을 돌려 빠져나오고千層浪裏身出
모름지기 바위 아래에서 3일 밤을 지새운다也須岩下宿三宵

공이 말하였다.

"첫 구는 화를 면할 듯한데, 아래 구절의 뜻은 풀기가 어렵구나."

그리고 공이 압록강鴨綠江에 도착하자 금오랑金吾郎: 의금부에 속한 도사(都事)를 이르던 말이 강가에 와서 기다리고 있었다. 공이 바라보고는 놀라 얼굴빛이 달라져 마주보며 오열하였다.

강을 건너가 들으니 대신 이극균李克均, 1437~1504[8]이 힘써 구하여 다행히도 사형을 면하고 다만 잡혀 죄를 문초 당한 뒤에 평안남도 순천군順天郡: 順川郡이라고도 함으로 유배 가게 되었다고 하였다. 공이 유배지에 갔다가 그 뒤에 병으로 이승을 달리하여 경상북도 금산金山: 지금의 금천군 고향땅에 반장返葬: 객지에서 죽은 사람을 그가 살던 곳이나 그의 고향으로 옮겨서 장사를 지냄하였다. 갑자사화에 전 죄를 추가하여 기록하고는 부관참시剖棺斬屍: 무덤을 파고 관을 끼내어 시체를 베거나 목을 잘라 거리에 내거는 형벌를 당하였고 묘 앞 바위 아래에다 3일을 함부로 두니 조신이 점괘를 비로소 깨닫고는 탄식하고 한탄하기를 그치지 않았다.

7 자는 숙분叔奮, 호는 적암適庵. 문장과 어학에 능하여 사역원정司譯院正으로 발탁되었고, 『이륜행실도』를 편찬하였다. 저서에 『적암시집』, 『소문쇄록』 따위가 있다.

8 자는 방형邦衡. 훈구대신으로 김종직의 「조의제문」을 유자광에게 알려 무오사화의 원인을 제공했던 이극돈李克墩, 1435~1503의 아우이다. 성종 3(1472)년 동지중추부사로 사은부사謝恩副使가 되어 명나라에 다녀왔다. 연산군 10(1504)년에 좌의정에 이르렀으나, 갑자사화로 인동仁同에 귀양 가서 사사賜死되었다.

김안로, 「희락당고希樂堂稿」(국립중앙박물관 소장)

김안로金安老, 1481-1537[9]가 어렸을 때에 중국의 점쟁이에게 운명을 점쳤는데 점쟁이가 이런 글을 써 주었다.

"극히 부귀하나 다만 갈葛에서 죽는다極富榊貴 但死于葛."

그 뒤에 안로가 과연 국권을 장악하여 부귀가 높아 빛났으나 '갈에서 죽는다'는 뜻을 깨닫지 못하였다. 그 뒤 중종中宗 16년 정유(1537)년丁酉年에 문정왕후文定王后, 1501-1565[10]의 폐위를 도모한 죄로 사헌부司憲府와 사간원司諫院에서 죄과를 논하여 유배지로 갈 때 진위갈원振威葛院: 현재 경기 평택시 북동부의 지명이며 갈원은 현재의 경기 송탄시 이충동 부근에 도착하여 사약을 받아 그곳에서 죽었다.

9 본관은 연안延安, 자는 이숙頤叔, 호는 희락당希樂堂·용천龍泉·퇴재退齋. 1506(중종 1)년 별시문과別試文科에 갑과로 급제한 뒤, 사가독서賜暇讀書를 하고 대사간을 지냈다. 1519년 기묘사화 때는 조광조趙光祖 등과 함께 유배되었다. 1522년에 부제학副提學이 되고, 1524년에는 대사헌을 거쳐 이조판서가 되었다. 아들 희禧가 효혜공주孝惠公主와 혼인한 뒤부터 권력 남용이 잦았다. 정적政敵에 대해서는 종친宗親·공경公卿이라 할지라도 이를 축출하여 살해하는 등 무서운 공포정치를 한 끝에, 문정왕후文定王后의 폐위를 도모하다가 중종의 밀령을 받은 윤안임尹安任과 대사헌 양연梁淵에 의해 체포되어 유배, 이어 사사賜死되었다. 허항許沆·채무택蔡無擇과 함께 정유삼흉丁酉三凶으로 일컬어진다. 저서에 『용천담적기』가 있다.

10 본관은 파평坡平이며, 아버지는 영돈녕부사領敦寧府事 윤지임尹之任이다. 조선 중종의 계비로서, 중종 12(1517)년 왕비에 책봉되었으며, 명종의 모친이다. 1545년 명종이 12세의 나이로 왕위에 오르자 8년간 수렴청정을 하였는데, 이 동안 동생인 윤원형尹元衡을 신임하여 소윤小尹 일파에게 정권이 돌아갔다.

홍계관洪繼寬**11**은 명종明宗 때 사람이다.

점을 잘 치기로 유명하였는데 일찍이 그 운명을 계산해 보니 아무 해, 아무 달, 아무 날에 뜻밖의 사고를 당하여 제명대로 살지 못하고 죽을 운수였다. 죽음에서 목숨을 구할 방책을 찾아보니 임금이 정무를 볼 때 앉던 용상龍床 아래에 숨으면 되었다. 이 뜻을 임금에게 말씀드렸더니 상이 특별히 허락하였다.

그 날이 되자 홍계관이 용상 아래에 숨어 엎드려 있는데, 쥐 한 마리가 마루를 지나갔다. 그러자 임금이 물으셨다.

"지금 쥐가 지나가는데 몇 마리이냐? 너는 점쳐 보아라."

계관이 대답하였다.

"세 마리이옵니다."

상이 황당한 말에 놀라서 즉시 형벌을 담당하는 관리에게 죄인을 압송하여 목을 베라고 명령하였다.

이때 죄인을 참수하는 사형장이 당고개원본에는 당현(堂峴)으로 되어 있다. 지금의 서울 용산구 원효로 2가 만초천(蔓草川)변의 옛 이름 남사강가에 있었다.

계관이 형장에 도착하여 한 패를 다시 짚어보고 형을 집행하는 관리에게 간절하게 말하였다. 지금부터 한 식경만 법의 집행을 지연하면 내가 살 도리가 있으니 조금만 기다려 주기를 바라오.

형관이 이를 허락하였다.

상이 계관을 압송한 후에 사람들을 시켜서 그 쥐를 잡아 배를 갈라보니 두 마리의 새끼가 들어 있었다. 상이 놀랍고 기이하여 내시에게 명하여 급히 형장으로 말을 달려가서 사형을 멈추도록 하였다. 내시가 급히 달려가 당고개 마루에 올라서 바라보니 막 형을 집행

11 맹인 점쟁이다. 점을 잘 쳤기에 그가 살던 마을을 '홍계관골洪繼寬里'이라 할 정도로 유명했다.

하려고 하였다.

이에 큰 소리로 '멈추라!'고 하였으나 소리가 미치지 못하였다. 그래 손을 휘저으며 멈추라는 뜻을 보내었다.

형을 집행하는 사람이 도리어 명령을 재촉하는 소리인지 잘못 착각하고 목을 베어 버렸다. 내시가 이러한 사정을 돌아와서 아뢰니 상이 "아차차!" 하고 탄식을 그치지 못하였다. 그리고는 형장을 당고개로 옮기게 하시니 그때 사람들이 당고개를 바꾸어 아차고개_{嗟峴}라 하였다.

별별이야기 간 선생 왈

널리 알려진 이야기들이다. 저러한 이들을 보고 운명運命, 혹은 '팔자八字'라 한다. 사전을 찾아보았다.

"팔자: 사람의 한 평생 운수. 사주팔자에서 유래한 말로, 사람이 태어난 해와 달과 날과 시간을 간지干支로 나타내면 여덟 글자가 되는데, 이 속에 일생의 운명이 정해져 있다고 본다."

그래, 속담으로는 이러한 것도 있다.

"팔자 도망은 못한다."

더 센 속담으로 "팔자는 독에 들어가서도 못 피한다"도 있다. 운명은 아무리 피하려고 하여도 피하지 못한다는 말이다. 책상물림으로 지내는 내 팔자는 어떠한지 생각해본다. 언젠가부터 이런 말을 대고 뇌까린다.

"내가 선생을 해서 그렇지…."

며칠 전 심노숭沈魯崇, 1762~1837의 글을 읽었다.

"운명 그 자체가 궁한 것이지, 그게 어찌 (시문의) 죄이리오惟命之窮 豈其罪哉?"

……

"헉", 가슴이 턱 막힌다.

'아차' 하면 지나가는 세월이다. 지나고 나서야 '아차차' 한들 소용없는 일이다.

책상을 찾아 앉는다.

다시 인생에 붓질을 해야겠다.

'운명은 내 가슴에 있다!'고 가만히 되뇌여본다.

24

붉은 수염 장군(朱髥將軍)이 오유선생(烏有先生)이 되다

이지광_{李趾光: 임녕대군(臨瀛大君)의 13대 종손으로 영조 시대의 인물이다}이 일찍이 백성들을 잘 다스리기로 유명하였으니 소송 판결이 귀신과 같았다. 충청북도 청주_{淸州}에 다다랐을 때에 한 스님이 들어와서 송사를 하였다.

"소승은 아무 절에 있는 중으로 종이를 무역하여 생계를 꾸렸더니 금일 시장에서 백지 한 묶음을 지고와 시장 옆에서 잠시 쉬려고 짐을 벗어 놓고 근처에서 소피를 본 뒤에 돌아와 보니 종이 뭉텅이가 없어졌습니다. 사방으로 찾아보았으나 없으니 이것은 반드시 도둑 맞은 게 분명하옵니다. 성주_{城主}의 혜택과 신명_{神明}으로써 이것을 찾아 돌려주신다면 쇠잔한 목숨을 보전하겠습니다."

이지광이 말하였다.

"네가 능히 이것을 지키지 못하고 사람이 많은 가운데에서 잃어버렸으니 이것은 너의 불찰이다. 비록 찾아주고자 한들 장차 어떤 사람의 소행인 줄 알겠느냐. 번거롭게 소송하지 말고 그만 물러가 있거라."

그리고는 아무리 오랫동안 생각하여도 계책을 얻지 못하였다.

얼마쯤 있다가 기녀_{妓女} 무리와 함께 10리 밖에 있는 정자에 가서는 놀다가 날이 어둑어

둑해지자 관아로 돌아올 때였다. 지광이 길가에 서 있는 나무 장승을 보고 손으로 가리키며 말했다.

"이것은 어떤 물건인데 관원의 일행 앞에서 감히 교만하게 뽐내면서 길게 서 있는 게냐."

하리下吏: 관아에 속하여 말단 행정 실무에 종사하던 구실아치가 대답했다.

"이것은 사람이 아니라, 나무로 만든 사람으로 장승이오이다."

지광이 말하였다.

"비록 장승이라도 관장官長의 앞에 심히 거만스러우니, 즉시 잡아 가두고 다음 날 아침에 대령하라. 그리고 밤을 타서 도피할 우려가 없지 않으니 삼반관속三班官屬: 지방의 향리와 장교 및 관리들이 한 줄로 나란히 지키기를 감히 소홀하지 말지어다."

관가 사람들이 모두 소리 내어 대답은 하였으나 그가 취중에 한 망령된 말인 줄 알고 모두 입을 가리고 속으로 웃으며 한 사람도 맡아 지키는 자가 없었다.

밤이 깊어지자 지광이 영리한 통인通引: 관아에 딸리어 잔심부름하던 아전을 시켜서 몰래 장승을 다른 곳에 감추어두고, 다음 날 관아를 열고 나졸羅卒을 호령하여 장승을 잡아들여라 하였다.

이졸吏卒들이 그곳에 분주히 달려가서 보니 소위 '붉은 수염 장군朱髥將軍'인 장승이 이미 변하여서 오류 선생烏有先生: '상식적으로는 도저히 있을 수 없는 사람'으로 여기서는 장승이 없어졌다는 뜻으로 쓰였다이 되어 사라져 버렸다. 이졸들이 이에 비로소 놀라 겁나서는 사방으로 찾아보려 하였으나 관청의 명령이 성화와 같이 급하였다.

이졸의 무리가 두려워 벌벌 떨며 두려워하여 그 행방을 찾지 못하다가 부득이 관아에 들어가 잃어버린 이유를 고하고 죽은 듯이 기다렸다.

지광이 거짓으로 분노의 빛을 지으며 호령을 해대며 어제 명령을 어긴 아전과 하인들을 한꺼번에 잡아들인 후에 소리를 높여 꾸짖었다.

"너희 등이 관속이 되어 관장의 명령을 소홀히 범하고 수직守直: 건물이나 물건 등을 맡아서 지킴을 잘하지 못하여 오만무례한 장승에게 죄를 다스리지 못하였다. 너희들의 죄는 실로 가볍지 아니한지라, 마땅히 중장重杖: 몹시 치는 형벌을 내려 고통을 줄 것이지만 특별히 관대한 처분으로 너희에게 징벌하려 한다. 너희는 수리音吏: 관아의 여섯 아전 가운데 으뜸가는 사람 이하로 금일 정오 이전에 각기 벌로 종이 한 묶음씩을 사서 바치도록 하라. 만일 바치지 않는 자가 있으면 마땅히 태笞: 태장으로 볼기를 치는 형벌 이십에 처하리라."

삼반관속들이 각기 백지 한 묶음씩을 사서 바치니 관가의 뜰에 쌓아놓은 것이 무려 수십 묶음 이상이나 되었다.

아전과 하인들이 서로 말하였다.

"우리 사또와 같이 청렴하신 관장은 없어서 평일에 제 몸만 이롭게 하는 일을 하지 아니하였거늘, 지금에 와서 홀연히 우리들에게 죄명도 없는 죄를 가하고 벌로 종이를 사서 바치게 하니 이것은 필시 사사로이 갖으려는 겐가? 아니면 서울에 있는 절친한 사람에게 보내기 위하여 이러한 꾀를 낸 게 아닌가?"

이런 말을 수군수군하며 각자 의심스런 마음을 풀지 못하였다.

지광이 즉시 어제 들어와 하소연하던 중을 불러들여 뜰 가운데 쌓아놓은 종이를 가리키며 말하였다.

"네가 잃어버린 종이가 반드시 이 속에 있을 텐데 가려내겠느냐?"

중이 표해 놓았던 것을 근거로 한 묶음을 찾아내어 말하였다.

"이것이 소승의 종이입니다."

지광이 이것을 사들인 관속에게 명하여 당초에 소유하고 있던 종이 주인을 화급하게 잡아오라 하였다. 얼마 지나지 않아 종이 주인을 잡아들이니, 지광이 물었다.

"이 종이를 네가 어느 곳에서 사왔느냐?"

그 사내가 얼굴빛이 변하며 주저주저 대답을 못하였다. 곧 이졸에게 명하여 호되게 곤장을 치니 그 사내가 이에 낱낱이 자백하였다.

이것은 시장가에 한 무뢰한無賴漢: 일정한 직업이 없이 나다니는 불량한 자이 스님의 종이를 몰래 훔쳐 자기 집에 감춰두었다가 마침 관아에서 벌로 종이를 사오라는 명령이 내려 돌연 종잇값이 높이 뛰자 이를 들고 나가 판 것이었다.

　지광이 그 사내의 죄를 징계하여 다스리고 종잇값을 퇴하여 사온 관속들에게 주었다. 그리고 그 종이는 스님에게 되돌려준 뒤에, 그 나머지 종이는 여러 아전들에게 일일이 나누어주었다. 스님은 백배 치사를 드리고 온 고을의 관리와 백성은 그 귀신같은 밝음에 탄복하지 않는 사람이 없었다.

별별이야기 간 선생 왈

이지광의 일화 중에는 이런 이야기도 있다.

이지광이 공주 판관이었을 때 일이다. 가뭄으로 유민流民들이 피난을 가는데, 그 중 한 사내가 아내를 잃고 하소연을 하였다. 그러나 관리들은 시큰둥하니 별 반응이 없었다. 그러자 이지광이 한 아전을 불러 "너는 처가 둘이나 되니 한 여인을 이 가엾은 사람에게 주어라. 만약 명령을 거역하면 장살杖殺하겠다"고 하였다.

물론 처를 주기 아까운 아전이 두 아내와 함께 열심히 그 사내의 처를 찾아주었단다. 이지광의 지혜를 지금의 관리들께서도 본받았으면 한다.

김준근, 〈악형죄인〉(국립민속박물관 소장)
죄인의 주리를 틀고 있는 장면이다.

25

시서를 통달한 부인들의 박학, 문사를 잘하는 여인들의 절창

1

우리 조선 부인들 중 문장과 학술로 세상에 명성을 드날린 자가 많다.

그들 중 뚜렷한 자를 들면 홍율정洪栗亭의 부인 유씨柳氏, 수찬守撰 이수정李守貞, 1477~1504[1]의 부인 신씨申氏, 퇴우당退憂堂 김수흥金壽興, 1626~1690[2] 부인 윤씨尹氏, 병사兵使 유준柳游의 부인 이씨李氏, 교리校理 이영행李英行의 부인 이씨李氏, 찬성贊成 이계맹李繼孟, 1458~1523[3]의 부인 채씨蔡氏,

1 본관은 광주廣州, 자는 간중幹仲. 24세의 나이로 생원시에 장원이 되었고, 그 뒤 홍문관에 들어가 부수찬·수찬을 역임하였다. 1504년 갑자사화가 일어나자 아버지가 성종 때 폐비 윤씨에게 사약을 가져간 형방승지였던 것이 화근이 되어 아버지를 비롯하여, 형들과 함께 참형을 당하였다.

2 본관은 안동, 자는 기지起之, 호는 퇴우당退憂堂. 할아버지는 우의정 상헌尙憲이고, 아버지는 동지중추부사 광찬光燦이다. 영의정을 지낸 수항壽恒의 형이다. 부교리·도승지·호조판서·우의정을 두루 거치고 숙종이 서인을 물리치고 남인에게 정권을 맡기자, 장기에 유배되어 이듬해 그곳에서 죽었다.

3 본관은 전의全義, 자는 희순希醇, 호는 묵곡墨谷·묵암墨岩이며 부여감무 이의李宜의 증손으로 현감 이대종李大種의 손자이며 이영李寧의 아들이다. 1489년 식년문과에 갑과로 급제하여 설서·정언·집의를 거쳐 좌승지에 올랐다. 그 후 평안도 관찰사와 호조·형조·예조 판서를 거쳐 좌찬성에 이르렀다.

봉원부蓬原府⁴ 부인 정씨鄭氏, 신광유申光裕 부인 윤지당允摯堂 임씨任氏,⁵ 박노촌朴老村의 부인 박씨朴氏, 오리梧里 이원익李元翼, 1547-1634⁶의 대부인大夫人 정씨鄭氏 등의 여러 부인은 모두 현숙하고 또 문장이 넉넉하고 풍부하였다. 그러나 문장과 시詩·부賦 등이 전하는 게 없다.

기타 여사女史: 사회적으로 이름 있는 여자를 높여 이르는 말 중 작품이 약간 있기에 아래에 베껴 기록한다.

허난설許蘭雪, 허경란許景蘭의 문집은 후세에 전하여 칭찬을 받으며 사람들의 입에 자주 오르내렸다.

사직司直 안귀손安貴孫의 부인 최씨崔氏 는 이조참판吏曹參判 치운致雲의 딸로 문경군聞慶郡 사람⁷이다. 어릴 때부터 총명하고 뛰어나게 영리하여 시서백가詩書百家를 모두 섭렵하였다. 글 짓는 재주가 탁월하였는데 남편인 귀손이 죽자 제문을 썼으니 이렇다.

봉황이 날아올라 봉새에 화답하여 즐겼는데鳳凰于飛 和鳴琴止

날아간 봉새 오지 않아 봉황 홀로 우는구나鳳飛不下 凰獨哭止

걱정되어 하늘에 묻지만 하늘은 말이 없어憂首問天 天黙黙止

하늘은 멀고 바다는 넓어 한은 그치질 않네天長海濶 恨無極止

4   본관은 동래東萊, 자는 효중孝仲, 중추원사中樞院使 흠지欽之의 아들이며, 좌찬찬 갑손甲孫의 아우이다.
5   임윤지당任允摯堂, 1721-1793은 본관은 풍천豊川이며, 함흥판관을 지낸 노은老隱 임적任適, 1685-1728의 딸이다. 그는 대성리학자였던 녹문鹿門 임성주任聖周의 여동생이며, 운호雲湖 임정주任靖周의 누님이었다. 8세 때 부친을 여의고 녹문에게서 유교 경전과 사서史書 등을 학습하였는데, 매우 총명하고 근면하였다. 윤지당은 학문에만 열중하지 않았다. 어려서부터 효성이 지극하고 인정이 많았으며, 교양과 부덕을 쌓아 조금도 예의범절에 어긋나는 점이 없었다. 『윤지당유고允摯堂遺稿』라는 문집으로 남겼다.
6   본관은 전주全州, 자는 공려公勵, 호는 오리梧里. 태종의 왕자 익녕군 이치의 4대 손인 이억재와 어머니 동래군 부인 정씨의 아들로 1547(명종 2)년에 태어났다. 선조宣祖, 광해군光海君, 인조仁祖의 3대에 걸쳐 네 번이나 영의정에 올랐다.
7   본관은 강릉이며 1417년 문과에 급제한 최치운崔致雲, 1390-1440의 딸로 아버지로부터 『시경』, 『서경』, 『효경』을 배웠다고 한다.

그 글에 나타난 뜻이 너무도 슬프고 처량하여 오늘날 우리들이 아직도 눈물짓게 할 만하다.

군수郡守를 지낸 이상李相의 부인 심씨沈氏는 응교應敎 벼슬을 지낸 광세光世, 1577~1624[8]의 딸이요, 추포秋浦 황신黃愼, 1560~1617[9]의 외손녀이다.

황신이 일찍이 여러 아들들을 가르칠 때였다. 심씨가 방에 있으면서 이것을 몰래 듣고는 외워버렸으며 한 번 들은 것은 모조리 기억하여 잊지 않았다. 공이 심히 기이하여 사랑하고 심씨에게 글을 가르치니 10세에 『소학』, 『사략』, 『시전』 등의 책에 정통하고 시를 읊조리는 것도 맑고 뛰어났다.

광세가 일찍이 고성으로 귀양 갔는데 심씨가 집에서 절구 한 수를 부쳤다.

섬돌에 가을바람 쓸쓸히 일어나니玉砌霜風起

창가에 달그림자는 차기도 참니다紗窓月影寒

기러긴 고향으로 울어 예며 가는데忽聞歸旅雁

머나먼 곳 아버지께선 어찌 계세요千里憶南關

군수郡守 벼슬을 지낸 정찬우鄭纘禹의 부인 정씨鄭氏[10]는 동래東萊 정자순鄭子順의 딸로 문장이 넉넉하고 또 시를 잘 지었다. 스스로 감추어 밖에 드러나지 않았으나 한 번 지으면 반드

---

8 본관은 청송靑松, 자는 덕현德顯, 호는 휴옹休翁. 1613년 문학을 거쳐 교리로 있을 때 계축옥사癸丑獄事로 경상도 고성固城에 귀양살이를 하였다. 1623년 인조반정이 일어나 다시 교리가 되었고 응교應敎를 거쳤다. 그의 〈고성즉사固城卽事〉라는 시와 상고시대부터의 역사를 노래한 〈해동악부海東樂府〉는 모두 귀양살이를 할 때 작품이다.

9 본관은 창원昌原, 자는 사숙思叔, 호는 추포秋浦. 1588년 문과장원하고 절충장군과 공·호조판서 등을 역임하였다. 성혼成渾과 이이李珥의 문인이다.

10 정인인의 어머니이다. 정인인鄭麟仁, ?~1504의 본관은 광주光州, 자는 덕수德秀이다. 1498년 문과에 장원으로 급제하고 지평에 승진, 홍문관전한, 제주목사 등을 지냈다.

시 비할 데 없이 기이하여 읊는 말마다 사람을 놀라게 하였다. 하루는 부인의 생질인 목사牧

使 벼슬을 지낸 결潔, 1572~?**11**이 시를 주고받기를 한결같이 청하니 부인이 웃으며 말했다.

"풍월을 읊조리는 것이 결코 아녀자가 마땅히 할 일은 아니나 네가 진실로 청하니 한 번

시합해 보자."

그러고는 〈벽에 붙은 강태공姜太公: 중국 주(周)나라를 세울 때의 명재상. 낚시하다가 발탁되었다고 함의 낚시질하

는 그림을 보고壁上太公釣魚圖〉로써 제목을 삼고 시를 지었으니 이렇다.

　　　백발을 흩날리며 낚시를 던지는 나그네鶴髮投竿客

　　　그 초연함이 이 세상의 노인이 아니건만超然不世翁

　　　만일 서백西伯**12**의 사냥이 아니었다면若非西伯獵

　　　오고 가는 저 기러기와 일생을 살았을 테지長伴往來鴻**13**

뒷날 명나라 사신이 와서 우리나라의 시편을 구하기에 이 시를 보이니, 명나라 사신이

놀라며 칭찬하기를 그치지 않았다. 그리고는 다시 깊이 음미하더니 한참 있다가 말하였다.

"이것은 장부의 시가 아니오. 필시 여인이 읊은 걸게요."

종실인 숙천령肅川令 부인 이씨李氏도 시에 능하였고 문을 잘 지어 이름이 높았다.

그녀의 〈얼음 병氷壺〉을 읊조린 시는 이렇다.

11 본관은 서산. 1618년 문과에 급제. 이조반정 시 처참되었다. 정인홍의 종질이기도 하다.

12 중국 은殷나라 말기의 정치 지도자인 주 문왕. 이름은 창昌. 그 아들이 은의 주왕紂王을 쳐서 주周나라를 세움. 그
아들 발發을 무왕武王이라 하고 그 아버지인 창을 문왕文王이라 칭한다.

13 강태공은 나중에 문왕과 무왕을 도와 은나라를 멸하고 주나라를 창건하는 데 크나큰 공을 세운 사람이다. 그
러나 만약 서백의 사냥이 아니었다면 강태공은 부질없이 왕래하는 기러기와 벗하며 일생을 보냈을 것이다. 즉
강태공이 아무리 뛰어난 사람이었다 해도 자기를 알아보는 군주가 없었다면 평생 강가에서 낚시나 하는 늙은이
로 살다가 일생을 마치고 말았을 것이라고 하는 뜻이다. 이 시는 아들인 정인인을 임금(연산군)이 등용해 달라
는 뜻으로 해석하곤 한다.

맛난 술 담아 상 위에 두는 게 가장 제격_{最是琳頭盛美酒}
무엇하러 조그만 시냇가에 옮겨놓았나_{如何移置小溪邊}
한낮인데 꽃 사이 비가 마구 뿌려 대니_{花間白日能飛雨}
비로소 병 속에 별천지 있음을 알았네_{始信壺中別有天}

또 그녀의 〈비를 읊조림_{詠雨}〉이라는 시는 이렇다.

옥 끈이 하늘에서 곧장 내려와_{玉索連天直}
은방울이 땅에 떨어져 모였어요_{銀鈴落地團}

또 선조가 행차하는 것을 보고 지은 시는 이렇다.

하늘 가운데는 새로운 해·달 뜨고_{天中新日月}
수레 아래에는 오랜 관리와 백성들_{輦下舊臣民}

봉사_{奉事} 벼슬을 지낸 김호섭_{金虎燮}의 부인 김씨_{金氏}는 삼족재_{三足齋} 김릉_{金崚}의 딸이었는데 또한 문사_{文詞}로 이름을 들날렸다.

남씨_{南氏}도 남추_{南趎}**14**의 누이로 또한 시사_{詩詞}에 능하여 하루는 〈눈_雪〉으로 시를 지었다.

땅에 떨어지니 소리는 누에가 푸른 잎 먹어 버린 듯_{落地體如蠶食碧}
허공에 흩날리니 모양은 나비가 붉은 꽃 엿보는 듯_{飄空狀似蝶窺紅}

14 본관 고성_{固城}, 호는 서계_{西溪}, 또는 선은_{仙隱}이다. 곡성_{谷城}에 살았으며, 1514년에 문과에 급제. 1519년 기묘사화 때 조광조 일파로 몰려 남곤에게 추방당한 후, 영광_{靈光}의 삼계_{森溪}로 물러가 살았다. 나이 28세에 전적_{典籍}으로 죽었다.

2

난설헌蘭雪軒 허 부인許夫人**15**은 양천陽川 사람이니 초당草堂 엽曄의 딸이다. 총명함이 뛰어나 여러 작가들의 글을 모두 섭렵하였다. 또 시를 잘 지었고 글 짓고자 하는 생각이 물 솟는 샘과 같아 사람의 기운이 아니었다. 시랑侍郞을 지낸 김성립金誠立, 1562- 1593**16**에게 시집을 갔다가 27세에 이승을 달리하였다.

평일에 저술한 시문이 한 칸을 충분히 채웠는데 죽으려고 할 때 불태워버리고 다만 약간의 원고가 친정집에 남았다. 명나라 만력 연간에 주지번이 조선에 사신으로 왔다가 부인이 시를 적어 놓은 원고를 얻어 중국으로 돌아간 뒤에 이것을 간행하였다. 이때부터 판각이 성행하여 다행히 인구에 회자하였다. 허난설헌은 따로 문집이 있기에 이곳에 기록하기를 생략한다. 다만 그 〈꿈에 광상산에 노닐다夢遊廣桑山〉의 한 수를 수록하면 이렇다.

> 푸른 바다 신선 사는 요지에 잠겨들고碧海侵瑤海
>
> 파란 난새 아롱진 난새와 어울렸어요靑鸞倚彩鸞
>
> 부용꽃은 스물하고도 일곱 송이인데芙蓉三九朶
>
> 서리 찬 달 아래에 붉은 빛 떨어졌다오紅墮月霜寒

15 허난설헌許蘭雪軒, 1563-1589은 조선 중기의 여류시인으로 본관은 양천陽川, 본명은 초희楚姬, 자는 경번景樊, 호는 난설헌. 강릉 출생. 엽曄의 딸이고, 봉篈의 동생이며 균筠의 누이이다. 아버지가 첫 부인 청주한씨淸州韓氏에게서 성筬과 두 딸을 낳고 사별한 뒤, 강릉김씨江陵金氏 광철光轍의 딸을 재취하여 봉·초희·균 3남매를 두었다. 8세에 이미 신동이라는 말을 들었다. 이달李達에게 시를 배웠으며, 15세 무렵 안동김씨安東金氏 성립誠立과 혼인하였으나 원만한 부부가 되지 못하였으며, 고부간에 불화하여 시어머니의 학대와 질시 속에 살았으며, 사랑하던 남매를 잃은 뒤 설상가상으로 뱃속의 아이까지 잃는 아픔을 겪었다. 또한, 친정집에서 옥사獄事가 있었고, 동생 균마저 귀양 가는 등 비극적인 삶을 살다 27세의 나이로 생을 마쳤다.

16 본관은 안동安東, 자는 여견汝見 또는 여현汝賢, 호는 서당西堂. 노魯의 증손으로, 할아버지는 홍도弘度이고, 아버지는 교리 첨瞻이며, 어머니는 판서 송기수宋麒壽의 딸이다. 1589년 증광문과에 병과로 급제하고 홍문관저작弘文館著作에 이르렀으나, 1592년 임진왜란 때 죽었다. 김성립도 당대에 문명이 높았다.

난설헌이 27세에 요절하였으니 '스물일곱 송이 붉은 꽃이 떨어졌다三九紅墮'라는 말의 조짐이 과연 맞았다. 조선 부인네의 시로 중국의 시단에 들어간 여인은 오직 난설헌 한 사람뿐이다.

허경란許景蘭의 호는 소설헌小雪軒[17]이니 '난설헌을 공경하여 사모한다'는 의미로 이름을 경란이라 짓고 호를 소설헌이라 하였다.

선조 때 그 아버지가 중국에 흘러들어가 명나라 여인을 취하여 경란을 낳았다. 경란은 천성적인 자질이 특이하게 잘나 재능과 기예가 여인들 중에 두드러지게 뛰어났으니 7~8세부터 글을 짓는 솜씨가 탁월하였다. 부모가 모두 사망한 후에 외할아버지에게 양육되어 장성하였으나 시집가는 것을 완강히 거절하고는 늘 조선의 종자라 하고 고향산천을 보지 못하는 것을 한하였다. 비장한 소원을 비는 소리가 종종 시를 읊조리는 사이사이 흘러나왔다.

만력萬曆 병오丙午, 1606년에 주지번朱之蕃[18]이 조선에 사신으로 왔다가 『난설헌집』을 얻어서 이를 간행하였다. 경란이 이것을 읽고는 사모하여 그 시집 전체에 들어 있는 시에 화답시를 썼는데, 그 기발하고 청초함이 난설헌과 우열을 다툴 만하였다.[19] 항상 자기의 몸을 어루만지면서 슬퍼하며 말하기를, "난 난설헌의 후신이야"라 하였다. 소설헌이 나이 27세가 되자 항상 의복과 수건을 깨끗하게 한 후에 문을 가리고는 향불을 사르고는 시비에게 말하였다.

"금년에는 내가 반드시 세상을 떠난다."

이것은 아마도 난설헌이 '스물일곱三九'이라는 말을 예언하고 그 생을 마친 것과 같이 하

17 중국 청나라로 귀화한 조선인 역관의 딸로 시재가 뛰어났고 허난설헌을 평생 흠모하였다.
18 선조 39(1606)년에 명나라 황제의 사신으로 황태자의 탄생을 알리는 조서를 가지고 조선에 왔던 자이다. 그는 장원급제를 한 사람으로 시문에 뛰어나 당시 조선의 조야 문인들의 이목을 끌었다.
19 소설헌의 시도 중국에서 『해동란』이란 이름으로 간행되었다.

려는 뜻이었다. 그러나 소설헌은 이 해를 아무 일도 없이 넘겨 버리자 크게 낙심하여 허탈해 하고 길게 탄식을 하며 말했다.

"나는 평범한 사람이구나."

그러고 드디어 광려산匡廬山에 들어가 그 내력을 모르게 되었다.

부사 신순일申純—의 부인 이씨李氏는 연안延安 이정현李廷——의 딸[20]이다.

글에 능하고 시는 공교하여 일찍이 시 한 수를 읊었으니 이렇다.

구름 숨긴 하늘은 물과 같은데匿藪[21]天如水

높은 다락 곧 날아오를 듯하네樓高望似飛

기나긴 밤 비는 무단히 내리고無端長夜雨

꽃다운 십 년을 생각하네요芳卓十年思

이씨는 천연한 자질이 그윽이 곧고도 맑으며 시문 외에 서예도 아울러 잘하였다. 몸소『주역』과『이백집』을 손으로 베껴 책상 위에 올려놓고는 항상 사랑하여 보듬었다. 늘 자제가 과거 시험장에서 돌아오면 그 초고를 살펴보고 미리 고하高下를 정하였다. 글이 좋지 않은데도 우연히 과거에 급제하는 자가 있으면 문득 탄식하였다.

"세상에 글 능한 사람이 없어, 이 정도를 가지고 과거에 급제하였구나."

일찍이 남편을 대신해서 편지를 보내면 보는 자가 부인의 필적인지 알지 못하였다. 이름이 궁전까지 알려져 임금이 비단 여덟 폭을 하사하고 부인의 글씨를 구하였다. 이때부

20 허균의『학산초담』에는 "순일純—은 충경공忠敬公 신점申點의 아들로 벼슬은 군수이다. 아내는 이씨니 군수 경윤景胤의 딸이다"로 되어 있다.

21 허균의『학산초담』에는 '險'으로 되어 있다.

터 글로써 이름이 한 시대에 높아졌다고 한다. 시집 한 권이 있었는데 난리통에 흩어져 잃어버렸고 남은 것은 오직 20여 수에 불과하다.

3

사임당師任堂 신씨申氏[22]는 진사進士 명화命和[23]의 딸이요, 이율곡李栗谷의 어머니이다.

영리하고 슬기로워 재주가 두드러지게 뛰어나 어릴 때에 경사經史에 통달하고 서화書畫를 잘하였으며 또 바느질 솜씨도 뛰어났다. 일곱 살 때에 안견安堅[24]의 산수도를 모방하여 능히 그려냈으며 또 포도를 그려 이때부터 세상의 칭찬을 받았다. 일찍이 대관령을 넘다가 자기의 친정집을 바라보며 시를 지었다.

신사임당, 〈초충도(어숭이꽃과 개구리)〉(국립중앙박물관 소장)

22 1504(연산군 10)~1551(명종 6)년. 시·글씨·그림에 능하였던 조선시대의 대표적인 여류 예술가. 본관은 평산平山. 외가인 강릉 북평촌北坪村에서 태어나 자랐다. 19세에 덕수이씨德水李氏 원수元秀와 혼인하여 율곡을 낳았다. 48세 여름 남편이 수운판관水運判官이 되어 아들들과 함께 평안도에 갔을 때 갑자기 세상을 떠났다.

23 호는 송재松齋. 진사 신명화는 순후하고 삼가며 효행하였다. 1516(중종 11)년에 진사가 되었으나 벼슬에는 나가지 않았으며, 기묘명현己卯名賢의 한 사람이었으나 1519년의 기묘사화의 참화는 면하였다.

24 생몰년 미상. 조선 초기의 대표적 화가. 본관은 지곡池谷, 자는 가도可度 또는 득수得守, 호는 현동자玄洞子 또는 주경朱耕. 그는 본성이 총민하고 정박精博하였다고 하며 안평대군安平大君을 가까이 섬기면서 안평대군이 소장하고 있던 고화古畫들을 섭렵함으로써 자신의 화풍을 이룩하는 토대로 삼았다. 산수화에 가장 특출하였다.

사랑하는 어머니 흰머리로 강릉에 계신데慈親鶴髮在臨瀛

이 몸은 서울로 홀로 가옵니다身向長安獨去情

고개 돌려 어머니 계신 북촌北村: 지금의 동해시 북촌을 바라보니回首北村時一望

흰 구름은 날아 내리고 저문 산은 푸르기만 하네白雲飛下暮山靑**25**

또 〈그리운 어머니思親〉라는 시는 이렇다.

밤마다 달님 보고 비옵나이다夜夜祈向月

"생전에 뵈올 수 있게 하소서"願得見生前

그 은근한 태도와 효성스런 마음이 편지에 넘쳤다. 연산군 갑자甲子에 태어나 신해辛亥에 죽으니 병풍과 족자가 세상에 전하는 것이 많다.

매헌 박씨朴氏는 선비 한韓 아무개의 처로 어머니는 일찍이 과부가 되었다. 여러 형제들이 독서하는 소리를 듣고 문득 암기하여 외우는데 잊어버리는 것이 없었다. 이때부터 문사文辭가 크게 진보하여 시를 지으니 문득 사람을 놀라게 하였다. 시집갈 나이가 되었지만 전혀 지체가 높고 귀하게 되려는 생각이 없고 한 방에서 고요하게 처하며 매화를 심어 이것으로 스스로 즐겼다. 그러므로 매헌梅軒이라고 호를 하였다.

이때에 백성들이 모여 사는 거리의 조씨趙氏의 딸 옥잠玉簪이 박씨의 이름을 듣고 찾아와서는 한 번 보고 뜻이 서로 맞아 아침저녁으로 서로 따르며 경사經史를 토론하며 시문을 주고받았다. 하루는 매헌이 시를 지었다.

25 이 시의 제목은 〈대관령을 넘으며 친정을 바라보고踰大關嶺望親庭〉이다. 널리 인구에 회자되었다.

한 쌍의 백로는 무슨 마음으로 날아와 다시 앉고雙鷺何心飛復坐

조각구름 자취도 없는데 갔다간 다시 돌아오네片雲無跡去還來

옥잠이 보고 말하였다.

"이 시의 뜻은 맑고 곱기는 하나 멀리 이르려는 기상이 없으니 너무나 애석하구려."

얼마 되지 않아 매헌이 과연 낙태를 하여 죽었다. 옥잠이 심히 그녀의 죽음을 슬퍼하고 안타까워하여 다시는 이 세상이 뜻이 없었다. 늘 꽃 피는 아침, 달 밝은 저녁에는 한숨을 지으며 눈물을 흘리며 말했다.

"매헌의 예쁜 모습과 지혜로운 말을 다시는 듣지 못하니 내가 홀로 살아서 무엇하겠는가."

그리고 드디어 음식을 끊고 병을 얻어서는 죽었다.

해서海西 선비의 부인인 아무개 역시 문장을 대강 이해하였다.

해서지방의 사또가 일찍이 백일장을 베풀고 도내 문인의 응모한 시를 직접 살펴보고 한 편을 뽑아 으뜸으로 삼았다. 그러하고 그 시를 지은 자를 불러 한 구절을 면전에서 시험하였다. 하지만 그 사람은 생각 없이 멍하니 일구도 짓지를 못하였다. 해서 사또가 누가 글을 대신하여 지어 주었느냐고 따져 물으니 자기 처가 지은 것이라고 하였다. 사또가 그 처를 불러서는, '태太: '콩태(太)'로 대두(大豆), 즉 콩을 말함'로 글제를 삼아 운韻[26]을 부르니 그 처가 소리 내어 읊었다.

콩은 글자로서도 천황씨 제일장 가장 앞에 있고字在天皇第一章

크기를 따진다면 곡식 가운데 왕이지요穀中此物大如王

시루에 길러서 가늘게 빼내면 밥상의 나물이 되고細抽臛齦盤增菜

26 각 시행의 동일한 위치에 규칙적으로 쓰인, 음조가 비슷한 글자. 이 시에서는 1, 2, 4, 6, 8구의 끝 글자를 말한다.

봄 표주박에 불리면 솥에 양식이 절감되고요_{舂入春瓢添減糧}

알알이 모두 누런 것은 벌이 꿀을 바른 것 같고_{個個全黃蜂轉蜜}

둥글둥글하니 혹 검은 것은 쥐 눈알 같답니다_{團團或黑鼠亡睛}

주나라 곡식 더럽다 할 때 만약 콩이 있었다면_{當時若藏周家粟}

백이숙제가 수양산에서 굶주리지 않았겠지요²⁷ _{不使夷齊餓首陽} ²⁸

이렇게 지어내니 해서 사또가 크게 칭찬을 하고는 상으로 금과 비단을 두둑이 내렸다.

4

이원_{李媛}²⁹의 호는 옥봉_{玉峰}이니 전주_{全州} 사람이다. 군수_{郡守} 이봉_{李逢}의 딸로 운강_{雲江} 조원_{趙瑗, 1544~1595}³⁰의 부실_{副室: '첩'을 점잖게 일컫는 말. 소실(小室). 옥봉은 이봉의 서녀였기에 정실부인이 될 수 없었다}이 되었다.

타고난 용모가 아름답고 고왔으며 총명이 보통 사람보다 뛰어났다. 일찍이 경서_{經書}와 사기_{史記}, 자전_{子傳}을 모두 정통하고 문장이 넉넉하였다. 이때에 만죽_{萬竹} 서익_{徐益, ?~1412}³¹의

---

27 이제_{夷齊}는 은나라의 충신 백이와 숙제를 말한다. 그들은 주나라에 의해 은나라가 망하자 주나라 땅의 곡식을 먹지 않겠다면서 수양산에 들어가서 고사리를 캐먹다가 굶어 죽었다는 충신이다. 여기서는 콩을 먹었으면 백이와 숙제가 굶어 죽지 않았을 것이라는 뜻이다.

28 김삿갓의 시로도 알려져 있다.

29 이름은 숙원_{淑媛}. 그녀의 시는 『가림세고 부록_{嘉林世稿 附錄}』에 『옥봉집_{玉峰集}』이라 하여 32편이 실려 전하고 있으며, 중국에까지 알려져 옥봉의 시들을 뽑아서 『열조시집_{列朝詩集}』 속에 싣고 '규수_{閨秀} 옥봉_{玉峰} 이씨_{李氏}'라 칭하였다. 『소화시평』에는 '이씨가 국조의 제일'이라고 칭송하고 있으며, 신흠도 난설헌과 더불어 조선 제일의 여류 시인이었다고 평하였다.

30 본관은 임천_{林川}, 자 백옥_{伯玉}, 호 운강_{雲江}. 조식_{曺植}의 문하생. 1572년 문과 급제한 이후 이조좌랑, 삼척부사, 승지 등을 지냈다. 저서로 『독서강의_{讀書講疑}』가 있다.

31 본관은 부여_{扶餘}이고, 시호는 장양_{莊襄}이다. 졸병에 지나지 않았으나 창_槍을 능숙하게 잘 써서 우연히 태종의 눈에 띄어 태종의 충실한 심복이 되었다.

부실인 아무개**32**가 글씨를 잘 써서 '大'자를 써 주니 옥봉이 시를 지어 감사를 표하였다.

마르고도 굳센 글씨 써내니 하늘 밖 형상이라 瘦勁寫成天外態

원화元和**33**의 옛 자취를 여기서 볼 수 있네 元和脚迹見遺蹤

해서楷書**34**는 바람 속 높이 나는 봉황 같고 楷書矗矗鳳飄揚裏

큰 글씨는 혼을 숨긴 가운데 붕운崩雲**35**이라 大字崩雲隱舊中

산 속의 서재에 걸어 두었더니 범이 뛰는 듯 扶排山軒疑躍虎

잠깐 강가 누각에 두었더니 용이 날아오르는 듯 乍臨江閣訝騰龍

위부인**36** 필력이 바야흐로 건장한 줄 알거니와 衛夫人筆方知健

소약란**37**의 재주만이 어찌 공교함을 독차지하리 蘇若蘭才豈擅工

몸은 마치 혜초 가지 같지만 생각은 씩씩하고 體若蕙枝思則莊

가녀린 파뿌리 같은 흰 손으로 쓴 글씨 새로 웅장하여라 手纖葱玉掃新雄

정신적인 사귐은 만 리를 문묵文墨**38**으로 통하니 神交萬里通文墨

여의주와 백옥 같은 글로 보답하렵니다 爲報明珠白玉章

32 이덕무는 『청장관전서』「앙엽기4」에서 "그러나 이 여인의 성씨를 상고하지 못하는 것이 한스럽다. 역적 서양갑徐羊甲의 어머니가 아닌가 한다"라 하였다.

33 당나라 원화元和 연간에 성행하던 시의 한 체인데, 여기서는 왕희지의 글씨체를 말한다.

34 한자 서체의 일종. '정시正書' 혹은 '진서眞書'라고도 한다. 예서의 왼삐침과 오른삐침을 없애고 방정한 체를 이룬 것으로, 옛날에는 예서에 포함되었으나 육조六朝시대에 이르러 정서 또는 진서의 명칭이 붙었다.

35 서체의 하나. 동내직董內直의 필결筆訣에 "형세가 붕운과 같다 勢若崩雲" 하였다.

36 왕희지의 스승인 위무의衛茂猗. 그는 위관衛瓘의 딸이자 이구李矩의 아내임.

37 이름은 혜蕙. 부풍扶風 두도竇滔의 치인데, 첩 조양대趙陽臺를 둠으로 질투하여 사이가 나쁜데다가 전임轉任하면서 첩만 데리고 가고 소식이 없자 회한悔恨한 나머지 시 2백여 수를 지어 보내니, 두도가 그 절묘함에 감복하여 예를 갖추어 맞아갔는데, 그 시를 『선기도璇璣圖』라 함.

38 시문을 짓거나 서화를 그리는 일.

또 그녀의 〈영월로 가다가寧越道中〉**39** 시는 이렇다.

닷새 거리 긴 고개를 사흘에 넘어서니五日長關三日越

노릉魯陵**40**의 구름 속에 슬픈 노래도 끊어지네哀辭唱斷魯陵雲

이 내 몸도 역시 왕손의 딸인지라妾身亦是王孫女

이곳의 접동새 울음은 차마 듣기 어려워라此地鵑聲不忍聞

또 옥봉의 〈여인네의 정을 읊은 시閨情詩〉는 이렇다.

약조를 해놓고 어찌 이리 늦으시나有約郎何晚

마당가에 핀 매화 다 떨어졌어요庭梅落已多

홀연히 나뭇가지 위의 까치 소리에忽聞枝上鵲

부질없이 거울보고 몸 단장만 합니다虛畵鏡中娥

옥봉의 남편 운강은 일찍이 지방 장관이 되었다. 하루는 공적인 일로 서울에 갔는데 이때에 북방 오랑캐가 일어나 걷잡을 수 없었다. 옥봉이 걱정하는 마음을 시에 담았다.

전쟁에 종사함은 글하는 이와 다르지만干戈縅異書生事

39 옥봉의 아버지 이봉이 왕실의 후예였으니 옥봉도 역시 왕손의 자손이라 생각하여 쓴 시이다. 옥봉의 나이 16세 작이라고도 하는데, 〈노산묘시魯山墓詩〉로도 알려져 있다.
40 노릉은 강원도 영월군 군내면 여흥리에 있는 조선 제6대 왕(재위 1452~1455) 단종端宗, 1441~1457의 능. 문종의 아들로 어린 나이에 즉위하여 숙부인 수양대군에게 왕위를 빼앗기고 상왕이 되었다. 이후 단종 복위운동을 하던 성삼문 등이 죽음을 당하자, 1457년 상왕에서 노산군魯山君으로 강봉降封되어 강원도 영월寧越에 유배되었고, 수양대군의 동생이며 노산군의 숙부인 금성대군錦城大君이 다시 경상도의 순흥順興에서 복위를 도모하다가 발각되어 사사賜死되자, 다시 강등이 되어 서인庶人이 되었다. 이후 끈질기게 자살을 강요당하여 1457(세조 3)년 10월 24일에 영월에서 비극적인 죽음을 맞은 왕이다.

나라 걱정에 오히려 머리가 세었겠죠憂國猶應鬓髮蒼

적을 제압할 때는 곽거병霍去病, B.C.140~B.C.117[41]을 생각하고制敵此時思去病

오늘 작전에는 장량張良[42]을 품었겠지요運籌今日懷張良

경원성慶源城[43]의 피눈물로 산하가 붉었겠고源城泣血河山赤

아산보阿山堡[44]의 어지러운 기운에 해와 달도 흐렸어라阿堡迷氣日月黃

서울에선 좋은 소식 오지 않으니京洛音徽常不達

창호滄湖[45]의 봄빛도 쓸쓸하구나滄湖春色亦凄凉

또 운강에게 준 시가 있다.

버드나무 강 언덕에서 다섯 마리 말이 우는데柳外江頭五馬嘶

술 깬 듯 아닌 듯 누각을 내려오며 시를 읊고요半醒半醉下樓詩

시든 몸이지만 경대에 앉아 봄처럼 붉고파서春紅欲瘦臨妝鏡

매화 꽃 핀 창가에서 반달같이 눈썹을 그려요試畫梅窓半月眉

처음에 운강이 풍채가 좋고 문자에 나타난 말이 높았다.

그래서 옥봉이 그 풍채와 문장을 사모하여 첩이되기를 자청하였으나 운강이 허락하지

않다가 장인인 신암新庵 이준민李俊民, 1524~1591[46]이 권하여 이에 부실로 맞아 들였다. 옥봉

41 전한前漢 무제武帝 때의 장군으로 흉노토벌의 공을 세워 관군후冠軍侯에 봉해졌다.
42 전한前漢의 창업 공신. 자는 사방子房. 소하蕭何·한신韓信과 함께 한漢나라 창업의 삼걸三傑이라 이름.
43 오랑캐와 접경 지역에 있던 조선의 성. 육진六鎭의 오랑캐 두목 이탕개尼湯介가 1583년 1월에 국경 지대에 침입하여 경원성과 아산보 등을 함락하고 노략질을 자행하였다.
44 경원성에 인접한 조선의 성.
45 『송계만록』상에서 "창호란 옥봉이 살던 곳의 물 이름이다"하였다.
46 본관은 전의, 자는 자수子修이고 호는 신암新庵으로 1549년 문과 급제. 남명 조식의 생질이며 조카로 성균관, 홍문관, 사간원, 사헌부 등에서 두루 벼슬을 지냈다.

이 조씨 문중에 들어간 뒤에도 여인들이 하는 길쌈을 하지 않고 오로지 시가나 문장을 숭상하여 읊은 시가 아주 많았다.

하루는 인근 마을의 한 백성이 소를 훔친 죄로 연좌되어 감옥에 들어가니 그의 아내가 변명하는 글을 옥봉에게 대신 지어 달라고 하여 누명을 벗어나려 하였다. 옥봉이 시 한수를 지어 법을 담당하는 관리에게 바치게 하였으니 그 시는 이러하였다.

세숫대야 거울삼아 얼굴을 씻고洗面盆爲鏡

물을 기름삼아 머리를 빗어도梳頭水作油

이내 몸이 직녀가 아닐진대妾身非織女

낭군이 어찌 견우가 되오리까**47**郎豈是牽牛

법관이 시를 보고 크게 놀라고 기이하여 그 죄수를 석방하였다. 운강이 이 이야기를 들어 알고는 '시를 지어 사람의 죄를 면제해주는 것은 부녀자가 할 일이 아니오'라 하고 옥봉을 내치었다. 옥봉이 부득이 내쫓김을 당한 뒤에 친정에 가서 홀로 살며 운강이 마음돌리기를 기다렸다.

하루는 시를 지어 운강에게 부쳤다.

요즘 어떻게 지내시는지 안부 여쭙습니다近來安否問如何

흰 달빛이 제 방 창에 비추니 한만 깊어요月到紗窓妾恨多

만약에 꿈속의 혼이 다닌 자취가 남는다면若使夢魂行有跡

문 앞 돌길은 반이나 모래가 되었을 거예요門前石路半成沙

47 '견우'는 '소를 끌다'의 뜻이기에 이를 끌어다 쓴 재기 넘치는 시이다. 소박한 삶을 사는 부부이기에 내가 '직녀'가 아닌데 남편이 어찌 '견우', 즉 '소를 끌고 간 사람'이 되겠느냐는 내용의 시이다.

운강이 이 시를 보고 일시적으로 명하였으나 마침내 다시 부르지 않았다. 옥봉이 이에 스스로를 '여도사女道士'라 부르고 홀로 이리저리 떠돌며 시를 지어 문장에 마음을 붙이고는 즐겼다. 뒷날 임진란을 당하여 어찌되었는지 모른다.

『시가열조시선詩家列朝詩選』에 그녀의 시가 다수 실려 있는데, 그 〈죽서루시竹西樓詩〉에 이런 작품이 있다.

> 강물은 갈매기 꿈 스며들어 넓고江涵鷗夢闊
> 하늘은 기러기 시름 들어가 멀다天入雁愁長

이 시를 상촌象村 신흠申欽, 1566-1628[48]이 보고 크게 칭찬하고 상을 내리며, "고금의 시인으로 이에 미치는 자가 없다고 할 만하다"라 하였다.

또 여강驪江 시의 "신륵사神勒寺: 경기도 여주군 북내면 천송리에 절로 경관이 수려하다. '신륵사의 저녁 종소리(신륵모종: 神勒暮鐘)'는 여주 팔경(八景)의 하나는 아지랑이 낀 수면의 절이요神勒烟波寺, 청심루淸心樓: 경기도 여주군 여주읍 상리에 있던 누각으로 1946년경 방화로 소실되었다. 지금의 여주초등학교 교사가 세워진 강변에 있었다는 눈 위의 달의 누각이다淸心雪月樓" 등의 구가 모두 청신하고 기발하여 당나라 사람의 말투와 흡사하니 실로 천고의 절창이었다.

일찍이 운강에게 〈시관試官: 조선 때 과거의 시험관을 맡아 서울로 떠나 주는 시試官出京邑〉를 주었는데 이러하였다.

> 연산燕山[49]의 저녁비 행장을 적시겠고燕山暮雨行裝濕

48 본관 평산平山, 자 경숙敬叔, 호 현헌玄軒·상촌象村·현옹玄翁·방옹放翁, 시호 문정文貞. 아버지는 개성도사 승서承緖이며, 어머니는 좌참찬 송인수宋麟壽의 딸이다. 어릴 때 소인수와 이제민李齊民에게 학문을 배웠다. 1585년 진사·생원시에 합격, 이듬해에는 별시문과에 급제하였다. 1592년 임진왜란이 일어나자 양재도찰방良才道察訪으로 삼도순변사三道巡邊使 신립 장군을 따라 조령전투에 참가하였다.
49 충청북도 청원 지역의 옛 지명.

밤엔 맑은 바람 부는 금수진錦水津[50]에 묵으리夜泊淸楓錦水津

글로는 임 떠난 수심을 뽑아내지 못하여詞후莫以餘波選

옥을 품고서도 도리어 우는 사람 있답니다懷玉魄疑有泣人

옥봉이 지은 작품들은 모두 이 정도 수준이었다.

5

승지承旨 홍인모洪仁謨, 1755~1812[51]의 부인 서씨徐氏[52]는 감사監司를 지낸 형수逈修[53]의 딸이다. 경사經史에 능통하고 시문을 잘하여『영수각고令壽閣稿』라는 문집이 있다. 이 문집에 시가 무릇 36편이요, 36편이 아닌 166편의 시가 실려 있다.

또 도연명陶淵明의〈귀거래사歸去來辭〉한 편을 화답하였는데 사조詞調가 더할 나위 없이 맑

50 금수는 금강錦江으로 전라북도 장수군 장수읍의 신무산神舞山(897m)에서 발원하여 군산에서 황해로 흘러드는 강.

51 본관은 풍산豊山. 영의정 낙성樂性의 아들이다. 1783(정조 7)년 사마시에 합격한 뒤 문음門蔭으로 벼슬길에 나가 호조참의·우부승지 등을 역임하였으며 경사經史·제자백가서·음양·의약·복서 및 손오孫吳의 병법서, 노불老佛의 서적까지 박통하였다. 성격이 강직하고 권귀權貴를 싫어하여 비타협적이었으나, 자기보다 낮은 위치에 있는 사람이나 곤궁한 사람에게는 관대하고 포용적인 태도를 취하였다. 저서로는『족수당집足睡堂集』등이 있다.

52 영수합 서씨令壽閣徐氏, 1753~1823는 시재詩才가 뛰어났으며, 아들 셋과 딸 둘을 두었다. 당대의 문장가로 이름을 떨친 홍석주洪奭周·홍길주洪吉周·홍현주洪顯周 등의 삼형제와 딸 둘 중 유한당幽閑堂 홍원주洪原周는 규수시인閨秀詩人으로 문명을 떨쳤다. '영수합 서씨'를 '영수각 서씨'로 표기하는 책이 많은데 이는 잘못된 것이다. 영수합의 시가 실려 있는 남편 홍인모의『족수당집足睡堂集』은 현재 한국학중앙연구원에 소장되어 있다. 이 책에 제6권「부附 영수합令壽閣 고稿」라고 되어 있다. 여기에는 서씨의 시 192편과, 홍석주가 쓴 행장, 홍길주와 홍현주의 발문이 실려 있다.

53 서형수徐逈修, 1725~1779의 본관은 달성達城, 자는 사의士毅, 호는 직재直齋. 현령縣令 명훈命勳의 아들. 김원행金元行·이재李縡의 문인으로 1751(영조 27)년 별시문과別試文科에 병과丙科로 급제, 1757(영조 33)년 정언正言으로서 윤시동尹蓍東을 신구伸救했다가 당쟁黨爭을 일삼는다 하여 흑산도黑山島에 유배, 1763년 풀려나왔다. 1767년 교리校理. 1776년 정조가 즉위하자 강원도 관찰사·첨지중추부사僉知中樞府事 공조 참의工曹參議를 거쳐 이듬해 승지承旨·대사간 등을 역임했다.

았다.

이백李白의 〈가을에 형문으로 내려가네秋下荊門〉[54]라는 시의 운자를 따서 지은 시도 있다.

또 당나라 사람의 〈은자를 찾았으나 만나지 못해訪隱者不遇〉를 차운次韻: 남이 지은 시의 운자를 따서 시를 지음[55]한 시도 있다.[56]

대나무 마을 솔 길에 찾는 이 드물고竹巷松蹊客到稀

원숭이 울고 날은 저문데 사립문은 닫혔네猿啼日暮掩荊扉

뜬 구름과 같은 발자취 찾는 곳 없어浮雲蹤跡無尋處

홀로 가니 맑은 산바람만 옷깃에 가득하네獨過靑山風滿衣

또 아들을 연경燕京에 보내며 지은 시는 이렇다.[57]

54 이백의 〈추하형문秋下荊門〉 시는 아래와 같다.
　　"형문산에 서리 내려 강가 나무 앙상하니霜落荊門江樹空 / 돛 달고 가을 바람에 흘러 내려가네布帆無恙掛秋風 / 이 길은 농어회 생각 때문이 아니라此行不爲鱸魚鱠 / 오직 명산 풍경 사랑해 섬중에 간다오自愛名山入剡中 // 늦가을 하늘 쓸쓸하니 허공엔 맑은 구름만霜天寥落淡雲空 / 외론 배 돛을 올리고 바람타고 멀리 가네獨上孤舟萬里風 / 고기잡이 피리소리는 서글픔만 가득차고漁笛數聲秋浦晩 / 오나라 산도 초나라 물도 석양 속에 잠겼어라吳山楚水夕陽中"
55 남윤수, 『한국의 화도사 연구』, 역락, 389~400쪽 참조.
56 〈은자를 찾았으나 만나지 못해訪隱者不遇〉라는 시는 '심은자불우尋隱者不遇' 혹은 '방도자불우訪道者不遇'라고도 한다. 이 시는 당나라 시인 가도賈島, 779~843의 작품이다. 시는 다음과 같다.
　　"소나무 아래에서 동자에게 물으니松下問童子 / 스승은 약초 캐러 가셨다 하네言師採藥去 / 아마도 이 산중에 계실 터인데只在此山中 / 구름 깊어 계신 곳 알지 못한다오雲深不知處"
57 이 시는 맏아들인 연천淵泉 홍석주洪奭周, 1774~1842가 서장관이 되어 중국 연경에 사신으로 갈 때준, 〈맏이를 보내며 양관 운자를 빌려 쓴다送長兒用陽關韻〉이다.
　　'양관 운자를 빌렸다' 함은 당盛唐 때 대시인 왕유王維, 699~759의 〈송원이사안서送元二使安西〉라는 시의 운을 빌렸다는 뜻이다. 양관陽關은 중국 간쑤성[감숙성] 둔황현燉煌縣의 서쪽에 있는 전한前漢 시대의 관소關所로 당나라 때에는 서역으로 나가는 중요한 관문이었다. 〈송원이사안서〉는 이 양관을 떠나면 다시는 친한 친구가 없을 것이라며, 친구와 이별을 안타까워하는 작가의 심정을 드러냈다. 석별의 정을 표현할 때 왕유의 이 시를 곧잘 차운하였다. 또 양관삼첩陽關三疊도 있다. '양관곡陽關曲을 세 번 노래함'인데, 여기서 '양관'은 곡조명으로 〈위성곡渭城曲〉의 별명으로 왕유王維의 이 시에서 연유한다. 〈송원이사안서〉는 다음과 같다.
　　"위성의 아침 비는 가벼운 먼지 적시고渭城朝雨浥輕塵 / 객사의 푸르디푸른 버들 색이 새로워라客舍靑靑柳色新 / 권하노니 그대여 한 잔 더 드시게나勸君更進一杯酒 / 서쪽으로 양관을 나서면 벗이 있겠는가西出陽關無故人"

어둑어둑 새벽 빛 엷힌 먼지 길 속으로 가니蒼蒼曉色暗行塵

다락에서 슬피 바라보니 이별의 한 새로워라悲望樓頭別恨新

정이 가장 극심하기는 농산58의 달이라는데多情最是隴山月

오늘밤에는 분명 시름이 사람을 쫓아오겠지今夜分明遠上人

또 〈계아동가季兒東嘉〉(촌에서는 〈십영十詠〉이라 한다)를 차운한 시도 있다.59

구름이 흩어지니 하늘이 씻어낸 듯雲散天如拭

한밤중에 달이 뜰에 가득 찼어라中宵月滿庭

앉아서 소나무 그득한 숲을 즐기니坐愛松林晩

시원한 그늘 일산되어 작은 정잘세淸陰盖小亭

부인은 세 아들을 두었는데, 장자 석주奭周와 둘째 아들 길주吉周와 셋째 아들 현주顯周가 모두 문장으로 한 시대를 울렸다. 이것은 다 부인에게 몸소 배운 힘 때문이었다. 부인이 친히 여러 아들을 가르칠 때 공부할 내용과 분량을 엄격히 세워 밤낮으로 게으르지 않았다. 혹 여러 아들이 조금도 소홀함이 있으면 반드시 얼굴빛을 바로하고 꾸짖어 아들들이 잘못을 뉘우친 뒤에야 그쳤다.

어릴 때부터 항상 〈갈대蒹葭〉60와 〈초라한 집衡門〉61이라는 시와 도연명陶淵明의 〈귀전원시歸田園詩〉62를 애독하였다. 늘 남편에게 권하여 과거 보지 말기를 결심하게 하니, 홍공이

---

58 섬서성陝西省에 있는 농산隴山을 이르는데, 옛날에 행역行役나간 사람들이 모두 이 산에 올라 고향을 생각하며 슬퍼했다고 한다.

59 이 시는 〈차계아동가십영次季兒東嘉十詠〉이다.

60 『시경詩經』「진풍秦風」에 있다.

61 『시경詩經』「진풍陳風」에 있다.

62 도연명이 지은 〈귀전원거〉이다.

이로 인하여 과거를 보지 않았다.

훗날 맏아들 석주는 과거에 올라 이름을 세상에 높이 드러냈고 막내아들 현주는 공주를 짝하여 부마가 되었다. 부인은 항상 삼가기를 숨은 걱정거리라도 있는 것처럼 하였다. 둘째아들인 길주가 문장에 힘을 쏟아 장차 조석으로 과거에 급제하려 애쓰니 부인이 말하였다.

"우리 집안이 이미 성대하다. 그런데 네가 또 명예와 이익을 구하려 하느냐?"

길주가 이 말을 따라서 과거에 응시하지 않고 음사蔭仕: 과거를 거치지 않고 다만 조상의 혜택으로 얻던 관직로 일생을 마쳤다.

6

계생桂生, 1573~1610 **63**은 전라북도 부안扶安의 이름난 기생이다. 성은 이李요 자는 천향天香이요, 호는 매창梅窓으로 시를 잘 짓고 노래와 춤을 잘하였다.

계생은 한 태수와 몹시 사이가 가까웠다. 태수가 벼슬이 갈린 뒤 고을 사람들이 공덕비를 세워 그의 덕을 칭송하였다. 계생은 늘 달이 밝으면 가야금을 공덕비 곁에서 타고 긴 노래를 불러 그를 잊지 못하는 뜻을 보였다.

---

63 계랑은 계유(1573)년 태생이기에 계생, 또는 계랑이라 하였으며, 향금香今이라는 본명도 있다. 계랑, 이매창은 1573년에 당시 부안현리였던 이탕종의 서녀로 태어났다. 아버지에게서 한문을 배웠으며, 시문과 거문고를 익히며 기생이 되었는데, 이로 보아 어머니가 기생이었을 가능성이 크다. 부안의 명기로 한시 70여 수와 시조 1수가 전해지고 있으며 시와 가무에도 능했을 뿐 아니라 정절의 여인으로 부안 지방에서 400여 년 동안 사랑을 받는다. 매창은 부안읍 남쪽에 있는 봉덕리 공동묘지에 그와 동고동락했던 거문고와 함께 묻혔다. 그 뒤 지금까지 사람들은 이곳을 '매창이뜸'이라고 부른다. 그가 죽은 후 몇 년 뒤에 그의 수백편의 시들 중, 고을 사람들에 의해 전해 외던 시 58편을 부안 고을 아전들이 모아 목판에 새겨 『매창집』을 간행하였다. 매창에 대한 기록은 『청야담수靑野談藪』, 『기문총화記聞叢話』류의 조선 후기 야담서들에서 찾을 수 있다.

계생이 처음에 촌은^{村隱} 유희경^{劉希慶, 1545~1636}**64**의 첩이 되었는데 그가 귀경한 후에 행방이 감감하니 편지조차 끊어졌다. 계생은 희경을 생각하는 마음을 그치지 못하여 이에 노래를 지어 그 마음을 나타냈다.

배꽃 비처럼 흩날릴 때 울며 잡고 이별한 임이,

가을바람 떨어지는 낙엽에 임도 나를 생각할까,

천 리 밖의 외로운 꿈만이 오락가락하는구나.**65**

계생이 한 시대의 이름난 선비들과 시를 주고받았는데, 시집 한 권이 세상에 전한다. 아래에 그녀의 시 두어 수를 기록한다.

〈임에게 보냅니다^{贈人}〉 시는 이렇다.

물가마을 조그마한 사립문에 찾아와보니^{水村來訪小柴門}

연꽃 떨어진 연못에는 국화조차 쇠했구나^{荷老寒塘菊老盆}

64 유희경은 중인으로 본관은 강화^{江華}, 자는 응길^{應吉}, 남언경^{南彦經}의 문인으로 임진왜란 때, 의병을 모아 관군을 도왔기에 통정대부^{通政大夫}가 되고, 인조반정이 일어나자 절의를 포상하여 종2품의 가의대부^{嘉義大夫}가 되었다. 후일 아들 면민^{勉民}의 공으로 한성판윤에 추증되었다. 허균은 『성수시화^{惺叟詩話}』에서 그를 천인 신분으로서 한시에 능한 사람으로 꼽았다. 유희경과 매창은 스물여덟 살의 나이 차이가 난다. 그런데도 당대 최고의 명기^{名妓}였던 매창이 평생 지순한 사랑을 바쳤던 인물이다. 시대의 풍운아 허균^{許筠, 1569~1618}은 여러 번 매창을 찾았으나 유희경에 대한 변치 않는 사랑에 굴복하여 우정으로 만족해야 했다. 소설가 정비석^{鄭飛石} 같은 이는 「부안기^{扶安妓} 계생^{桂生}」이라는 소설을 통해 극화하기도 하였다.
다음 시는 매창이 준 "배꽃 비처럼 흩날릴 때 울며 잡고 이별한 임이~"라는 시조에 대한 유희경의 시이다. 몸은 한양에 머물고 있었지만 그의 마음은 늘 매창이 살고 있는 부안으로 달려갔음을 알려주는 시이다. 매창이 '이화우^{梨花雨}: 배꽃 비처럼 흩날릴 때'라니 유희경은 '오동우^{梧桐雨}: 오동잎에 비 뿌릴 제'란다. 두 사람이 이별할 때 계절은 봄이었는데, 그 새 계절은 여름을 지나 가을로 바뀌었다.
"그대의 집은 부안에 있고^{娘家住浪州} / 나의 집은 서울에 있어^{我家住京口} / 그리움 사무쳐도 서로 못 보니^{相思不相見} / 오동잎에 비 뿌릴 제 애가 탄다오^{腸斷梧桐雨}"
65 이 시조는 계생이 지은 단 한 수의 시조이다.

갈까마귀 떼 석양 고목에서 울어대고_{鴉帶夕陽噪古木}

기러기 떠날 때 알고 안개 낀 강 건너네_{雁含秋意度江雲}

서울 사람 잘 변한다고 말하지 마오_{休言洛下時多變}

정녕 인간만사 듣고 싶지 않으니_{我願人間事不聞}

술잔 앞 한 마디 취한 말 하지 마오_{莫向樽前辭一醉}

신릉군의 호기도 풀숲의 무덤이라네**66**_{信陵豪氣草中墳}

김준근, 〈기생검무추고〉(년도미상, 국립민속박물관 소장)
저 시절에 기생들은 만능예능인이었다.

이 시 압운의 어구에서 기상이 아주 뛰어남이 보인다. 일찍이 한 지나가는 나그네가 시를 지어 계랑에게 집적거리니 계생이 곧 운을 차운하여 화답하였다.

평생 않는 건 여기서 먹고 저기서 자는 짓_{平生不解食東家}

다만 매화 창에 비끼는 달만 사랑했다오_{只愛梅窓月影斜}

그대는 남 깊은 뜻을 알지 못하고서_{詞人未識幽閑意}

행운이라 손가락질하며 그릇 알고 있구려_{指點行雲枉者暌}**67**

그리고 또 〈술 취한 나그네에게 준 시_{贈醉客}〉이다.

취한 나그네 내 옷을 휘어잡으니_{醉客執羅衫}

손길 따라 옷자락이 찢어진다오_{羅衫隨手裂}

66 신릉군은 위 소왕_{魏昭王}의 아들이다. 항상 식객_{食客}이 3천 명이나 되었고 위엄과 명망이 천하에 떨쳤지만 그 또한 죽었다. 세상 부귀영화의 덧없음을 비유한 말이다.
67 '행운_{行雲}'은 『문선_{文選}』 송옥_{宋玉}의 고당부_{高唐賦}에 "첩은 무산의 여자인데 아침에는 행우_{行雨}가 되고 저녁에는 행운_{行雲}이 되어 아침저녁마다 양대_{陽臺}의 아래에 나타난다"라 한 고사에서 인용.

이깟 옷이야 아깝지 않소마는不惜一羅衫

다만 그대와의 상할까 두렵소但恐悶情艶

또 〈봄을 원망하는 시春怨詩〉이다.

대나무 둘린 집에 봄바람 가득하고 새들은 지저귀니竹院春心鳥語多

화장 지운 얼굴엔 눈물을 지우고 드리운 발 걷는는殘粧含淚捲窓紗

가야금을 끌어안고는 홀로 상사곡을 연주하니瑤琴獨彈相思曲

꽃은 떨어지고 봄바람에 제비는 비껴나네花落東風燕子斜

그 시의 운율이 일으키는 운치가 청초하여 읊는 사람들로 하여금 입 안에 향이 절로 생기게 한다.

일지홍一枝紅**68**은 평안남도 성천成川 기생이다. 시를 잘 지었는데 태천泰川 홍명한洪鳴漢, 1736-1819**69**에게 준 시가 있다.

강선루降仙樓**70** 아래에 말을 세우고駐馬仙樓下

68 성천 기생의 일지홍은 18세기 중엽, 기생으로 당대 명성이 널리 알려졌다. 신광수申光洙, 1712-1775의 『관서악부關西樂府』에는 일지홍에 관한 두 편의 시가 보이니, 그 중 한 편은 아래와 같다. 이 시는 신광수가 일찍이 서울을 떠나 와 평양을 유람하다 지은 시이다. '삼백 리'는 서울에서 평양까지의 거리요, '교서랑校書郎'은 본래 책이나 문서에서 글자나 내용을 살펴서 잘못된 것을 바로잡는 벼슬이름이다. 당唐의 기녀 설도薛濤가 교서의 일을 맡아 본 데서 온 말로 '기녀妓女의 이칭'이 되었다.
"성도成都: 성천의 어린 기생 일지홍은成都小妓一枝紅 / 마음씨는 비단결 말은 어쩌나 잘하는지錦繡心肝解語工 /
나는 말 타고서는 삼백 리를 달려오니飛馬駄来三百里 / 교서랑이 곱고 고운 비단 속에 있구나校書郎在綺羅中"
69 본관은 풍산豊山, 자字는 공서公瑞. 명한은 초명으로 영조英祖 47(신묘, 1771)년, 정시庭試 병과丙科에 급제하여 형조·예조판서, 지돈녕 부사 등을 역임하였다.
70 성천成川에 있는 누각.

'언제 오시려우' 은근히 묻네慇懃間後期

이별 자리에 술도 다하였으니離筵樽酒盡

꽃 떨어지고 새 슬피 울 땝니다花落鳥啼時 **71**

일지홍이 이 시를 지을 때에 잠시 생각하고는 붓을 당겨 지어냈다 한다.

훗날 어사 심염조沈念祖, 1734~1783**72**가 성천에 지나가다가 이 시를 보고 일지홍에게 시 한 수를 주었다.

고당부**73** 같은 신기한 경지요 성당의 시체인데高唐神境盛唐詩

선관의 명화 가운데 무르녹은 한 가지일세仙館名花艶一枝

조운**74**에서 한림학사 만났다 이르지 마소莫道朝雲逢內翰

노부는 재주 없어 감당하지 못한다네老夫才薄不堪期

이 시에 대해 일지홍이 또한 시로 화답하였다.

71 원제는 〈태천 홍아내에게 올리는 시上泰川 洪衙內詩〉이다.

72 본관은 청송靑松, 자는 백수伯修, 호는 함재涵齋. 1776(영조 52)년 별시문과에 을과로 급제하였다. 1777(정조 1)년 관서암행어사, 이듬해에는 강화어사, 1780년 함종부사·규장각직제학·이조참의를 거쳐, 1782년 홍문관부제학으로 감인당상監印堂上에 임명되었으나, 대사간의 탄핵을 받아 홍주洪州: 현재의 충청남도 홍천로 유배되었다가 곧 풀려났다. 1783년 황해도관찰사로 있다가 임지에서 죽었다.

73 『청장관전서靑莊館全書』 제35권 청비록 4 '일지홍一枝紅'에는 "어사御史 심염조沈念祖가 순찰하다가 성천에 이르러, 일지홍의 시를 보고 나서 종담鍾譚의 시를 읽도록 권하고 돌아갈 적에 지어 준 시"라 하였다. 종담은 시로 명성이 높았던 명나라 종성鍾惺과 담원춘譚元春을 말한다. 또 "성천에 십이무봉十二巫峯과 강선루降仙樓가 있었으므로 고당高唐과 선관仙館과 조운 등의 일을 인용하였다"고 하였다.

74 송옥宋玉의 『고당부高唐賦』 서에 "초 양왕楚襄王이 운몽대雲夢臺에서 놀다가 고당高唐의 묘廟에 운기雲氣의 변화가 무궁함을 바라보고 송옥宋玉에게 '저것이 무슨 기운이냐?'고 묻자 '이른바 조운朝雲입니다. 옛날 선왕先王이 고당에 유람 왔다가 피곤하여 낮잠을 자는데, 꿈에 한 여인이 '저는 무산巫山에 있는 계집으로, 침석枕席을 받들기 원합니다'고 하였습니다. 드디어 정을 나누고 떠날 적에 '저는 무산 남쪽에 사는데 아침에는 구름이 되고 저녁에는 비가 되어 늘 양대陽臺 아래 있습니다'라 하였다고 합니다'".

서울 소식을 누구에게 물어볼까요洛陽消食憑誰問

밝은 달 발에 비칠 때 둘이 서로 생각하리明月當簾兩地思

그리고 또 윤 감사尹監司에게 올리는 시는 이렇다.

작년 서리 내려 국화꽃 필 때에前年降節菊花時

영예로운 제 몸 얼마나 행복했는지요何幸榮名耀一枝

들자오니 봄 순행길에 금방 북쪽으로 지나쳤다니聞道春巡纔北過

어째서 이곳에 오신다는 약속을 어기셨나요胡然仙駕此愆期

또 일찍이 〈그 이름으로其名〉 제목을 삼아 절구를 지었다.

혹 남들이 꺾기 쉽다고 여길까 봐서或恐人易折

향기는 감춰 두어 짐짓 피지를 않지요藏香故不發

또 김 진사金進士가 지은 시의 운자를 딴 시가 있다.

신선 배 막호莫湖**75**에 두둥실 원앙이 놀라仙舟莫湖鴛鴦驚

가고 오는 긴 물길만이 합쳐지네요任去任來肥水長

일지홍 이름 얻음이 부질없어 되려 부끄럽기만浪得花名還自愧

강마을 봄이 다하니 한스럽게 향기조차 없어라江城春盡恨無香

75 중국 강남에 있는 능호菱湖, 막호莫湖, 유호游湖, 공호貢湖, 서호胥湖가 모인 오호五湖의 하나. 막리산莫釐山의 서북
으로 50리를 두른 것이 막호이다.

7

부용芙蓉**76**은 성천(어떤 이는 평양이라고 한다)의 명기이다.

호는 운초雲楚이니 문장으로 한 시대를 울렸다. 일찍이 소약란蘇若蘭**77**의 직금회문체織錦回

文體**78**를 모방하여 회문상사시回文相思詩 36운을 지어 그녀가 정을 둔 남정네에게 주었다. 그

시가 한 자, 두 글자로부터 구를 따라서 한 글자씩 더하여 병려倂儷를 이루니 천하에 없는

절창이었다.

그 시는 이렇다.

76 김부용金芙蓉, 1820~1869의 자字는 운초雲楚, 호는 부용이다. 〈부용집제발시芙蓉集題跋詩〉를 보면 그는 무산巫山 12
봉의 정기를 품고 성천에서 태어났다 한다. 부용은 가난한 선비의 무남독녀로 태어났다고 하는데, 네 살 때 글을
배우기 시작하여 열 살 때 당시唐詩와 사서삼경에 통하였다고 한다. 열 살 때 부친을 여의고 그 다음해 어머니마저
잃으니, 어쩔 수 없이 퇴기의 수양딸로 들어가 기생의 길을 걷게 되었고, 김이양金履陽, 1755~1845의 소실이 되었다.
김이양金履陽/김이영金履永의 본관은 안동安東, 자는 명여命汝로서 김헌행金憲行의 아들이다. 초명은 김이영金履永
이었으나 예종의 이름과 비슷하여 개명하였다. 생원을 거쳐 정조 19(1795)년 정시 문과에 을과로 급제하여 1812
년 함경도 관찰사, 1815년 예조·이조·병조·호조 판서·홍문관 제학·판의금부사·한성부 판윤 등을 지냈다.

77 진晉나라 때 장군 두도竇滔가 사막沙漠에 강제로 옮겨지자, 그의 아내 소약란蘇若蘭이 비단을 짜면서 거기에 즉
전후좌우로 아무렇게 보아도 다 말이 되는 매우 처절한 내용의 회문선도시回文旋圖詩를 지어 넣어서 남편에게 보
냈던 데서 온 말인데, 그 시는 모두 8백 40자로 되었다고 한다(『진서晉書』 권96 「두도처소씨전竇滔妻蘇氏傳」).

78 직금회문체織錦回文體란 직면에 수놓은 회문시의 문체를 말한다. 그리고 회문시回文詩란 첫 글자부터 순서대로 읽
어도順讀 뜻이 통하고, 제일 끝 글자부터 거꾸로 읽기 시작하여 첫 자까지 읽어도逆讀 뜻이 통하는 시를 말한다.

헤어짐

보고픔

길은 멀고

소식 더뎌

생각은 임께 있으나

몸은 여기에 머무네

수건과 빗 눈물에 젖었건만

가까이 모실 날은 기약 없어

향기론 누각 종소리 울리는 밤

연광정**79**에 달이 떠오를 때

외론 베개 기대어 못다한 꿈 놀라 깨어

가는 구름 바라보니 먼 이별에 슬픔만

만날 날만을 근심으로 손꼽아 기다리니

새벽마다 정 밴 글 펴들고 턱 괴곤 울어요

초췌한 얼굴로 거울 대하니 눈물만 흐르고

흐느끼는 노랫소리 기다리는 슬픔 머금고

은장도로 애간장을 끊어 죽는 것 어렵지 않으나

비단신 끌며 먼 하늘 바라보니 의심만 자꾸 늘고요

봄 지나 가을도 안 오시니 낭군은 어찌 신의가 없나요

아침저녁으로 저 멀리 바라보니 첩만 속는 게 아닌가요

대동강이 평지가 된 뒤에나 말을 몰고 오시려 하시는지요

장림이 바다로 변한 뒤 노를 저어 배를 타고 오시려는지요

79 연광정練光亭: 평양에 있는 정자

別

思

路遠

信遲

念在彼

身留玆

巾櫛有淚

紈扇無期

香閣鍾鳴夜

練亭月上時

倚孤枕驚殘夢

望歸雲悵遠離

日待佳期愁屈指

晨開情札泣支頤

顔色憔悴開鏡下淚

歌聲嗚咽對人含悲

提銀刀斷弱腸非難事

躡珠履送遠眸更多疑

春下來秋不來君何無信

朝遠望夕遠望妾獨見欺

浿江成平陸伋鞭馬其來否

長林變大海初乘船欲渡之

전일 이별한 뒤 만날 길 막혔으니 세상일을 누가 알 수 있고

어찌 그리 끊어져 놀람을 그리 품었는지 하늘의 뜻 누가 알리

운우무산에 행적이 끊기었으니 선녀의 꿈을 어느 여인과 즐기시나요

월하봉대에 피리 소리 끊기었으니 농옥의 정을 어느 여인과 나누십니까

생각 말자 해도 절로 생각나 자주 몸을 모란봉에 의지하니 젊은 얼굴 아깝구나

잊고자 해도 잊기가 어려워 다시 부벽루 오르니 외려 검은머리 꾸밈만 가련해라

외로이 잠자리에 누워 검은 머리 파뿌리 된들 삼생의 가약이 어찌 변할 리 있으며

홀로 빈 방에 누워 눈물이 비 오듯 하나 백 년을 정한 마음이야 어찌 바꿀 수 있으랴

낮잠을 깨어 창을 열고 화류소년을 맞아들이기도 하였지마는 모두 정 없는 나그네뿐

향내가 나는 옷을 잡고 옥 베게를 밀치고는 동년배와 가무를 해도 모두 가증한 사내뿐

천리 밖 임을 기다리고 기다림이 이토록 심하니 군자의 박정은 어찌 이토록 심하십니까

끼니때마다 문을 나가 바라보고 바라보니 슬픈 천첩의 외로운 심정은 과연 어떠하겠는지요

오직 너그럽고 인애하신 장부께서 결단을 내려 강을 건너와 머금은 정 촛불 아래 흔연히 대해 주세요

연약한 아녀자가 슬픔을 머금고 황천객이 되어 외로운 혼이 달 가운데서 길이 울지 않게 해 주세요

일설에는 이 시가 평양 기생인 죽향竹香이 지었다고 한다.

또 아무개 어사에게 준 시이다.

＊

난새와 봉새 바람에 쏠린 그 자태 길거리에 두루 비치고鸞鳳風姿映道周

좁은 길 낀 집집마다 발을 걷어 갈고리로 걷어 올렸다네家家夾路捲簾鉤

북쪽지방에 설령 양주 지방에서 나는 유자가 있다 한들北方縱有楊州橘

멍하니 수레 먼지를 바라보며 감히 던지지 못하옵니다帳望車塵未敢投 **80**

前日別後日阻世情無人其測

胡然斷愕然懷天意有誰能知

一片香雲楚臺夜仙女之夢在某

數聲清蕭奏樓月弄玉之情屬誰

不思自思頻倚牡**81**丹峯下惜紅顔色

欲望難忘更上浮碧樓猶憐綠鬢儀

孤處深閨頭雖欲雪三生佳約焉有變

獨宿空房淚下如雨百年定心自不移

罷晝眠開竹窓迎花柳少年摠是無情客

攬香衣推玉枕送歌舞同春莫非可憎兒

千里待人難待人難甚矣君子之薄情如是耶

三時出門望出門望悲人賤妾之孤懷果何其

惟願寬仁大丈夫決意渡江含情燭下欣相對

人勿使軟弱兒女含淚歸泉哀魂月中泣長隨**82**

---

80 두목杜牧, 803-852의 '취과양주귤만거醉過揚洲橘滿車, 술에 취해서 양주를 지나니 귤이 가득하다'라는 고사를 인용하였다. 두목은 만당晩唐의 시인으로 자는 목지牧之, 호는 번천거사樊川居士로 뛰어난 미남이었다. 그가 기생으로 유명한 양주揚洲에서 근무했을 때 술에 취해 수레를 타고 거리를 지나가면 기생들이 애정의 표시로 귤을 던져 수레를 가득 채웠다고 한다.

81 원문에는 '枚'라 되어 있다. 문맥으로 보아 '牡'로 바로 잡았다.

82 이 시는 〈부용상사곡〉이다. 이러한 시를 '충시層詩'라고도 하고, 또 탑 모양으로 생겼다 하여 '보탑시寶塔詩'라고도 한다. 운초가 김이양을 만난 것은 그녀의 나이는 겨우 19세였다. 당시 김이양의 나이는 77세였다. 부용의 시문을 통해 일찍이 김이양의 인품을 흠모해 온 부용은 평양에 머물면서 김이양의 신변을 돌보아 드리라는 사또의 명에 기쁜 마음으로 따랐으나 김이양이 처음에는 나이를 들어 거절하였다 한다.
그러자 "뜻이 같고 마음이 통한다면 연세가 무슨 상관이겠습니까. 세상에는 삼십 객 노인이 있는 반면, 팔십 객 청춘도 있는 법입니다."라 하여 부용을 거두게 되었다. 이 시는 김이양이 호조 판서가 되어 한양으로 부임하게 되어 이별하게 되자 쓴 시라고 한다. 후일 김이양은 직분을 이용하여 부용을 기적에서 빼내 양인의 신분으로 만들었다. 그런 다음 정식 부실副室로 삼고 평생을 해로하였다.

별별이야기 외사씨 왈

외사씨가 말한다.

우리 조선에 이름난 부인들과 재주 있는 여인들이 문장으로 이름이 높은 자가 그 수가 아주 많다. 이를 모두 기록하기 심히 번다하여 이 정도로 그치지만서도 우리 조선 인물의 성대함이 어찌 칠 척의 수염 난 사내에게만 한정하겠는가.

그러나 이상에 기록한 여인들 가운데도 한두 명을 제외하고는 그 이름이 모두 세상에 연기처럼 사라졌으니 어찌 탄식하지 않겠는가. 재상가의 부인으로 글을 잘 짓고 시에 능한 여인도 희귀하다 하겠다. 그러나 이것은 오히려 여염집의 계집종에게까지 문장에 정밀한 여인이 많음에 이르러서는 실로 경탄할만 하다.

만일 우리로 하여금 그때에 나란히 살았더라면 두 무릎을 저 여인들의 앞에 꿇지 않을 수 없었을 것이다.

'매일신보'에 실린 『기인기사록』 광고
(1922년 6월 14일)

"본서는 조선에 있는 기걸한 사람의 기이한 사적을 수집 망라하여 조선글로 편찬한 천하유일의 진서인데 일찍이 본보 지상에 연재되어 만천하 독자의 대환영을 받던 것이니 역사적 소설로는 실로 만금의 가치가 있던 것이더라. (정가 우편료 아울러 1원, 발행소 경성 서대문 밖 아현 90, 문창사)"
이것을 보면 당시에 이 이야기들을 소설로 이해하였다.

별별이야기 간 선생 왈

'외사씨' 송순기 선생이 이 글을 쓸 때가 1922년 일제치하이다. 그로부터 100년이 지났고 세계 10위 대한민국이다. 그런데 아직도 저 때에서 벗어나지 못한 이들이 부지기수다. 아래는 필자의 블로그(https://blog.naver.com/ho771/222585651137/ 2021.12.3. 10:50)에 써 놓은 글이다. 정치를 한다는 이들의 망령된 행동이 무섭다.

〈더 이상 잔인하여 옮길 수조차 없다.〉

"국민의힘 김병준 상임선대위원장, 더불어민주당 1호 영입 인재인 조동연 서경대 교수를 전투복에 예쁜 브로치"

허은아 "사생활 논란 조동연, 눈물 전략 쓰다니…워킹맘 망신"

……

송영길 "조동연 아이 얼굴 공개한 강용석, 사회적 명예살인"

조동연 "가족 그만 힘들게 해달라" 이틀 만에 사퇴…

더 이상 잔인하여 옮길 수조차 없다. 불과 이틀 만에 한 사람의 삶을 송두리째 파괴해 버렸다. 사실 우리 주변만 둘러보아도 한 집 건너 이 분과 유사한 가정사를 볼 수 있는 게 현실이다. 보는 사람도 그렇지만 당사자들의 심정이야 오죽하겠는가?

더욱이 불을 지핀 게 대한민국 정당政黨: 정치적 이상을 실현하기 위하여 조직한 단체인 제1야당이라는 데 경악을 금치 못한다. 저들의 정치적 이상이 모두가 완벽한 연애와 완벽한 결혼 생활 추구인가?

정당인으로서 업무가 미진한 것은 얼마든 지적이 가능하다. 그러나 무슨 자격으로 여성을 비하하고 한 인간의 개인사인 이혼사유를 들어 모멸적인 인신공격을 하는가?

관음증만 부추기는 유사 언론과 제 잇속만 챙기려는 사이비 정치꾼들이야 그렇다지만, 국민을 섬긴다며 공복公僕: 국가나 사회의 심부름꾼임을 자임한 공당公黨: 당의 정강이나 정책을 공공연하게 밝혀 그 활동이 공적으로 인정되는 정당이다. 어떻게 저런 악마적 독설을 내뱉는 사람들이 저 공당의 우두머리요, 대변인일까?

어쩌면 휘뚜루마뚜루 너무 말을 잘하고 너무 글을 잘 쓰는 사람들의 세상이어서 그런지도 모르겠다. 세치 혀와 파리 대가리만한 검은 먹물로 발라낸 이 분은 이 세상을 어떻게 살아갈까? 겸하여 집단지성集團知性이란 게 과연 우리 사회에 있는지 궁금하다?

2022년, 저런 사람들과 한 하늘을 이고 이 땅에 산다는 게 참 두렵고도 두렵다.

26

미침증이 있었으나 그 사람됨은 허물이 없으니, 이것은 때를 못 만난 강개지사라

최북(崔北, 1712~1786?)[1]의 자는 칠칠(七七)[2]이니 그 조상은 모른다.

그림을 잘 그렸으며 한쪽 눈이 먼 애꾸라 늘 안경을 꼈다. 화첩을 펼쳐 놓고 붓을 잡아 휘두르면 신기한 경지에 다다랐다. 술을 즐기고 산수를 좋아하여 일찍 금강산 구룡연(九龍 淵)에 들어가 크게 취하여 소리 높여 울다 웃다 하다가는 말했다.

"천하명산에서 죽으리라!"

그러고는 곧 몸을 날려 연못에 떨어졌으나 구하는 자가 있어 죽지 않았다.

---

1 조선 후기의 화가로 많은 일화와 재치를 남긴 진경산수화의 대가로 자기만의 예술에 대한 끼와 꾼의 기질을 발휘, 회화 발전에 크게 이바지하였다. 출신 성분이 낮았던 최북은 직업 화가였다. 그림 한 점 그려서 팔아 술을 마셨다는 기록이 있을 정도로 술을 좋아했고 돈이 생기면 술과 기행으로 세월을 보냈기 때문에 말년의 생활은 곤궁했고 비참했다. 또한 삶의 각박함과 현실에 대한 저항적 기질을 기행과 취벽 등의 일화로 남겼다. 최북의 작고 연도는 정확치 않다. 1712년 출생하여 49세인 1760년 설과 75세인 1786년 설이 있는데 1786년을 주장하는 학설이 많다.

2 호를 '칠칠(七七)'이라 함은 '북(北)'자를 좌우로 파자(破字: 한자의 자획을 풀어 나눔)해서다. 공교롭게도 칠칠이 이 세상에 머문 햇수도 마흔아홉 해였다.

〈최북필 관폭도崔北筆觀瀑圖〉(국립중앙박물관 소장)

술을 마시는데 하루에 늘 예닐곱 되를 먹으니 집안 형편은 더욱 빈곤해졌다. 평양과 동래 등 도회지를 떠돌아다니니, 부호와 글깨나 한다는 선비들이 비단을 가지고 오는 자들로 문에 발꿈치를 서로 잇댔다.

산수화를 구하는 자가 있으면 문득 산을 그리나 물은 그리지 않았다. 사람들이 그 까닭을 물으니 칠칠이 붓을 홱 집어 던지고는 일어났다.

"이런 제기랄! 종이 밖이 다 물 아니냐!"

칠칠이 스스로 부르기를 호생자毫生子: 붓 끝으로 먹고 산다는 뜻라 하였는데, 이때 '호생자'라는 이름이 온 나라에 떠들썩하였다. 다만 그의 그림만을 얻으려는 게 아니라, 그 의기가 복받치는 씩씩한 기상과 굳은 지조를 사고 싶어서였다.

칠칠은 성품이 뻣뻣하고 오만하였다.

일찍이 서평공자西平公子**3**와 바둑을 두게 되었는데 100냥의 금으로 내기를 걸었다. 칠칠이 막 이기려고 하니 서평이 한 수 물리기를 청하였다. 칠칠이 끝내 검은 돌, 흰 돌을 뒤섞어 바둑판을 엎어 버리고 물러나 앉아 서평에게 말했다.

"바둑은 본래 사람들이 희롱하는 놀이요. 만일 한 번 물러주는 것을 쉽게 하면 세월이 다 가도록 한 판도 끝내지 못할 겝니다."

그 뒤에 다시는 서평과 바둑을 두지 않았다.

칠칠이 일찍이 서울에 머무를 때에 하루는 아무개 귀한 사람의 집을 방문하였다. 문지기가 칠칠의 이름을 부르기를 꺼려, 들어가 "최 직장直長이 왔습니다" 하니 칠칠이 성을 내며 말했다.

"너는 왜 정승이라 부르지 않고 직장이라 부르는 겐가?"

---

3 이요李橈로 조선 후기의 종실. 선조의 왕자인 인성군 공仁城君珙의 증손이며, 화춘군 정花春君楨의 아들이다. 종실이면서도 서민적인 성격이었으며, 학문이 깊고 달변이었다. 많은 포상을 받았으나 왕의 신임이 두터워지자 점차 교만해져서 부정한 방법으로 재산을 모아 사치를 하여 대간의 탄핵을 받기도 하였다.

최북, 〈풍설야귀인도〉風雪夜歸人圖〉(간송미술관 소장)

혹한의 겨울밤이다. 길손을 향해 짖는 개. 어디 갔다가 돌아오는 나그네인가. 이런 그림을 '지두화指頭畫'라 한다. 지두화란 붓 대신에 손가락이나 손톱에 먹물을 묻혀서 그린 그림을 이름이다. 팍팍한 삶, 붓대를 손으로 잡는다는 것조차 사치이던가? 달리 마련 없는 인생길을 걸었던 최북은 그렇게 자기의 삶을 그렸다.

화가의 기량을 따지는 좋은 말이 있다.

"보통 화가는 있는 대로 그리고, 못난 화가는 있는 것도 못 그리고, 뛰어난 화가는 있었으면 좋은 것을 그려낼 줄 안다."

최북은 저 그림처럼 어느 한 겨울 날, 그림 한 점 팔아서는 술 사먹고 돌아오다 길가에서 얼어 죽었다 한다. 저 그림 속에는 그래도 개도 있고, 꼬마둥이 녀석도 있건마는, 저승길 배웅하는 동무 하나 없이 갔다. 혹 "'있었으면' 하는 마음에서 저 그림을 그린 것은 아닐까?'하는 우문愚問을 삼킨다.

누구는 비견할 이로 서양의 빈센트 반 고흐Vincent van Gogh라는 귀를 자른 화가를 꼽기도 한다지만, 어디 최북의 고단한 삶과 예술에 비길쏜가?

눈보라 몰아치는 중세의 길목을,

외눈박이 환쟁이가 허정허정,

걷는 걸음걸음을….

직장은 음관의 8품직이요, 정승은 영의정을 부르는 것이라 문지기가 웃으면서 말했다.

"아, 언제 정승이 되셨나이까?"

"그러면 내가 어느 때에 또 직장이 되었나? 만일 헛 직책을 빌려서 나를 부르려면 정승과 직장이 같거늘, 하필이면 높은 자리를 놔두고 왜 낮은 것을 취한단 말이냐."

그러고는 드디어 집 주인을 보지도 않고 돌아왔다.

칠칠은 성품이 호방하여 작은 일에 얽매이지 않고 술친구를 만나면 나이를 잊었으며 만일 자기와 뜻이 여상하지 않은 자를 만나면 높은 귀족이라도 배척하고 욕을 해댔다. 늘 노래를 읊조리는 것으로 강개불우한 소리를 만드니 세상 사람들이 부르기를 어떤 이는 "호방한 선비"라 하며 어떤 이는 "미친 나그네"라 하였다.

그러나 그가 말하는 것은 이치에 들어맞았고 세상 사람을 풍자하는 말이 많았다.

임희지_{林熙之, 1765~?} **4**의 호는 수월도인_{水月道人}이다. 그는 사람됨이 호방하고 옳지 못한 일에 대하여 의분을 느끼고 탄식하였으며 굽힐 줄 모르는 기개와 절조가 있었고 술을 즐겨 여러 날을 술에서 깨어나지 못하였다. 그림을 잘 그렸는데 대나무와 난초 그림이 세밀하였으며 또 생황을 잘 불었으나 집이 가난하여 쓸모 있는 물건이라곤 없었다.

일찍이 한 계집종을 기르며 말하였다.

"나에게 꽃을 기를 동산이 없으니 이 계집종을 '꽃 한 송이_{一花}'로 부르리라."

그가 사는 집은 두어 서까래로 얽은 것에 불과하며 빈 터는 반 이랑도 되지 못하였다. 이곳에 연못 하나를 뚫어 놓으니 사방 몇 자 정도였다.

샘을 파지 못하여 쌀 씻은 물을 모아 부었다. 그리고는 늘 그 못가에서 노래를 읊조리며 말하였다.

"내 물과 달의 뜻을 저버리지 않으니 달이 어찌 물을 택하여 비치겠는가."

일찍이 배를 타고 교동_{喬桐}에 가다가 중양_{中洋}에 이르러 풍랑이 세차게 일어나 배가 뒤집어질 듯하였다. 배 안의 사람들은 모두 얼굴빛을 잃고 부처님을 찾았다. 희지가 홀연 크게 웃으며 검은 구름 흰 물결이 치는 데서 일어나 춤을 춰댔다.

얼마 후 바람이 멎고 풍랑이 잠잠해져 무사히 물을 건넌 후에 사람들이 아까 일을 물으니 희지가 말했다.

"죽음이란 사람이 면치 못하니, 늘 있는 일일세. 허나 바다에서 풍랑이 크게 일어나는 것을 늘 만나는 것은 아니란 말이지. 그러니 어찌 춤을 주지 않겠나."

늘 달빛이 밝은 밤에는 거위의 털을 묶어 옷처럼 두르고 두 갈래로 머리를 묶고는 맨발

4 본관은 경주, 자는 경부_{敬夫}, 호는 수월헌_{水月軒}. 1790년 역과에 급제한 한역관_{漢譯官} 출신으로 벼슬은 봉사를 지냈으며, 중인 출신 문인의 모임인 송석원시사_{松石園詩社}의 일원으로 활약했다. 임희지는 키가 8척이나 되고 깨끗한 풍모를 지녔던 일세의 기인이었다. 특히 생황을 잘 불었고, 대나무와 난초를 잘 그려 묵란과 묵죽은 명성이 높았다. 유작으로 패기와 문기_{文氣}가 넘치는 〈묵죽도〉·〈묵란도〉 등이 여러 점 전한다.

로 생황을 불며 다녔다.

보는 사람들이 모두 "귀신이다!" 하고는 달아나 버리니, 그 세상을 희롱하고 광탄함이
이와 같았다.

별별이야기 외사씨 왈

외사씨가 말한다.

최북과 임희지는 연조비가燕趙悲歌[5]의 선비들과 같은 부류이며, 또 높은 선비로 세상에 영락하여 때를 만나지 못한 사람이다. 이런 까닭으로 그 일을 행하는 데 왕왕 미친 듯한 모습에 가깝다. 이것은 마음에 울적함이 쌓여 강개하고 불평한 기운이 밖으로 나와 그러한 것이니, 어찌 당시 세상의 한 미친 사람으로만 볼 것인가.

---

5 연나라와 춘추전국시대 조나라 선비들이 나라를 근심하는 우국의 충성이 깊었다. '연조비가'는 이러한 비분강개한 슬픈 노래를 읊은 당시의 우국지사를 가리켜 일컫는 말이다.

중국 지리서『산해경山海經』에 나오는 모㺇라는 상상의 동물을 그린 그림이다. 부엌에서 음식을 훔쳐 먹다가 나중에 부엌을 지키는 신이 되었다 한다. 몸은 시커먼 털북숭이고 발톱은 호랑이처럼 날카로운 데, 코와 혀는 붉은색이요 귀 주변이 긴 털로 덮였다. 그런데 늙은 모라 그런지 치켜뜬 동그란 눈은 누구를 해칠 기세는커녕 오히려 숫되어 보인다.

이 그림 역시 앞의 최칠칠 그림처럼 지두화이다.

"달이 어찌 물을 골라 비치리."

달이 어찌 물을 가리겠는가. 달리 말하면, 자연물인 달은 귀천을 가리지 않는다는 말이다. 그래 내 뜻을 달에 둘 줄만 안다면, 저 달은 내 달이 된다. 허나 저 달을 가진들 실상이 없기에, 그 풍취만을 취하겠다는 뜻을 알아채야 한다. 욕심 없는 마음, 자연을 통한 인간의 깨달음으로만 이해 못하기 때문이다. 저 시절, 저들을 '환쟁이'라 불렀다. '환'은 '아무렇게나 마구 그리는 그림'이요, '-쟁이' 또한 놀림조의 접미사이니, 그림 그리는 이를 낮잡아 이르는 말이다. 그래 임희지는 저 동물을 그린 것이 아닐까? 좌측 화제로 미루어 시원치 않은 놈들을 모조리 혼내주러 말이다.

그림이나 그리는 '환쟁이'가 가질 만한 게 무엇이 있었겠는가. 저 앞의 배 이야기도 그렇다. 풍랑을 만난 사람이 무에 그리 좋다고 춤을 취대겠는가? 가진 게 없으니 남들 다 안 갖는 것이나마 가질 수밖에⋯. 그래 이런 이야기가 전해져 온다.

어떤 가진 것 많은 부자양반이 한여름 뙤약볕 아래서 돛단배를 탔다. 휘 둘러보니 가슴 뻥 뚫리는 큰 바다요. 마침 바람까지 선선히 부니 살갗을 스치는 바닷바람이 청량하기 그지없다. 잔잔하니 물결 위로 배는 쏘아놓은 활이요, 뱃사공은 한가로이 휘적휘적 노를 물결에 댈 뿐이었다.

부자양반 건너편짝에 내리며 뱃사공에게 한 마디 한다.

"거 뱃사공도 할 만 하이. 편히 돈을 버는군."

뱃사공이 닻을 내리면서 이렇게 말한다.

"풍랑이라는 것만 없어 보슈. 양반네들이 다하지. 우리 차례 오겠소."

소동파蘇東坡의 〈전적벽부前赤壁賦〉로 저 이의 마음을 읽어보자.

"그대는 저 물과 달을 아는가? 가는 것은 이와 같지만 일찍이 다하지 않으며, 달은 찼다 비는 것이 저와 같지만 끝나거나 늘어남이 없다. 대개 변하는 입장에서 보면 하늘과 땅도 한 순간일 수밖에 없으며, 변하지 않는다는 생각에서 본다면 사물과 내가 다 다함이 없으니 또 무엇을 부러워하겠소. 또, 하늘과 땅 사이에 있는 사물은 제각각 주인이 있으니, 나의 소유가 아니라면 한 털끝만큼이라도 취하지 말아야 하지요. 허나 강 위의 맑은 바람과 산간의 밝은 달은 귀로 들으면 소리가 되고 눈에 들어오면 색깔을 만들어서, 가져도 막는 사람이 없고 써도 다함이 없는 게지요. 이는 조물주가 주신 무진장한 것으로 나와 그대가 함께 즐거워해야 할 것이와다."

허나, 저러한 세상사는 묘리妙理가 어찌 간난 없이 터득되었겠는가. 그저 바리바리 근심을 몸으로 부둥켜안고 사는 이들만이 누리는 행복이려니, 정녕 누구나 얻는 것은 아니렷다.

임희지, 〈노모도老㺇圖〉
(1817, 삼성미술관 리움 소장)

27

일대명사 심일송, 천하여걸 일타홍

일송一松 심희수沈喜壽, 1548-1622**1**가 일찍이 고아가 되어 공부할 시기를 놓치고 관례冠禮를 하기 전부터 방탕을 일삼아 밤낮으로 기생집을 끼고 왕래하였다. 공자왕손公子王孫: 공과 같이 높은 지위에 있는 사람의 자손과 왕의 자손이라는 뜻이다의 잔치와 가아무녀歌娥舞女: 노래 부르고 춤추는 기생의 모임에 찾아가지 않는 곳이 없었다. 쑥대처럼 텁수룩하게 흐트러진 머리털에 떨어진 신발과 해진 옷을 입고 있으면서도 조금도 부끄러워하는 기색이 없으니 사람들은 모두 그를 광동狂童: 미친 아이으로 지목하였다.

하루는 아무 군郡 권태수權太守 잔치자리에 달려가 기생 가운데 섞여 있었다. 사람들이 침을 뱉고 꾸짖어도 돌아보지 않고 내쫓아도 가지 않았다. 기녀 중에 명기 일타홍一朶紅이라는 여인이 있었다. 새로이 금산錦山: 충청남도 금산에서 올라왔는데 용모와 가무가 일세에 독보

1 자는 백구伯懼, 호는 일송一松·수뢰루인水雷累人. 본관은 청송靑松. 1572(선조 5)년 별시문과에 병과로 급제, 승문원에 등용됨. 임진왜란 때 왕을 호송했다. 1599년 이조판서가 되었고, 우찬성·좌찬성을 지낸 뒤 1606년 좌의정이 되었다. 1615(광해 7)년 영돈령부사領敦寧府事가 되었고, 1620년 판중추부사에 임명되었으나 국사를 비관하여 취임하지 않았다. 문장에 능하고 글씨를 잘 썼으며 청백리였다. 영의정을 지낸 노수신盧守愼, 1515-1590의 문하에서 학업을 닦았다. 저서로 『일송집』이 있다.

적이었다. 풍류남자와 부유한 집의 자제들이 천금을 주고 하룻밤 합환하기를 구하는 자가 날마다 왔지마는 일타홍은 지조가 특이하여 한 번도 몸을 허락치 않고 거절하였다.

희수가 그녀의 미색을 연모하여 자리를 붙이고 앉았어도 그 기녀는 조금도 싫어하는 기색이 없었다.

희수가 그렇게 넋을 잃고 쳐다보고 있으니 좌중의 여러 기생들이 삿대질을 하며 꾸짖어 욕하였다.

"어떠한 추물이기에 우리의 코를 막게 하느냐."

그러고는 내쫓으려 하는데 일타홍은 오히려 은근히 추파를 던지며 그의 동정을 가만히 살폈다. 인하여 일어나 측간에 간다는 핑계를 대고 나가 은밀한 귀퉁이에서 손짓으로 희수를 불러내 까치발을 하고 귀에 입을 대고 속삭였다.

"그대의 댁이 어디신지요?"

희수가 아무 동 몇 번째 집이라고 자세히 말해주었다. 홍랑(홍 남자: 일타홍)이 말했다.

심희수 초상(178×103.5cm, 국립중앙박물관 소장)

차종손 댁에 보관되었던 초상화다. 비교적 이른 기록인 수촌水村 임방任埅, 1640-1724의 『천예록초天倪錄抄』에는 "백옥같이 희고 풍채가 맑고 빼어났다" 하였고 『대동야승大東野乘』에는 "용모가 아름답고 위의가 있으며 문장이 아름다웠다"고 기록하였다. 심희수는 조선 중기, 오리梧里 이원익李元翼, 1574-1634, 한음漢陰 이덕형李德馨, 1561-1613, 오성鰲城 이항복李恒福, 1556-1618 등 당대에 걸출한 인물들과 어깨를 나란히 한 뛰어난 인재였다.

"그대는 모름지기 먼저 가 계십시오. 첩이 마땅히 잔치가 파하기 전에 병을 핑계대고 뒤따라 곧 가겠습니다. 그대는 약속을 저버리지 마십시오. 첩이 결코 신의를 잃지 않겠습니다."

희수가 기대했던 이상이므로 한편으론 기쁘고 한편으론 의아해하며 먼저 집으로 돌아가 뜰의 먼지를 쓸어내고 기다렸다.

저무는 해가 산에 걸리니 홍랑이 과연 약속대로 왔다. 희수가 뜻밖의 일에 기뻐하여 더불어 무릎을 맞대고 수작을 하였다. 한 나이 어린 계집종이 안에서 나오다가 그 광경을 보고 달려가 모부인母夫人에게 아뢰었다. 부인이 아들의 광기어린 방탕함을 근심하여 장차 불러들여 꾸짖으려할 때였다.

홍랑이 말했다.

"첩이 지금 들어가 대부인大夫人: 남의 어머니를 높여 이르는 말을 뵙고 일일이 사유를 아뢰겠습니다."

그러고는 계집종을 불러 먼저 이러한 사실을 통지한 후에 안으로 들어가 섬돌 아래에서 절을 올리며 말했다.

"저는 금산 기생 일타홍으로 금일 아무개 재상의 연회자리에서 마침 귀댁 도련님을 보았습니다. 여러 사람들이 모두 그를 광동으로 지목하지만, 천첩이 비록 관상 보는 재주는 없어도 사람을 알아보는 능력은 있습니다. 첩이 귀댁 도련님을 보건대 얼굴의 모습이 비범하고 골격이 특이하여 훗날 반드시 금장자수金章紫綬: 황금인(黃金印)의 붉은 인끈을 말하는데, 고관을 지칭한다로 벼슬길에 올라 크게 현달할 상입니다. 그러나 학업은 하지 않고 기질이 조화롭지 못하여, 여항의 목수牧豎: 풀을 뜯기며 가축을 치는 더벅머리 아이라는 뜻이다의 태도를 벗어나지 못하였습니다. 이제부터 몸을 학문과 책 숲의 사이에 있게 하여 학업을 닦아 기질을 변화하여 학식과 능력이 있는 사람이 되게 한 뒤에야 훗날 입신출세를 바랄 것입니다. 첩이 만일 화류계의 풍정으로 유장천혈踰牆穿穴: '담을 넘고 구멍을 뚫는다'는 뜻으로 남의 집 여자를 탐내어 몰래 들어가는 것을 말한다. 여기서는 일타홍이 그런 시내들과 어울리지 않는다는 의미로 썼다하려 하였다면 어찌 도련님과 같은 빈한한 걸인 아이를 따르겠습니까. 첩이 불민하나 도련님이 학업 닦는 일을 일체 맡겠습니다. 첩이 비록 함께 하더라도 도련님의 학문이 성취하기 전에는 결코 한 이부자리에 눕는 즐거움을 위하여 그 뜻을 잃게 하지는 않을 것입니다. 부인은 이에 뜻이 있으신지요."

부인이 말하였다.

"우리 아이가 일찍이 아버지를 잃어 학업에 힘쓰지 않고 오로지 광기어린 방탕한 짓만 일삼아 늙은 어미의 훈계를 가슴에 새기지 않더구나. 늙은 몸이 밤낮으로 근심하고 탄식할 뿐이었는데, 천만 뜻 밖에도 어디선가 순풍이 불어 너 같은 일대가인一代佳人이요, 여중호걸女中豪傑을 우리 집으로 보내었나보다. 우리 집 광동으로 하여금 그릇이 이루어지고 재주를 기르게 하는데 온 힘을 쏟고자 한다니 실로 이 인생 이 세상에 막대한 은혜이다. 어찌 감사해야 할지 모르겠으나 우리 집이 가난하여 아침저녁 끼니도 잇지 못한단다. 너는 호화롭고 사치한 가운데에서 자라난 기녀로서 어찌 춥고 배고픔을 참으며 고독하고 적막함을 달게 여겨 이곳에 머물겠느냐?"

홍랑이 말했다.

"이것은 조금도 의심하실 것이 없습니다."

드디어 그날부터 청루靑樓: 기생집와 인연을 끊고 발자취를 거두어 은밀히 심씨 가문에 몸을 숨기고 오직 희수로 하여금 밤낮으로 학업을 부지런히 닦게 하였다. 학업의 과정을 엄히 세우고 조금이라도 태만하면 발연히 얼굴빛을 바꾸며 말하였다.

"이와 같다면 첩은 도련님을 버리고 가서 다시는 얼굴을 보지 않을 거예요."

그러니 희수가 이를 꺼려 감히 학업을 태만치 못하였다.

희수가 이렇게 공부를 부지런히 한 지 여러 해에 학업이 일취월장하였다. 나이가 약관弱冠: 20세이 되었으나 홍랑 때문에 아내를 취하려고 하지 않았다. 홍랑이 그 뜻을 두려워하여 하루는 희수에게 혼인 논의를 권하였다.

희수가 "그대가 있는데 아내를 얻으면 어떻게 하리오"라 하니 홍랑이 정색을 하며 말했다.

"도련님은 명문가의 자제로 앞길이 만 리입니다. 어찌 저와 같은 일개 천한 기생 때문에 대륜大倫: 사람이 마땅히 지켜야 할 큰 도리이다을 폐하려 하십니까? 도련님이 만일 아내를 취하지 않는 다면 첩은 당장 떠나렵니다."

희수가 부득이하여 아무 가문에 매파를 놓아 아내를 취하였다.[2] 홍랑은 기운을 낮춘 부드러운 목소리로 몸가짐을 신중하고 신실히 하여 노부인을 섬기듯 부인을 섬겼다. 희수로 하여금 한 달에 이삼 회씩만 방에 들어오게 제한하였다. 만약 이 기한을 어기면 반드시

---

2 노극신盧克愼, 1524~1598의 딸인 광주 노씨이다. 노극신의 형이 노수신이다.

문을 닫고 들이지 않았다.

이와 같이 하여 수년의 세월이 지났다. 희수가 혼인을 한 뒤로는 학업을 싫어하는 증세가 날로 더하여 공부를 태만히 하였다. 하루는 홍랑 앞에 책을 던지며 말했다.

"네가 아무리 나로 하여금 학업을 부지런히 닦고자 한들 내가 하고 싶지 않은데 어찌하겠느냐!"

홍랑이 이를 보고 말로 다투지 못할 줄 알고 하루는 희수가 외출한 때를 타서 노부인에게 아뢰었다.

"서방님의 책읽기 싫어하는 증세가 날로 더욱 심해져 첩의 성의로도 어찌 못할 지경에 이르렀습니다. 첩은 지금 당장 떠나려는 말씀을 올립니다. 첩이 오늘 떠나는 것은 만부득이하여 나가는 것입니다. 장차 이로써 도련님의 마음을 격동시키려는 계책입니다. 첩이 비록 물러간들 영원히 이별할 이치가 있겠습니까. 오늘 이후 도련님께서 잘못을 뉘우쳐 학업을 게을리 하지 않고 크게 성취한 후, 과거에 급제했다는 소식을 들으면 마땅히 돌아오겠습니다."

그러더니 일어나 절을 올리고 작별을 고하였다. 부인이 그녀의 손을 잡고 눈물을 흘리며 말했다.

"네가 온 이후로 우리 집의 망나니 아이가 엄한 스승을 만난 듯하였다. 학업이 거의 성취함에 이르고 온갖 예의범절이 옛 모습을 벗었다. 우리 아이가 사람이 된 것은 모두 너의 은덕이란다. 이제 책 읽는 것을 싫증내는 한 가지 일로 홀연히 우리 모자를 버리고 간다니 누구를 의지하며 또 아이의 학업은 누구에게 힘입어 이루겠느냐?"

홍랑이 눈물을 머금고 말했다.

"첩이 목석이 아닌데 어찌 이별하는 고통을 모르겠지요. 그러나 도련님을 격동시키는 방법은 오직 이 한 길에 있습니다. 첩의 이러한 행동은 실로 만부득이합니다. 도련님이 귀가하여 첩이 하직하던 말과 과거에 급제한 후에 다시 만나겠노라고 결심하였다는 말을 들으면 반드시 발분망식_{發憤忘食: 「논어」「술이(述而)」에 "진리를 터득하지 못하면 발분하여 먹는 것도 잊어버리고, 진리를 터득}

하고 뼈를 깎는 고통으로 힘써 행하여 학업을 성취할 것을 스스로 약속할 것입니다. 멀면 6, 7년이요, 가까우면 4, 5년간의 일입니다. 첩도 몸을 깨끗이 지키어 과거에 급제할 날만을 기다리겠습니다. 바라옵건대 이 뜻을 도련님께 전해주세요."

그리고 홍랑은 개연히 문을 나서 훌쩍 떠나가 버렸다.

이때 홍랑이 망망하니 문을 나서 장안 일대를 두루 다니다가 어떤 노 재상의 집을 방문하여 말하였다.

"저는 죄과가 많은 집안의 목숨붙이로 의지가지없는 몸을 의탁할 곳이 없습니다. 비복의 열에 끼워주시면 견마犬馬의 수고로움윗사람에게 바치는 자기의 노력을 겸손하게 이르는 말을 다하여 바느질을 하고 음식을 만들고 집안을 쓸고 닦으며 또한 기타 일을 시키시면 온 힘을 다하겠습니다."

노 재상은 홍랑의 용모가 단정하고 아름다우며 언사가 편안하고 또 예의범절과 기거동작이 법도가 있음을 보고 몸을 의탁하여 살도록 허락하였다.

홍랑이 그날부터 주방에 들어가 음식을 갖추고 반찬을 준비함에 극히 달콤한 향과 살지고 기름진 맛을 다하여 그의 식성에 알맞도록 하니 노 재상은 더욱 그녀를 아껴 말했다.

"늙은이가 아주 궁박한 운명으로 다행히도 너를 만나 음식이 입에 맞으니 내 만년의 즐거움은 오직 너에게 의지하리라. 나는 이미 너에게 마음을 주었고 너 또한 성의를 다하니, 지금부터 부녀의 정을 맺도록 하자꾸나."

이에 종의 대열에서 벗어나게 하여 안채에 거처하게 하고 딸로 호칭하였다. 홍랑도 또한 그 노 재상을 아버지와 같이 섬겨 여러 해가 지났다.

이때에 희수가 집에 돌아와 보니 홍랑이 없었다. 어머니에게 까닭을 물으니 그 사유의 전말을 이야기하고 인하여 책망했다.

"네가 사내로서 학업을 닦아 다른 날 공명을 취하는 것은 남을 위함이 아니다. 곧 너 자

신을 위함이거늘 학업을 태만히 하여 한 편으로는 여자에게 용납되지 못하고 한 편으로
는 장래 입신출세를 막으니 무슨 면목으로 세상에 서겠느냐. 그 아이가 말하기를 네가 과
거에 급제한 후라야 다시 만나겠다 하니 만일 네가 훗날 월계관月桂冠: 여기서는 과거급제를 말한다을
취하지 못하는 때에는 그 애와 상봉치 못할 것은 물론이고 너의 장래 신세도 오직 초야에
묻혀 늙을 뿐이다. 이런데 하루라도 이 세상에 더 살아서 무엇을 하려느냐. 속히 죽는 것
만 못하다."

희수가 듣기를 마치고는 눈물이 그렁그렁하고 칼로 가슴을 찌르는 것 같아 반나절을
말이 없었다. 그 다음날 사람을 시켜 경성 안팎을 두루 다니며 홍랑의 소식을 탐문하였으
나 형용이 묘연하였다. 이에 가슴을 잡고 크게 통곡하며 스스로 맹서하였다.

"내가 호방한 장부로 한 여자에게 버림을 당했으니, 장차 머리에 쓴 관에 먼지를 털고
갓끈을 떨치고 이 세상에 서겠는가. 홍랑이 이미 내가 과거에 급제한 후 상봉하겠다는 기
약을 하였으니 내 마땅히 잠을 안자고 발분망식하여 학업을 성취한 후에 청운의 사닥다
리에 올라 홍랑을 저버리지 않으리라."

그리고는 드디어 문을 닫아걸고 손님을 사절한 채 밤낮을 쉬지 않고 부지런히 과업을
닦고 학문을 돈독히 하였다.

이와 같이 한 지 수년에 학업이 크게 이루어져 가히 대가의 문학을 지을 만치 되었다. 이
에 과거에 응시하여 장원에 발탁되어 높이 용문龍門: 과거에 합격하였다. 신은유가新恩遊街: '신은'
은 새로 과거에 급제한 사람을 말한다. 과거에 급제하는 것은 매우 영광스러운 일이므로, 나라에서 신은에게 어사화(御賜花)를 나누어주고, 풍악
을 앞세우고 서울 거리를 한바탕 돌아다니게 하였는데, 이것을 '유가'라 한다. 신은이 각기 고향으로 돌아가면, 나라에서는 또 영친연(榮親宴)을
베풀어주었다의 날에 명 재상가를 두루 방문하여 서로 사귀기를 할 때였다.

하루는 우연히 노 재상을 방문하니 곧 희수의 부집父執: 아버지와 친한 벗이다이었다. 흔연히 손
을 잡고 무수히 치하하고 여러 시간을 머물게 하여 주인이 예로써 극히 환대할 때였다. 희
수가 마음속으로 '내가 학업을 성취하여 몸이 청운의 길에 오른 것은 모두 홍랑이 베푼 것
이라. 또 나에게 오늘을 기약한 것은 오로지 홍랑을 만나자는 결심에서 나왔거늘 내가 이

제 과거에 올랐으나 홍랑의 종적은 막연히 물을 곳이 없으니 이를 장차 어찌할 것인가' 하고 생각하였다.

그러고는 쓸쓸히 즐겁지 않을 뿐이었다. 술과 찬이 나왔는데도 희수가 수저를 내려놓다가 그 반찬거리가 유별나게 진기하게 보여 근심하는 얼굴빛이 역력하였다. 노 재상이 이를 이상하게 여겨 그 까닭을 물어보니, 희수가 홍랑에 관한 앞뒤의 이야기를 자세히 이야기해주고 또 말했다.

"시생이 뼈를 깎는 노력으로 학업을 닦아 과거에 급제하기를 기약한 것은 오로지 옛 여인과 상봉하기 위한 것이었습니다. 지금의 반찬거리를 맛보니 그 요리법이 완연 홍랑이 한 것 같기에 스스로 슬퍼 상심함을 감당치 못한 것입니다."

노 재상이 '여인의 나이 및 생김새가 어떠하냐'고 묻고는 말했다.

"나에게 한 양녀가 있는데 여러 해를 함께했으나 어느 곳에서 왔는지 알지 못하네. 혹 이 아이가 바로 홍랑이 아닌가 싶네만."

노 재상의 말이 미처 끝나기도 전에 홀연 한 미인이 뒤창을 열고 뛰어 들어와 희수를 껴안고 통곡했다. 희수가 똑바로 쳐다보고 살피니 이 여인은 딴 사람이 아니라 곧 늘 생각하고 잊지 못하던 홍랑이었다. 희수가 한편으론 놀랍고 한 편으론 기뻐하여 또한 홍랑을 안고 우니 한때 노 재상집에 비극의 막이 열린 것 같았다.

노 재상이 이미 그 사실을 들었고 또 그 광경을 목격함에 그 신이함을 탄식하고 칭찬하였다. 희수는 노 재상을 향하여 그 은혜에 거듭 감사하고 또 말하였다.

"시생이 홍랑과 더불어 이미 함께 무덤에 들어가기로 약속하였으니 마땅히 죽고 사는 것을 함께 할 것입니다. 원컨대 이 여인을 시생에게 허락해 주소서."

노 재상이 말했다.

"내가 죽음이 드리운 나이에 다행히 이 아이를 얻어 만년의 즐거움을 누리려 하였네. 이제 자네에게 보내기를 허락한다면 이 늙은이는 마치 좌우의 손을 잃은 듯 할 걸세. 그러나 자네가 옛 인연을 다시 이으려 하는데 어찌 이를 막겠는가."

희수가 복복慢僕: 귀찮을 만큼 번거로운 태도이다 히 사례하였다.

몸을 일으켜 길을 떠날 때 날은 저물어 어두워졌다. 홍랑과 함께 나란히 한 말을 타고 종들에게 횃불을 잡혀 앞을 인도하여 집 문 앞에 당도하였다. 큰 소리로 그 어머니를 부르며 "홍랑이 왔습니다!"라 하니 모부인이 놀라 기쁨을 이기지 못하여 신발을 거꾸로 신고 중문 안까지 나와 홍랑의 손을 잡고 슬픔과 기쁨이 뒤섞여 말을 하지 못하였다.

이로부터 심씨 가문에 화기가 온 집안에 넘치고 희수는 매일 밤 홍랑과 더불어 화촉^{華燭} 아래에서 넉넉한 즐거움을 다하였다.

그 후에 희수가 천관랑^{天官郎: 육조(六曹)의 5~6품 관인 정랑(正郎)·좌랑(佐郎)의 통칭이다}이 되었다.

하루는 저녁에 홍랑이 옷깃을 여미며 말했다.

"첩의 한줄기 마음은 오로지 나리의 성취만을 위하느라고 10여 년 동안 생각이 다른 것에 미치지 못하였어요. 제 고향에 계시는 부모님의 안부 또한 들을 겨를이 없었으니, 이것이 첩의 마음을 밤낮으로 누릅니다. 나리는 이제 벼슬길에 들어서셨으니 첩을 위하여 금산고을 수령이 되시어 첩으로 하여금 부모님을 생전에 만나 뵙게 한다면 지극한 원을 이룰 수 있겠어요."

희수가 말했다.

"그것은 지극히 쉬운 일이네."

이에 상소를 올려 지방에 보직을 원하였다. 오래지 않아 과연 금산 원님이 되었다. 이에 홍랑을 데리고 함께 금산에 부임하는 날에 그 부모의 안부를 찾아보니 그들은 모두 무탈하게 지내고 있었다.

홍랑이 크게 기뻐하여 사흘이 지난 후 술과 음식물을 성대하게 갖추어 친정집에 가 절하고 뵈니 그 부모가 또한 기쁨과 슬픔이 뒤섞여 탄식함을 그치지 못하였다. 홍랑이 또한 친척들을 한 집에 모아 사흘을 크게 잔치를 하니 이웃 마을의 여러 사람들이 모두 떠들썩하니 칭찬하지 않는 자가 없었다.

잔치를 마친 후, 그 다음날에 의복과 일용에 쓰는 물품을 극히 풍부히 부모에게 드리고 말했다.

"관아는 여염집과 다르고 관아의 내권[內眷: 아내이다]도 다른 사람들과 더욱 다릅니다. 부모 형제가 만일 저 때문에 관아에 자주 출입하신다면 사람들의 논란을 부를 것이며 또한 백성을 다스리는 데에 누를 끼치는 일이 적지 않을 겁니다. 이제 제가 부모님과 헤어져 한번 관아에 들어간 후에는 자주 나오지 못하며, 또한 부모형제도 관아에 들어오지 말아 공사의 구분을 엄히 해주세요."

그리고 인하여 절하여 작별을 고하고 관아로 돌아간 후로는 거의 가는 것도 오는 것도 없었다.

이와 같이 여러 해를 지나며 희수와 홍랑의 정은 날로 더욱 두터워졌다.

하루는 희수가 관청에 앉아 공사를 다스릴 때였다. 계집종이 관아로 와서는 홍랑이 '안채로 잠깐 들어오시라' 하였다고 청하였다. 희수는 마침 공사를 결정하기 직전이기에 곧바로 일어나 가보지 못하였는데, 잠깐 있으니 계집종이 또 와서 들어오기를 재촉하였다.

공이 마음속으로 심히 괴이하여 급하게 안으로 들어가 보니 홍랑이 새로 지은 옷을 입고 새로 지은 이부자리를 펴고 별다른 질병의 고통이 없는데도 얼굴에 몹시 슬프고 애달픈 빛을 띠고 말했다.

"첩이 오늘은 나리와 영원히 이별하고 저승에 갈 날인 것 같아요."

희수가 놀라 얼굴빛을 잃고 말하였다.

"당신의 이 말이 참이오? 거짓이오? 홀연히 오늘 이 무슨 말이요."

홍랑이 눈물을 흘리며 말하였다.

"나리와 만난 지 지금 십여 년이 지났어요. 본래의 뜻은 영원히 나리를 받들어 모시고 백 년을 해로하며 부귀를 함께 누리려하였지요. 그러나 운수가 기박하고 명이 짧아 하늘이 목숨을 빌려주시지 않으니 사람의 힘으로는 어찌하기가 어렵군요. 지금에 이르러 중도에 영원히 이별하오니 이 세상에서 다시는 서로 볼 날이 없을 거예요. 후생에서나 서로 만나 이생에서 못 다한 인연을 이어야겠어요. 원컨대 나리께서는 천만 보중하시어 부귀를 길이 누리시고 첩 때문에 마음을 상하지 마세요. 그리고 첩의 죽은 몸은 나리의 선영 아래에 반장_{返葬: 객지에서 죽은 이의 시체를 제가 살던 곳이나 고향으로 옮겨 장사를 지냄을 말한다}시켜 주세요."

　말을 마치더니 갑자기 죽었다.² 희수가 애통히 곡을 하며 여러 날 음식을 먹지 않고 오래도록 탄식하였다.

　"내가 학업을 성취하여 청운의 길에 입신출세함은 모두가 홍랑의 힘이었소. 이제 홀연 중도에 나를 버리고 멀리 천대_{泉臺: 저승이다}로 돌아갔으니 멀고 먼 푸른 하늘이 어찌 다함이 있겠는가. 또 내가 이 고을의 수령이 된 것은 오로지 홍랑을 위함이라. 그대가 이미 죽었거늘 내가 어찌 홀로 남아 있겠나."

　그러고는 벼슬을 버리고 관을 운반하여 금강_{錦江: 충청남도와 전라북도의 경계를 이루는 강}에 이르렀을 때였다. 이때는 팔월이었다. 가을비가 쓸쓸하여 사람의 슬픈 마음을 부추겼다. 희수가 이에 멍하니 크게 슬퍼하며 홍랑의 죽음을 애도하는 시를 지었다.

　　한 떨기 붉은 연꽃 유거_{柳車}³에 실렸으니 一朶紅蓮在柳車

　　향기로운 넋은 어느 곳에서 서성거리는가 香魂何處可躊躇

　　금강의 가을비 단정_{丹旌}⁴을 적시는데 錦江秋雨丹旌濕

　　아름다운 여인 이별하여 흘린 눈물이런가 疑是佳人泣別餘

　희수는 후에 큰 벼슬을 차례로 역임하여 우의정에 이르고 나이 칠십여 세에 천수를 누리고 삶을 마쳤다.

2　아래는 일타홍이 죽음을 앞두고 자신의 애절한 심정을 읊은 유시_{遺詩}라 한다.
　　"맑고 고요한 밤 초승달은 유난히도 밝은데靜靜新月最分明 / 금빛 한 조각 달빛은 먼 옛날부터 맑았겠지—片金光萬古淸 / 무한한 시간과 공간 오늘 밤에야 바라보니無限世間今夜望 / 백년인생 근심과 즐거움 느끼는 이 몇일까百年憂樂幾人情"
3　나라나 민간에서 장사지낼 때에 시체를 실어 끄는 큰 수레이다.
4　붉은 천에 죽은 사람의 품계·관직·본관·성씨를 쓴 깃발이다. 장대에 달아 상여 앞에서 들고 가서 널 위에 펴고 묻는다.

별별이야기 간 선생 왈

　꽤 널리 알려진 이야기로 『천예록』, 『계서야담』 등 여러 야담집에 보인다. 사실 '한 떨기 붉은 꽃'이란 '일타홍'은 중국 소식蘇軾의 임금을 옥황상제에 빗대어 "한 떨기 붉은 구름이 옥황상제를 감싸고 있네—朵紅雲捧玉皇"라는 유명한 시구가 있기에 생각을 달리해 볼 만하다. '한 떨기 붉은 구름'이 임금을 떠받든다 하였기에 말이다. 일개 기생이었지만 나라의 동량을 만나고 싶어 이름을 일타홍이라 지었는지 모른다. 실상 심희수도 뛰어난 인재였다. 더구나 천인인 기생을 선영에 묻어주었다는 사실만으로도 대단한 인물로 보아야 한다. 물론 이런 사내를 알아보고 학업을 닦게 한 일타홍은 일대가인—代佳人이요, 여중호걸女中豪傑이 분명하다. 어느 사내든 이런 여인을 만났다면 어찌 성공하지 않겠는가.

《월야밀회月夜密會》(신윤복, 28.2×35.6cm, 간송미술관 소장)

밝은 눈으로 천리를 보는 통찰과 지혜, 인제에 장을함·대장부의 영광

처음 만남을 따라가 보면 심희수의 나이 15세, 일타홍의 나이는 분명치 않지만 17세 전후였던 듯하다. 심희수가 진사시에 합격한 것이 21세이고 25세에 문과에 급제하니 이때쯤 일타홍과 다시 만난다. 심희수는 35세 되던 해에 허균의 형 허봉을 두둔하다가 금산 군수로 좌천된다. 일타홍이 죽은 것이 이때이니 심희수의 나이 36세이다. 일타홍의 나이는 아마도 38세쯤이 되었을 듯하다. 지금의 일산 덕양구 원흥동 청송 심씨 묘역 안에 일타홍의 비가 자리하고 있다.

두 사람의 사랑을 생각하며 몇 자 더 적는다.

〈선손 걸 듯 찾아온 고운 사람〉

그것은 운명의 마주침,

그것은 숙명의 부딪침,

사랑은 운명運命과 숙명宿命의 조우遭遇.

모든 것을 초월하는 초인간적인 힘.

날 때부터 타고난 피할 수 없는 힘.

그렇게 서로는 서로에게 아람치로.

선손 걸 듯 찾아온 참 고운 사람.

조선의 별난 사람 별난 이야기

날숨소리

'독자들이 왜 이 책을 읽어야 할까?'

누군가 이렇게 묻는다면 '고전(古傳)' 두 글자에 방점을 찍고 싶다. '고(古)' 자는 '열 십(十)' 자와 '입 구(口)'로 되었다. '십 대(十代)에 걸쳐 입으로 전함직한 이야기'라는 뜻이다. 이 책에 실린 이야기들에는 우리 선인들의 가치관과 도덕, 정의와 양심을 본밑으로 한 조선식 인간주의의 샘물이 흐른다.

한 가지 더 든다면 '우리 이야기'라는 점이다. 이 땅에는 외국 물을 먹어야만 일류라 생각하는 이들이 넘쳐난다. 그들은 예외 없이 맨드리가 화사하고 지성미가 넘치는 '지식백화점'이란 상점을 자주 들락거린다. '지식백화점' 곳곳에는 서양 이곳저곳에서 닥치는 대로 도매금으로 끊어다 놓은 상품들이 즐비하다. 그 포장지에는 어김없이 '세계적인 석학, 인간의 역사를 바꾼 책, 사상의 집대성, …' 따위의 거대한 수식어들로 가득 찼다. 그 주변에는 늘 이 땅의 지식꾼임을 자처하는 이들로 북적인다.

고백하건대 나 역시 이곳을 기웃거리다가 몇 상품을 구입한다. 그런데 이렇게 사온 책들이 영 입맛에 맞지 않는 경우가 많다. 나라마다 환경과 삶의 방식이 달라서다. 수천 년을 내려오는 문화는 더욱 그렇고 그 문화의 결정체인 글은 더더욱 그렇잖은가.

우리 이야기이기에 글맛이 때론 밍밍하니 싱겁기도 하지만 간간하니 짭조름하고 구수하면서도 매콤한 감칠맛이 삼삼히 도는 몇 작품쯤은 넉넉히 만난다.

숨비소리!

"휴우~"

숨비소리! 해녀들이 물질을 마치고 물 밖으로 올라와 가쁘게 내쉬는 숨소리이다. 살다 보면 저런 날숨은 아니지만 때론 긴 한숨을 토할 때가 있다. 이 책 속 사람들도 그렇다. 저 이들의 들숨과 날숨이 머무는 곳, 어느 곳에선 쌉싸름하고 매콤한 한숨이, 어느 곳에서는 새큰하고도 짭짜름한 숨비소리도 들린다. 그 소리를 가만가만 들었으면 좋겠다.

아울러 '우리 것'에 대한 관심을 조심히 촉구해 본다.

2022년 11월 휴휴헌에서

간호윤 삼가 씀

송순기宋淳夔

송순기宋淳夔, 1892~1927는 춘천에서 태어났다. 봉의산인鳳儀山人과 물재勿齋, 혹은 물재학인勿齋學人이라는 필명으로 활동한 그는 1919년에서 1927년까지『매일신문』편집기자, 논설부주임, 편집 겸 발행인을 지낸 근대적 지식인이자 한학에도 조예가 깊은 유학자였다. 그러나 자식을 잃은 슬픔을 이기지 못해 36세로 생을 마감했다. 이 책의 바탕이 된『기인기사록』은 엄혹한 일제를 살았던 송순기라는 지식인이 우리의 야사, 문집, 기담 따위를 신문에 현토식懸吐式 한문으로 연재한 것을 다시 책으로 편찬한 것이다.

구활자본 야담집인『기인기사록』을 번역하고 읽기 쉽게 매만져 놓은 휴헌休軒 간호윤簡鎬允

1961년 경기도 화성에서 태어났다. 순천향대학교 국어국문학과와 한국외국어대학교 교육대학원을 졸업하고 인하대학교 대학원에서 문학박사 학위를 받았다. 현재 인하대학교 초빙교수이다.

『한국 고소설비평 연구』(2002년 문화관광부 우수학술도서),『기인기사』(2008),『아름다운 우리 고소설』(2010),『다산처럼 읽고 연암처럼 써라』(2012년 문화관광부 우수교양도서),『그림과 소설이 만났을 때』(2014년 문화관광부 우수학술도서),『연암 박지원 소설집』(2016),『아! 나는 조선인이다』(2017),『선현유음』상·하(개정판, 2017),『욕망의 발견』(2018년 한국연구재단 저서 지원),『연암 평전』(2019),『사이비』1(2016),『사이비』2(2019),『조선읍호가 연구』(2021),『조선소설탐색, 금단을 향한 매혹의 질주』(2022) 등 50여 권의 저서들은 모두 직간접적으로 고전을 이용하여 현대 글쓰기와 합주를 꾀한 글들이다. 연암 선생이 그렇게 싫어한 사이비 향원鄕愿은 아니 되겠다는 것이 그의 소망이라 한다.

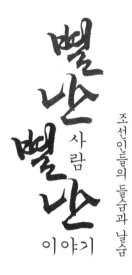

조선인들의 들숨과 날숨

ⓒ간호윤, 2022

1판 1쇄 인쇄__2022년 12월 20일
1판 1쇄 발행__2022년 12월 30일

지은이__송순기
풀어엮은이__간호윤
펴낸이__양정섭

펴낸곳__경진출판
    등록__제2010-000004호
    사업장주소__서울특별시 금천구 시흥대로 57길 17(시흥동) 영광빌딩 203호
    전화__070-7550-7776 팩스__02-806-7282
    홈페이지__http://https://mykyungjin.tistory.com
    이메일__mykyungjin@daum.com

값 18,000원
ISBN 979-11-92542-19-5 03810